KB067110

맞춤법을 알고 나니
사회생활이 술술 풀렸습니다

맞춤법을
알고 나니
사회생활이
술술 풀렸습니다

한국인이
가장 많이 틀리는
맞춤법 70가지

함정선 지음

메이트북스

메이트북스 우리는 책이 독자를 위한 것임을 잊지 않는다.
우리는 독자의 꿈을 사랑하고,
그 꿈이 실현될 수 있는 도구를 세상에 내놓는다.

맞춤법을 알고 나니 사회생활이 술술 풀렸습니다

초판 1쇄 발행 2019년 4월 3일 | 초판 2쇄 발행 2020년 7월 1일 | 지은이 함정선
펴낸곳 ㈜원앤원콘텐츠그룹 | 펴낸이 강현규 · 정영훈
책임편집 안정연 | 편집 유지윤 · 최예원 | 디자인 최정아
마케팅 김형진 | 경영지원 최향숙 | 홍보 이선미 · 정채훈 · 정선호
등록번호 제301-2006-001호 | 등록일자 2013년 5월 24일
주소 04607 서울시 중구 다산로 139 랜더스빌딩 5층 | 전화 (02)2234-7117
팩스 (02)2234-1086 | 홈페이지 www.matebooks.co.kr | 이메일 khg0109@hanmail.net
값 16,000원 | ISBN 979-11-6002-221-6 03800

잘못 만들어진 책은 구입하신 서점에서 교환해 드립니다.
이 책을 무단 복사·복제·전재하는 것은 저작권법에 저촉됩니다.

이 도서의 국립중앙도서관 출판시도서목록(CIP)은 e-CIP홈페이지(http://www.nl.go.kr/ecip)에서
이용하실 수 있습니다.(CIP제어번호: CIP2019008134)

말은 우리가 사용하기 시작하지만
마지막엔 말이 우리를 사용하게 된다.

• 유진 피터슨(세계적인 신학자) •

지은이의 말

맞춤법 실수 하나가
이토록 치명적이라니!

"이렇게 매번 실수하니까 내가 자꾸 열폭하지!"

40대 후반인 부장은 화를 낼 때면 자꾸만 '열폭했다'고 말한다. 아마도 '열폭'을 '열이 날 정도로 폭발한 상태' 정도로 알고 있는 모양이다. 그를 보는 20~30대 직원들은 웃음을 참으며 속으로만 생각한다. '그 단어는 그럴 때 쓰는 게 아니에요! 그건 열등감 폭발이라고요!' 하지만 입밖으로 내지는 못한다.

직원들은 자기들끼리 모여 부장의 '열폭'을 화제 삼아 웃지만, '열폭'이 부장의 능력이나 인성, 가치를 평가하는 기준이 되지 않는다. '열폭'은 표준어가 아닌 신조어이기 때문이다.

그렇다면 표준어를 잘못 쓰는 건 어떨까? 최근 인터넷 유머 게시판에 자주 등장하는 제목 중 하나가 '맞춤법 파괴'다. "나한테 일해라 절해라(이래라 저래라) 하지마" "에어컨 시레기(실외기) 어디에 설치하셨어요?" "자꾸 나가고 싶어지는 걸 보니 영맛살(역마살)이 낀 것 같아" "8월이 성숙이(성수기)라 숙소가 없어" 등 보기만해도 웃음이 터지는 사례가 한가득이다. 표준어를 잘못 쓴다는 건이렇게 비웃음의 대상이 된다는 걸 보여준다.

그뿐만 아니다. 교제하는 남성 또는 여성이 맞춤법을 자꾸 틀리는 바람에 정이 떨어지거나 헤어졌다는 사례도 주변에서 어렵지 않게 만날 수 있다. 한 여성은 소개팅에서 만난 남성이 "회사가 얼마나 갑갑냐(가까우냐)"라고 해서 더는 만나지 못하겠다고 하소연했다. 맞춤법은 그야말로 이성에 대한 호감을 사라지게 하고, 사랑하는 애인을 도망가게 할 수도 있는 중요한 요소라는 얘기다.

맞춤법이 대체 무엇이기에 조롱의 대상이 되고, 애인마저 떠나가게 하는 걸까? 솔직히 맞춤법 한 번 틀렸다고 세상이 바뀌기를 하나, 법을 어기는 일이기를 하나. 물론 맞춤법은 처벌을 받아야하는 법규정이 아니다. 그러나 맞춤법은 우리가 지키기로 약속한 규범이다. 규범은 인간이 사회생활을 하며 지켜야 할 행동양식을 뜻한다. 또한 사회생활이 순탄하게 흐르도록 하며, 사람을 판단하고 평가하는 기준이 되기도 한다. 맞춤법도 사람을 판단하고 평가

하는 기준이 될 수 있다는 소리다.

기업의 인사담당자가 맞춤법이 틀린 자기소개서를 합격 명단에서 제외하는 것과 같은 이유다. 언어 규범을 제대로 지키지 못하는 사람을 뽑으면 회사 규범 역시 제대로 지키지 못하리라 판단하는 것이다.

물론 맞춤법은 너무나 어렵다. 맞춤법 최전방에 있는 신문사 편집·교열부, 국어 선생님 등도 글 하나를 쓸 때마다 사전을 펼치고 국립국어원 사이트를 들락거리는 것이 다반사다. 한글 맞춤법에는 법칙이 있지만 모두 이해하기가 쉽지 않고, 거기에 셀 수 없이 많은 예외까지 있다. 맞춤법에 인중이 있다면 솔직히 한 대 치고 싶을 정도다.

그렇다면 맞춤법을 한 문장으로 깔끔하게 정리한 법칙 같은 것은 없을까? 맞춤법 총칙이 있긴 하다.

한글 맞춤법 총칙에는 '한글 맞춤법은 표준어를 소리대로 적되, 어법에 맞도록 함을 원칙으로 한다'고 써져 있다. 이것이 총칙 제1항이다. 소리 나는 대로 적는 것이 대원칙이라는 얘기인데, 솔직히 아니라는 거 우리 다 안다. 지금 당장 소리 나는 대로 적으면 안 되는 단어를 100개도 예로 들 수 있다.

그래서 어법에 맞도록 해야 한다는 조건을 달았다. 그리고 맞춤법은 이 어법을 적용하면서부터 어려워지기 시작한다. 어법은 말하자면 이 단어가 어떻게 탄생했는지, 무엇이 합쳐져 생긴 것인지를 나타낸다는 뜻이다. 예를 들어보자. '늙고'라는 단어는 소리 나는 대로 쓰면 '늘꼬'가 된다. 그러나 소리 나는 대로 써서는 무슨 뜻인지 모르니, '늙다'라는 단어에서 왔음을 알려주는 '늙'을 써야 한다는 것이 어법이다.

어법은 크게 '소리에 관한 것'과 '형태에 관한 것' 등으로 나뉘며 더 혼란 속으로 빠져든다. 소리에 관한 것은 '된소리' '두음법칙' '구개음화' 같은 것들이 대표적이다. 형태에 관한 것은 '체언과 조사' '어간과 어미' '합성어와 접두사가 붙은 말' 등으로 나뉜다. 이걸 설명하자면 예시단어만 수백 개가 넘고, 거기에 예외도 착실하게 붙는다. 게다가 설명을 다 듣는다고 해서 맞춤법을 '짠' 하고 완벽하게 구사할 수 있는 것도 아니다.

시험을 볼 것이 아니라면 맞춤법 총칙이나 표준어 규정을 시간을 따로 내서 공부할 필요는 없다. 그럼에도 우리는 사회생활을 하려면 맞춤법을 제대로 써야 한다. '뜻만 통하면 되겠지!' 같은 생각을 해서는 안 된다. 맞춤법을 틀리면 솔직히 뜻도 잘 안 통한다. 위에서 예를 든 '갑갑냐(가까우냐)'를 보고 가까우냐고 묻는다는 걸 어찌 알 수 있겠는가.

적어도 꼭 알아야 할 맞춤법 정도는 틀리지 않으려면 다음의 몇 가지 습관을 들이는 게 좋다.

첫째, 의심하라. 원래부터 알았던 단어라고 단정하지 말아야 한다. '라면이 불다'라고 철석같이 믿고 있었는데 '라면이 붇다'가 표준어인 경우 같은 예는 수없이 많다.

둘째, 검색하라. 휴대폰을 손에서 놓지 않는 우리는 궁금할 때면 검색창을 열어 무엇이든 검색할 수 있다. 요새는 포털에 검색어를 입력했는데 그것이 표준어가 아니라면 빨간색 글씨로 올바른 단어를 알려준다. 여기서 조금 더 정확하고 싶다면 국립국어원의 표준국어대사전을 활용하길 추천한다.

셋째, 발음에 유의하라. 우리가 잘못 쓰는 단어들 대부분이 발음 때문인 경우가 많다. 소리 나는 대로 적다 보니 '대가'나 '굳이' 같은 단어를 소리 나는 대로 '댓가' '구지'로 적으면서 맞춤법 오류가 생긴다.

넷째, 예문을 만들어보자. 사람의 습관은 무서워서, 올바른 맞춤법을 알게 된 후에도 잘못 쓰는 경우가 종종 생긴다. 몇 가지 예문을 만들어보면 그 단어가 머릿속에 고정된다.

다섯째, 맞춤법을 지적하고 지적받는 것에 관대해져야 한다. 맞춤법을 지적하는 것은 상대를 비난하는 것이 아니다. 일각에서는 맞춤법 지적이 "신발 끈 풀렸어요~"라며 상대에게 알려주는 것과 같다고 하는 사람들도 있다. 그만큼 자연스럽고 당연한 일이라는 얘기다.

이 책에서는 웬만하면 틀리지 않고 써야 사랑도 지키고, 직장생활도 무사히 해낼 수 있는 맞춤법을 선정해 소개한다. 맞춤법 때문에 생길 수 있는 에피소드들도 담았다.

맞춤법이 사랑을 이루어주고, 직장에서 승승장구하고, 돈을 벌게 해줄 수는 없을 것이다. 하지만 사랑이 떠나가고, 직장에서 곤란해지고, 돈을 벌 기회를 놓치게 할 힘은 충분히 가지고 있다.

함정선

1장 비슷하게 생겨 바꿔 쓰는 단어

2장 둘 중 하나는 잘못된 단어

3장 몰랐죠? 둘 다 맞는 말

1장

비슷하게 생겨
바꿔 쓰는 단어

제자리를 찾지 못해 헤매는 말들이 참 많다. 뜻이 다른데 비슷하게 생긴 말들 때문이다. 이 단어를 써야 할 자리에 저 단어를 쓰고, 저 단어를 써야 할 자리에 요 단어를 쓴다. '혹시 이게 아닌가'라고 의심이라도 하면 다행인데, 잘못 쓰고 있다는 사실조차 모르는 경우가 더 많다.

모양은 이란성 쌍둥이지만, 뜻은 전혀 다른 단어들을 1장에서 모았다. 어려우면 무슨 소용일까. 더 헷갈리기만 한다. 최대한 쉽게 둘을 구별하는 방법을 담았다. 특히 실생활에서 더 많이 쓰이는 단어를 강조했다. 헷갈리는 단어 리스트를 머릿속에 담자. 방황하는 말들의 제자리를 찾아줄 때다.

01

어이
/
어의

풀어볼래요? OX 퀴즈

1. 내가 네 남친한데 관심있다고? 나 참, 어의가 없으려니까! ( )

2. 이거 마셔봐. 고종의 어의가 개발한 숙취해소약이래. ( )

3. 세탁소에 옷을 맡겼는데 어이없게 다 줄어들었어요. ( )

4. 네가 임금 병 고치는 어이라도 되니? 어의없게 왜 그러니? ( )

대학생인 채원은 하루를 별다방에서 시작한다. 향긋한 별다방 커피를 한 잔 손에 쥐고 강의실에 들어서면 이른 아침 강의라 해도 기분이 그리 좋을 수가 없었다.

　　하지만 오늘은 달랐다. 학교 앞 별다방을 그대로 지나쳤다. 등굣길 지하철에서 '별다방 기업이 인종차별의 대표주자'라는 기사를 보고 나니 화가 나서 참을 수가 없었기 때문이다. 채원은 과 동기인 유리에게 자신의 분노를 전하고 싶어 휴대폰을 들었다. 덤으로 자신의 정의로움도 알릴 기회라고 생각했다.

> 야, 우리 이제 별다방 가지 말자.
>
> 왜? 너 별다방 사랑하잖아?
>
> 아니, 나 진짜 어의가 없어서.
>
> 응? 왜?
>
> 너 그거 몰라? 별다방 기사 뜬 거 못 봤어?
>
> 아, 인종차별 기사?

그래, 울 나라가 글케 많이 사주는데. 진짜 어의없지 않냐?

그러게… 나도 어의가 없네. 나도 왕은 아닌지라.

여기서 왕이 왜 나와? 정신 차려. 별다방 때문에 어의없는데.

전하, 그만 고정하시옵소서. 어의 대신 어이를 찾으심이 옳을 줄 아뢰옵니다.

무슨 소리야? 너도 진짜 어의없다.

채원은 화가 나 메시지 창을 닫아버렸다. 아니, 유리는 이 상황에서 장난을 치고 싶을까? 인종차별하는 기업을 보이콧하겠다는 자신의 숭고한 계획을 아침부터 이렇게 망쳐놓다니.

채원은 다른 메시지 창을 열었다. 유리 대신 강우에게 메시지를 보내야겠다. 그러면 내 마음을 알아줄 터.

강우야, 별다방 정말 어의없지 않니? 인종차별하는 기업은 불매운동해야겠어.

'어의'는 이만 조선으로 보내드리자

누구나 한 번쯤은 왕이길 꿈꾼다. 그래서 참 많이들 찾는 모양이다. 왕족을 치료하는 전담 의사인 '어의'를 말이다. 드라마에서나 등장하는 어의가, 조선 시대에 살았더라도 얼굴 한 번 뵙기 어려웠을 어의가 21세기 현실에서는 왜 이리 많은지 알 수 없는 일이다. 몰라서 틀리고, 알아도 쓸 때마다 헷갈리는 그 단어인 '어이'와 '어의'.

영화 〈베테랑〉 속 유아인이 그렇게나 친절하게 맷돌 손잡이를 예로 들며 "어이가 없네"라고 알려줬음에도 참으로 많이들 틀리는 단어다. 영화 관객 수가 무려 1,300만 명을 넘어섰다는데, 영화를 본 이들만 어이와 어의의 차이를 제대로 알아도 두 단어가 자리를 바꿔 사용되는 일은 매우 줄어들 것을. 안타까운 일이다.

어이와 어의는 심지어 신문 기사에서도 틀리는 걸 가끔 발견할 수 있다. 신문에서 어이와 어의를 혼용해 쓴 것을 발견했을 때가 아주 좋은 예다. 그때 이렇게 말하자. "어이가 없네!"

• 어이 : 어처구니
• 어의 : 궁궐에서 임금이나 왕족을 치료하던 의원

'어이가 없다'는 '어처구니가 없다'의 준말이다. 어이를 어의로 잘못 써 문제가 생길 것이 두렵다면 차라리 '어처구니'를 쓰는 버릇을 들이는 것도 좋다.

또 다른 방법은 '어의'라는 단어를 잠시 잊고 사는 것이다. 〈허준〉 같은 사극에 대해 얘기하거나 역사책에 대한 감상을 말할 게 아니라면 현재를 살아가는 우리가 어의를 쓸 일은 많지 않기 때문이다.

그러니 어의는 이만 조선으로 보내드리자. 어의가 없으면 전하의 병은 어찌 나으시겠는가!

▶ 정답과 풀이

1. **(X)** 일이 너무 뜻밖이라 기가 막히다면 '어처구니'를 줄인 '어이'를 써야 한다.
2. **(O)** 고종은 조선의 26대 왕으로 그를 치료한 의사는 '어의'가 맞다.
3. **(O)** 세탁소에서 줄어든 옷을 보고 '어처구니가 없다'는 뜻으로 사용했으니 '어이'가 맞다.
4. **(X)** 임금 고치는 의사는 '어의', 상황이 어처구니없을 때는 '어이'다. 그러므로 둘 다 틀렸다.

02

무난
/
문안

풀어볼래요? OX 퀴즈

1. 돈가스 가게 중 이 집 맛이 제일 문안해요.   (   )

2. 어제는 은사님께 문안 여쭙고 오느라 바빴어.   (   )

3. 점퍼를 하나 사야 하는데 뭐가 제일 무난해?   (   )

4. 가방 색깔 좀 골라주세요. 문안한 블랙이 괜찮나요?   (   )

생일을 앞둔 자영은 한껏 들떴다. 사귄 지 얼마 안 된 남자친구
가 원하는 선물을 사준다고 약속한 터라 틈만 나면 휴대폰으로 가
방과 옷 등 다양한 상품을 검색하는 중이다.

남자친구는 함께 백화점에 가서 선물을 사주겠다고 했지만, 자
영은 "백화점에서 본 상품을 온라인으로 사면 훨씬 저렴하다"라며
온라인 쇼핑몰 주소를 남자친구에게 보내기로 했다. 자신의 지갑
사정을 고려해주는 자영을 보며 남자친구가 감동한 것을 두고 자
영은 기분이 좋았다.

며칠을 검색한 후 드디어 자신의 마음에 쏙 드는 가방을 발견한
자영은 쇼핑몰 주소를 남자친구에게 보냈다.

> 짜잔, 이 가방 어때?

> 이걸로 고른 거야? 예쁘네. 바로 결제하면 될까?

> 응응! 예쁘지? 여기저기 문안하게 잘 들 수 있을 것 같아!

> 아… 응, 그래. 이걸로 주문할게.

남자친구가 메시지에서 말을 더듬는 것 같아 혹시 가격이 부담인 것은 아닌가 걱정했지만, 자영은 이틀 후 배송된 가방을 보고 그 기억도 바로 잊어버렸다. 이리저리 가방을 들어보고는 남자친구에게 사진과 함께 감사의 메시지를 보냈다.

> 자기야, 가방 도착했더라.

> 그래? 빨리 왔네. 마음에 들어?

> 응, 정말 맘에 들어. 그래서 쇼핑몰에 사진이랑 후기까지 남겼어. 남친이 사준 거라고 자랑하면서.

자영은 자신이 남긴 후기를 캡처한 사진도 남자친구에게 전송했다. '이 정도로 좋아해주면 선물한 남자친구도 뿌듯해하겠지'라는 마음이었다. 그러나 남자친구는 자신의 메시지를 받고도 한동안 답이 없었다.

'뭐야, 사주고는 아까운 건가?' 입을 뾰로통하게 내민 자영은 휴대폰을 책상 위에 던지듯 내려놓고는 화를 내며 부엌으로 향했다. 그녀가 던진 휴대폰 위에는 '남친이 사줬어요. 캐주얼이나 정장에 문안하게 들기 좋아요'라는 자영의 쇼핑몰 후기가 띄워져 있었다.

'문안한' 성격으론 취업이 힘들다

예의와 인사를 챙기는 동방예의지국의 후손이기 때문일까. 참으로 많이들 외치는 단어 중 하나가 '문안'이다. 쇼핑몰 몇 개만 살펴봐도 '막 걸치기 문안해요' '문안해서 질리지 않고 입기 좋겠어요' 등의 후기를 어렵지 않게 찾아낼 수 있다.

일상생활에서 많이 쓰이지만 혼동해 쓰는 대표적인 단어인 '문안'과 '문안'. 둘 다 틀린 말은 아니지만 쓰임새는 전혀 다르다.

- **무난하다 : 이렇다 할 단점이나 흠 잡을 것이 없다**
- **문안하다 : 웃어른께 안부를 여쭈다**

두루두루 잘 어울리거나, 크게 나쁘지 않다는 것을 표현할 때는 '무난'을 써야 한다. "소개팅 상대가 어땠느냐"고 질문을 받았다면 "무난했어"라고 답하는 것이 맞다. 쇼핑몰 후기에도 '무난하다'라고 남겨야 한다.

사실 일상생활에서 '문안'을 쓸 일은 그리 많지 않다. 문안은 말 그대로 웃어른에게 안부나 인사를 여쭈는 것으로, 인사할 상황이 아니라면 떠올리지 않는 편이 낫다. 사극을 보면 세자 내외가 궁의 웃어른께 아침이면 문안을 드리러 가지 않는가. 어렵다면 '문안'을 '문안인사'로 외우는 것도 방법이다. 문안에 '인사'의 뜻이 담겨 있어 함께 쓰지 않지만 무난과 문안을 헷갈리는 것보다는 나을지도 모른다.

특히 취업을 준비하고 있다면 자기소개서에 성격을 묘사하며 '문안하다'라고 표기하는 일만은 없어야 한다. 그 순간 당신의 자기소개서는 그대로 탈락 서류 더미 속으로 사라지게 될 것이다.

▶ 정답과 풀이

1. (X) '문안'은 어른들께 인사할 때나 쓰는 단어다. 단점이나 흠 잡을 게
없다는 뜻의 '무난'을 써야 한다.
2. (O) 실생활에서 '문안'은 이럴 때 쓴다. 웃어른께 인사를 여쭈는 의미니
'문안'이 맞다.
3. (O) 두루두루 잘 어울린다는 뜻의 '무난'을 잘 사용한 경우다.
4. (X) 크게 나쁘지 않다는 뜻의 '무난'을 '문안'으로 잘못 썼다.

03

어떻게
/
어떡해

풀어볼래요? OX 퀴즈

1. 공기업에 어떻게 합격하셨어요?   (   )

2. 소개팅한 사람이 정말 마음에 드는데 어떡하지?   (   )

3. 이런 커다란 도자기는 어떡해 버려야 할까요?   (   )

4. 시험지를 밀려 썼는데 어떻게 하죠?   (   )

"재연아, 너 요새 페북 안 하지?"

친구 윤정의 물음에 재연이 고개를 끄덕였다. 페이스북 계정을 열어본 지가 언제더라.

"나 인스타로 옮긴 지 꽤 됐는데, 왜?"

"아니, 페북에서 재미난 거 찾다가 네 페북 가봤는데 모르는 사람이 글 달아놨거든. 근데 글을 보니 아무래도 그 '지네' 같은데?"

"정말? 지네가 글을 썼어?"

윤정의 말에 재연은 얼굴이 굳은 채 재빨리 휴대폰을 들어 페이스북을 실행했다. 그런 둘을 보며 선아가 의아하다는 듯 윤정을 향해 고갯짓을 해보였다.

"지네가 뭐야?"

"재연이 옛날 남친 별명이야. '잘 지내?'라고 물어볼 때도 그 발 달린 '지네'를 쓰고, '주말 잘 보내' 할 때도 어김없이 '잘 보네'라고 써서 별명이 지네였어. 맞춤법 파괴대마왕."

"아… 진짜? 그래서, 익명으로 달았는데 이번에도 '지네, 보네' 이렇게 썼어?"

선아의 물음에 페이스북을 보던 재연이 고개를 숙이며 자신의 휴대폰을 내밀었다. 재연의 페이스북을 들여다보던 선아의 얼굴에 놀라움이 떠올랐다.

"맞춤법이 시그니처 같은 사람이었구나."

"그때 '지네'랑 '보네'는 내가 하도 난리를 쳐서 고쳐졌는데, 그거 말고도 맞춤법 진짜 많이 틀렸거든. 이건 빼박이다. 지네가 분명해. '어떻게'랑 '어떡해'는 아무리 가르쳐줘도 안 되는 건가봐."

재연의 말에 선아와 윤정이 동시에 고개를 세차게 흔들었다.

"안 되더라, 그건."

"그렇더라. '어떡해' '어떻게'는 어떻게 해도 안 되더라고."

세 사람은 재연의 페이스북에 달린 '지네' 군의 답글을 떠올리고는 목이 탄다는 듯 커피를 들이켜기 시작했다.

어떡게 살고 있는지 정말 궁금하다. 넌 내가 누군지 모르겠지만, 난 시간이 지나도 너를 잊기가 힘들다. 잘 살고 있는지 한 번쯤 보고 싶었는데, 여기서도 니가 사라져서 어떻할지…넌 어떡해 그렇게 날 잊을 수 있니. 난 어떻면 좋을까. 정말 밉다, 네가…

이렇게 써도 어색, 저렇게 써도 어색

'지네' 군에게는 맞춤법이 마치 손가락 지문과도 같은 모양이다. 하지만 이해한다. 그가 단 한 번도 제대로 쓰지 못한 '어떡해'와 '어떻게'는 맞춤법을 잘 안다고 자신하는 사람들도 한 번쯤은 쓰기 전에 고민하는 단어이기 때문이다.

게다가 이 두 단어는 '어떻게, 어떡해, 어떻해, 어떡게' 등 잘못 쓰는 사례가 다양하게 발생하기도 한다. 이렇게 써도 어색하고, 저렇게 써도 어색해서 최대한 '어떻게'와 '어떡해'를 배제하고 글을 쓰는 사람들도 있다고 한다.

- 어떡하다 : '어떠하게 하다'가 줄어든 말
- 어떻게 : 어떤 모양이나 형편으로 / 어떤 이유로 또는 무슨 까닭으로

사실 국어사전을 보고 뜻을 다시 한 번 외운다고 해도 틀리지 않을 것이라 장담하긴 어렵다. 용법에 따라 알맞은 단어를 골라 쓸 수 있다면 맞춤법이 왜 어렵겠는가.

그래서 준비했다. 두 단어가 자주 헷갈린다면, 간단한 원리 하나를 기억해두자. 두 단어가 쓰일 자리에 '어떻게 해'를 넣는 방법이다. '어떻게 해'를 넣어서 어색하면 '어떻게'이고, '어떻게 해'를 넣어서 어색하지 않다면 '어떡해'다.

- 네가 그리 아프면 걱정돼 (어떡해 / 어떻게) ('어떻게 해'를 넣어보자. 어색하지 않으니 '어떡해'가 맞다)
- 나 이걸 (어떡해 / 어떻게) 쓰는지 모르겠어. ('어떻게 해'를 넣어보자. 어색하니 '어떻게'가 맞다)

이 원리만 기억하면 '어떻게'와 '어떡해'를 헷갈리지 않고 아래와 같은 복잡한 문장까지 완벽하게 구사할 수 있다.

- 어떻게 이렇게 쉬운 원리를 알려줬는데도 틀리게 쓸 수 있는지. 너를 정말 어떡하면 좋니!

▶ 정답과 풀이

....

1. (O) 방법, 방식 등을 뜻하니 '어떻게'가 맞다. '어떻게 해'를 넣어서 어색하니 '어떻게'다.
2. (O) '어떠하게 하다'라는 뜻의 '어떡하다'가 맞는 말이다. '어떻게 해'를 넣어서 자연스러우니 '어떡해'다.
3. (X) '어떤 방법이나 방식으로'라는 뜻이니 '어떻게'를 넣어야 한다. '어떻게 해'를 넣어서 어색하니 '어떻게'다.
4. (X) '어떠하게 하느냐'는 뜻으로 쓰였기 때문에 '어떡해'를 써야 한다. '어떻게 해'를 넣어서 어색하지 않으니 '어떡해'가 맞는 말이다.

04

금세
/
금새

풀어볼래요? OX 퀴즈

1. 굴을 한 상자나 샀는데 금새 줄어들었어.　　　　(　)

2. 겨울이 되니 날이 금세 어두워지네요.　　　　　(　)

3. 거기 기다리고 있어! 내가 금새 갈 테니.　　　　(　)

4. 한 일도 없는데 방학이 금세 지나가 버렸네.　　(　)

"아휴. 이번에도 꽝인가봐."

윤아가 한숨을 쉬며 휴대폰을 내려놓고는 커피숍 아르바이트를 함께하는 진영을 향해 투덜거렸다. 어제까지만 해도 최근 소개받은 남자와 좋은 관계로 발전할 것 같다며 '하하 호호' 했던 모습은 사라지고 얼굴 가득 아쉽다는 표정이었다.

"왜? 취미도 잘 맞고, 취향도 잘 통한다고 좋아하더니?"

진영의 물음에 윤아가 자신의 휴대폰을 내밀었다.

"너도 잘 알잖아? 내가 얼굴이나 키, 능력 이런 것보다 맞춤법을 가장 먼저 본다는 거."

진영은 윤아가 내민 휴대폰을 받아들며 그저 고개를 끄덕였다. 실제로 윤아는 남자친구를 만날 때마다 맞춤법에 예민하게 굴었다. 아무리 좋아도 상대가 맞춤법을 틀리는 날이면 마음이 그대로 식는다나, 어쨌다나.

진영은 윤아와 남자가 주고받은 메시지를 한참을 들여다보며 고개를 갸웃했다.

윤아 씨, 알바 끝났어요? 제가 금세 갈게요.

아, 네. 이제 곧 끝나요. 천천히 오셔도 괜찮아요.

여의도까지 지하철로 이동하면 금세 가니까 걱정 마세요. 이따 뵐게요.

저기…자꾸 금세라고 하시는 게 영 걸려요. 제가 맞춤법에 예민한 편이라. 너무 불쾌하게 듣지 마세요.

네? 금세가 왜요?

그럴 때는 금새라고 하시는 게 맞거든요.

아…죄송해요. 지적해주셔도 괜찮아요. 앞으로도 많이 알려주세요.

메시지를 모두 읽은 진영이 웃으며 윤아에게 말을 건넸다.

"너, 이 남자 꼭 잡아야 할 것 같은데? 배려심 깊고 착하네."

"무슨 소리야?"

"네가 틀렸다고 지적한 금세는 이 남자가 쓴 단어가 맞아. 네가 쓴 말은 다른 뜻이야."

"뭐? 야, 너 왜 그래? '금사이'가 줄어서 '금새'잖아. 여기 봐, 국어사전에도… 헉!"

진영에게서 휴대폰을 빼앗아 들고 국어사전을 검색한 윤아의 얼굴이 하얗게 질리고 말았다.

'금새'라는 단어는 쓸 일이 그리 많지 않다

잘 알지도 못하면서 맞춤법 지적을 해댄 윤아의 이번 연애는 평탄하게 흘러갈 수 있을까? 자칫 맞춤법 모르는 남자로 오해받을 뻔한 소개팅남이 사용한 '금새'와 '금세'는 생긴 것도 닮았을 뿐만 아니라 오해하기도 딱 좋은 모양새의 단어다.

에피소드 속 윤아처럼 '지금 바로'를 뜻하는 단어를 '금새'라고 착각하고 있는 경우가 많다. 이 때문에 '사이'가 줄어 '새'가 된 것이라며 다른 사람의 맞춤법을 지적하는 경우도 종종 발생한다.

- 금세 : 지금 바로. '금시에'가 줄어든 말로 구어체에서 많이 사용됨
- 금새 : 물건의 값. 또는 물건값의 비싸고 싼 정도

'금세'와 '금새'를 혼동하게 된 것은 잘못된 추측 때문이다. '금의 시세'처럼 보여 '금세'가 물건값이고, '이제, 지금'을 뜻하는 '금(今)'에 '사이'가 더해져 '금새'가 '지금 바로'라고 오해하기 딱 쉽게 생기기도 했다. 발음까지 같으니 구별하기는 더 쉽지 않다.

단어의 뜻을 정확히 알고 있다면 좋겠지만, 사전 속 설명이 복잡하다고 외우기 어렵다면 '금새'를 잊도록 하자. 현대를 살아가는 우리는 '금새'라는 단어를 쓸 일이 그리 많지 않기 때문이다. 물건값을 뜻하는 다른 단어를 사용하자. 대체할 수 있는 단어는 '시세'

도 있고, '가격'도 있고, 그외에도 많다.

　실생활에서는 '지금 바로, 조금 후에, 얼른, 후딱' 등과 같은 의미의 '금세'만 기억하면 된다. '금시에'가 줄어든 말이라는 점도 함께 외워두면 좀더 정확하게 기억할 수 있다. 또한 누군가가 '금세'를 잘못 알고 있다면 "금세는 금시에가 줄어든 거야, 쉽지?"라며 최대한 상냥하게 알려주자.

▶ 정답과 풀이

1. (X) '금새'는 '물건값'을 뜻한다. '지금 바로'의 뜻인 '금세'를 써야 한다.
2. (O) '금시에'가 줄어든 '금세'를 제대로 쓴 문장이다.
3. (X) '지금 바로'는 '금세'로 쓰는 것이 맞다. '금새'는 구어체에서 쓸 일이 많지 않다.
4. (O) 방학이 순식간에 지나갔다는 의미로 쓸 때는 '금세'를 쓰면 된다.

05

바라
/
바래

풀어볼래요? OX 퀴즈

1. 아무리 힘들어도 희망을 잃지 말기를 바래요.　　　(　)

2. 해가 비치는 곳에 셔츠를 뒀더니 색이 다 바랬어.　　(　)

3. 얼굴이 하얀 편인데 어울리는 티셔츠 색 추천 바라요.　(　)

4. 나는 네가 행복하길 바라.　　　　　　　　　　(　)

헤어진 연인이 가장 하지 말아야 할 것 중 하나가 '자니?'라고 한다. 무슨 뜻이냐고? 술을 마시고 울적해진 마음에 옛 연인에게 '자니?'라고 메시지를 보내는 것만은 해서는 안 된다는 얘기다.

누구보다 '자니?'를 경계했던 찬호이지만, 어젯밤에는 그만 감상에 젖고 말았다. 하필이면 회식 장소가 그녀와 함께 자주 가던 식당일 줄이야. 자세히 기억나지는 않지만 분명히 회식이 끝나고 집에 돌아오는 길에 전 여자친구인 혜진에게 이런저런 메시지를 보낸 기억이 났다.

출근길에 메시지 창을 아예 열지도 못하고 안절부절못한 채 회사까지 당도한 찬호는 머리를 쥐어뜯고 말았다. 메시지 창을 볼 자신이 없었다. 결국 옆자리 입사 동기인 김 대리에게 휴대폰을 내밀고 말았다.

"메시지 창 제일 위에 있는 거, 보지 말고 지워줘."

김 대리가 냉큼 찬호의 휴대폰을 채가더니 소리를 질렀다.

"뭐야! 너 혜진이한테 메시지 보냈어? 어제 회식 끝나고?"

"말 걸지 마. 읽지 말고 빨리 지워. 부탁이다."

"그렇게 엄청 마시더니만, 헉."

"야, 읽지 마라니까. 왜? '자니'라도 있어?"

"아니 그것보다 더 심한 게 있는데?"

"뭐? 왜? 다시 만나고 싶다, 그랬어?"

"그게 아니라, 아무리 힘들어도 직접 봐라. 난 더는 못 보겠다. 명복을 빈다, 친구야."

> 자니?
>
> 미안, 그냥 생각나서.
>
> 답 안 해도 괜찮아…그냥 네가 행복하길 바래.
>
> 내 바램은 정말 그것 하나뿐이야, 안녕.

　　김 대리가 책상 위에 올려둔 휴대폰 메시지를 읽던 찬호의 눈이 점점 커졌다. 분명 내용 때문에 손발이 오그라들 줄 알았는데, 정작 찬호의 숨을 막히게 한 것은 메시지 속 한 단어였다. 혜진이와 사귈 때, 혜진이가 제대로 쓰라고 닦달해 꼭 외우고 있던 단어인데, 어째서!

문장 맨 마지막에 쓸 땐 무조건 '바라'

찬호는 '자니'까지만 했어야 했다. 아니, 아예 술을 마시지 말았어야 했다. 헤어진 여자친구에게 바라는 것도 참 많다. '바래야 할' 것은 전 여자친구의 새로운 행복이 아니라 전 여자친구와의 추억과 기억인 것을.

- 바라다 : 생각이나 바람대로 어떤 일이나 상태가 이루어지거나 그렇게 됐으면 하고 생각하다
- 바래다 : 볕이나 습기를 받아 색이 변하다

무언가를 원할 때 쓰는 '바라'를 써야 할 자리에 아직도 많은 사람이 '바래'를 쓴다. 노래 제목만 봐도 수많은 노래 제목이 〈행복하길 바래〉〈찾길 바래〉〈잘 살길 바래〉라며 잘못된 표현들을 쓰고 있다. '바람'을 써야 할 자리는 '바램'이 가득 채우고 있다. 이 때문에 '바라' '바람' 등 제대로 된 맞춤법이 어색해 보이는 상황도 발생한다. 찬호처럼 억지로 기억했다가도 습관처럼 잊는 상황도 다수다.

재미있는 건, '바라다'를 동사 그대로 쓸 때는 헷갈리는 사람이 많지 않다는 점이다. '나는 자유를 바란다' '나는 봄이 오기를 바라고 있어'라고 참 잘 활용해 쓴다. 그런데 명사만 쓸 상황이 되면

'바람'이 '바램'으로 뒤바뀐다. 그러니 무언가를 원하는 것이 동사 '바라다'라는 점을 잘 알고 있다면, 이를 명사 '바람'과 연결해 기억하면 쉽다.

색이 변하는 뜻의 '바래'는 동사 '바래다'의 활용형이다. 둘은 쓰이는 자리도 다르다. '바라'가 '행복하길 바라'처럼 상대에게 무엇을 원하거나 요구하는 명령체에 주로 쓰인다면, '바래'는 뒷말을 꾸밀 때 많이 쓴다. 이를테면 '이 셔츠는 색이 바래 못 쓰겠네요'라는 식이다. 이는 곧 '바래'를 문장 끝에 쓸 일이 많지 않다는 얘기다. 그러니 기억하자. 상대에게 무언가를 원하고 있고, 문장 맨 마지막에 쓰는 말이라면 무조건 '바라'라는 것을.

▶ 정답과 풀이
....
1. (X) 생각이나 바람대로 되기를 원할 때는 '바라다'가 맞기 때문에 '바라요'를 써야 한다.
2. (O) 볕이나 습기를 받아 색이 변할 때는 '바래다'를 쓴다. '셔츠의 색이 바랬다'는 맞는 말이다.
3. (O) 무언가를 원할 때는 어색하더라도 '바라' '바라요'를 쓴다.
4. (O) '그렇게 됐으면'이라고 생각할 때는 '바라'를 쓰면 된다.

06

낫다
/
낳다

풀어볼래요? OX 퀴즈

1. 솔직히 얼굴은 내가 너보다 낳지 않아?　　　　　　　( )

2. 교통사고라니 정말 놀랐어. 얼른 낳아!　　　　　　　( )

3. 우리 고양이가 새끼를 네 마리나 낳았거든.　　　　　( )

4. 네가 아픈 걸 낫길 바라는 내 인성이 너보다 낫지!　　( )

"소라 씨, 잘 돼가고 있어? 일부러 그 친구한테는 안 물어봤는데, 궁금하네."

옆자리 이 대리의 물음에 소라는 애써 웃어 보였다. 소개팅 얘기였다. "내 친구라서가 아니라 정말 진국"이라며 이 대리가 엄지를 치켜세우며 소개해준 사람이었다.

일주일 전 한껏 꾸미고 만난 소개팅 상대는 이 대리의 말대로 참 좋은 사람이었다. 훤칠한 키에 매너도 좋고 유머러스하기까지 했다. 소라는 드디어 솔로에서 탈출해 올해 크리스마스는 커플로 보낼 수 있을 것이라는 기대에 가슴이 두근두근했다.

그러나 소라의 이 같은 바람은 지난 일주일간 그와 주고받은 메시지 때문에 산산조각이 나고 말았다. 한참을 고민하던 소라는 이 대리에게 메시지를 캡처해 전송했다.

> 소라 씨, 오늘 저녁 어때요?
>
> 아, 오늘 감기 기운이 있어서 조퇴했어요.

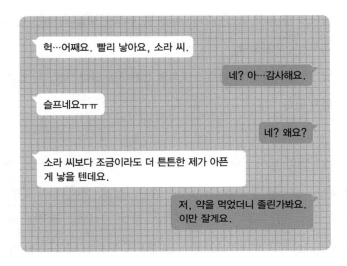

소라에게서 캡처 화면을 받은 이 대리의 손이 부들부들 떨렸다. 이윽고 이 대리는 "이 출산왕을 내가 죽이고 올게. 미안해 소라 씨"라고 외치고 말았다.

'낳다'는 출산을 축하할 때나 쓰자

모든 것을 낳아버리는 '맞춤법 파괴의 끝판왕'이다. 분명히 한국은 출산율 1명이 위태로운 저출산 국가이건만, 뭘 그리 많이 낳고 있는 걸까. '낳다'와 '낫다'는 수많은 사람이 끊임없이 지적하고 있음에도 어디선가 지속적으로 잘못 쓰이고 있는 대표적인 단어다.

- 낳다 : 배 속의 아이·새끼·알을 몸 밖으로 내놓다, 어떤 결과를 이루거나 가져오다
- 낫다 : 병이나 상처 따위가 고쳐져 본래대로 되다, 보다 더 좋거나 앞서 있다

'감기 빨리 낳아' '내가 너보다 더 낳지' 등 주로 '낫다'를 써야 할 곳에 '낳다'를 잘못 쓰는 사례가 많다. '썸남, 썸녀'가 아프지 않기를 바란다면, 혹은 '썸' 관계를 지속하고 싶다면 '낫다'를 써야 할 곳에 '낳다'를 써서는 안 된다. 상대방의 두통이 더 심해질 가능성이 크다.

'낳다'와 '낫다'를 올바르게 구별할 자신이 없다면 '낳다'를 머릿속에서 지우는 편이 나을 수도 있다. '낳다'는 출산 축하 메시지를 보낼 때나 쓰자. '아들 낳았다며? 축하해'라는 식이다. 아니면 애완동물이 새끼를 낳았을 때만 사용하자.

물론 '낳다'를 출산 외 상황에서도 쓸 수는 있다. 이를테면 '분단의 아픔이 비극을 낳았다'라는 식이다. 그러나 실생활에서 이런 식으로 활용할 일은 많지 않다.

다만 '낫다'를 쓸 때 한 가지 더 유의해야 할 것이 있다. '감기 빨리 낫아'라고 쓰면 안 된다. '감기 빨리 나아'가 맞다. '감기가 낫았다'도 안 된다. '감기가 나았다'가 역시 올바른 표현이다.

'낫다'는 뒤에 오는 말에 따라 활용이 바뀌는 말 중 하나이기 때

문이다. 이를 '불규칙 활용을 하는 동사'라고 부른다. 역시 까다로운 놈이다. 조금 더 쉽게 외우려면 '낫' 뒤에 모음이 오면 'ㅅ'이 사라진다는 걸 기억하고 있자. 몇 가지 문장을 만들어보며 연습하는 것도 방법이다.

- 병이 낫고 나니 얼굴이 좋아졌네!
- 암산은 네가 나보다 더 낫다니? 말도 안 돼.
- 감기가 이제 다 나았다.
- 이런 일을 하는 건 내가 너보다는 더 나을 것 같아.

▶ 정답과 풀이

1. (X) '보다 더 좋거나 앞서 있다'라는 뜻의 '낫다'를 써야 맞다. '낫지 않아?'라고 고쳐 써야 한다.
2. (X) '병이나 상처 따위가 고쳐지는 것'이라는 뜻으로 쓰려면 '낫다'의 활용인 '나아'를 써야 한다. '낫' 뒤에 모음이 오면 'ㅅ'은 사라진다.
3. (O) '낳다'는 이럴 때 쓴다. 아이를 낳거나, 동물이 새끼를 낳았을 때다.
4. (O) 병이 고쳐진다는 뜻의 '낫다'와 '더 앞서 있다'라는 뜻의 '낫다'를 잘 활용했다. 둘 다 '낫다'가 맞는 말이다.

07

않 / 안

풀어볼래요? OX 퀴즈

1. 아무리 기다려도 고객센터 연결이 않돼요.   (   )

2. 네가 날 떠났지만 난 너 원망 않해.   (   )

3. 휴대폰 충전이 갑자기 안 되네요.   (   )

4. 날 좀 혼내지 않았으면 좋겠어요.   (   )

"너희, 이게 대체 무슨 뜻이냐?"

현창이 내민 휴대폰을 본 주원이 웃음을 터뜨렸다. 조교인 현창이 보여준 것은 학과 단톡방이었다. 단톡방에 현창이 올린 과제 공지글에 아이들이 '외않되'라며 장난을 친 모양이었다.

"아, 형. 이거 일부러 틀리게 쓰는 거예요. 뭐 그리 맞춤법 규칙이 많으냐고 칭얼거리는 거죠. 그냥 일부러 맞춤법 틀리는 거예요. 소리 나는 대로 읽으면 그 뜻이에요."

"일부러 틀린다고? 굳이 맞춤법을?"

"에이, 그게 요새 유행이잖아요. 이런 신조어 모르면 형 늙은이 소리 들어요."

주원의 말에 현창이 쯧쯧 혀를 차며 휴대폰을 받아들었다가 과 사무실에 모여 앉은 주원 일행을 보며 묘한 웃음을 지었다.

"그럼 너희 이 '외않되'를 제대로 쓸 수 있어?"

현창의 말에 주원을 비롯한 학생들이 "우우"라며 소리를 질렀다. "우리를 뭐로 보고!"라며 기분 나쁜 티를 내는 학생도 있었다.

"뭐, 재미 삼아 한 번 써봐. 자."

현창이 내민 메모지와 볼펜을 받아든 아이들이 머뭇거리며 볼

펜을 집어들었다.

글자 쓰기를 마친 주원 일행은 쭈뼛거리며 서로 눈빛을 교환했다. 그러고는 쪽지를 탁자에 던지고 황급히 가방을 챙겨 과 사무실을 떠났다.

도망치듯 떠나는 아이들을 보며 탁자 위에 흩어진 종이를 집어든 현창은 깊은 한숨을 내쉬고 말았다. 현창에게 '외않되'가 유행임을 알려주며 자신감에 찼던 주원의 쪽지에는 이렇게 적혀 있었다. '왜않돼?'

'않'과 '안'을 틀리는 이유는 불안감 때문

아직 신조어 사전에까지는 오르지 못했지만 이리저리 유행어처럼 쓰이는 '외않되'는 혼란스러운 맞춤법을 모아둔 백화점 같다. 한 글자 한 글자 어쩜 저렇게 공들여 틀렸을까 싶을 정도다.

주목할 것은 주원이 틀린 가운데 글자 '않'이다. 얼핏 보면 참 쉬워 보여 '왜 틀리지?'라고 생각하지만, 자주 틀리는 맞춤법 다섯 손가락 안에 드는 유명한 단어다. 유행이라는 '외않되'를 제대로 쓰려면, '않'도 '안'으로 바꿔야 맞다.

대부분의 사람이 '않'과 '안'을 틀리는 이유는 불안감 때문이다. '안 돼?'를 쓰려고 보니 뭔가 허전하다. '안'이라는 단어를 그냥 쓰자니 틀린 것만 같다. 그래서 '안'을 써야 할 자리에 '않'을 쓰는 경우가 많다.

그러나 맞춤법을 불안감으로 배울 수는 없다. 그럼 문법을 보면 불안감이 사라질까? '않'은 동사 또는 보조용언으로 쓰이고, '안'은 부사로 쓰이므로 둘의 쓰임새는 전혀 다르다. 물론 이 설명은 머릿속만 어지럽게 할 뿐이다.

- **안 : 아니**(부정이나 반대의 뜻을 나타내는 말)**의 준말**
- **않 : 아니하다의 준말**

국어사전을 보면 '안'과 '않'을 구별하는 방법을 아주 쉽고 친절하게 알려주고 있다. '안'이 들어갈 자리에 '아니'를, '않'이 들어갈 자리에는 '아니하다'를 넣었을 때 말이 되면 올바른 맞춤법이기 때문이다.

- **나는 책을 안 볼 거다.→나는 책을 아니 볼 거다.**
- **나는 책을 보지 않을 거다.→나는 책을 보지 아니할 거다.**

구별하는 방법은 하나 더 있다. '안'이나 '않'을 문장에서 빼보자. 문장에 별 이상이 없다면 '안'이 맞는 말이다. 문장이 이상하다면 '않'을 넣자.

- 나는 학교에 안 갈 거다.→나는 학교에 갈 거다. (말이 된다. '안'이 맞다)
- 나는 학교에 가지 않을 거다.→나는 학교에 가지 거다. (말이 안 된다. '않'이 맞다)

자, 다음 한 문장을 기억하자. '안'에는 '아니'를 넣고, '않'에는 '아니하다'를 넣는다. 혹은 '안'과 '않'을 아예 문장에서 빼고 이상이 없으면 '안'이 맞다.

▶ 정답과 풀이

1. (X) '아니 된다'라는 뜻이니 '안 돼'를 써야 한다. '아니'를 넣어보자. '연결이 아니 돼요'가 말이 되므로 '안'이 맞다.
2. (X) '아니'를 넣어보자. '난 너 원망 아니 해'가 자연스러우니 '않'이 아닌 '안'을 넣어야 맞다.
3. (O) '아니'를 넣어서 '갑자기 아니 되네요'로 자연스럽다. '안'을 아주 잘 사용했다.
4. (O) '아니'를 넣어보자. '날 좀 혼내지 아니았으면 좋겠어요'가 어색하니 '안'이 아닌 '않'이 맞다. '아니하다'를 넣어볼까. '날 좀 혼내지 아니하였으면 좋겠어요'로 자연스럽다.

08

데 / 대

풀어볼래요? OX 퀴즈
....

1. 그 떡볶이 먹어보니 참 맵데.   ( )

2. 그거 들었어? 걔네 둘이 사귄데~   ( )

3. 일기예보를 보니 내일은 별로 안 춥대.   ( )

4. 동창회 또 못 온다니? 걔는 그렇게나 바쁘데?   ( )

"한 대리님은 아재 같은 면만 빼면 나름 완벽한데, 정말 아쉽단 말이야."

동기 연아의 말에 세라는 고개를 갸웃했다. 올해 신입사원 공채로 입사한 연아와 세라는 부서 배치 직후 둘이서만 몰래 환호를 내질렀다.

나이 많은 아저씨들이 유독 많기로 소문이 난 부서였지만, 실상은 달랐다. 그 중에서도 특히 한 대리는 젊은 여성들의 마음을 두근거리게 할 정도로 뛰어난 외모를 자랑했다. 그뿐이 아니라 유머러스하고 후배들에게 다정다감한 성품까지 갖춰 인기가 많았다.

"한 대리님이 아재 같아? 난 별로 못 느끼겠던데?"

세라의 말에 연아가 휴대폰 메시지 창을 열었다.

"메시지 보면 말투가 엄청 올드하잖아. '이것 좀 고치시라' 하고 싶은데 차마 입이 안 떨어진다."

세라는 여전히 영문을 알 수 없다는 표정으로 연아를 향해 입을 열었다.

"난 아재 말투는 모르겠고, 맞춤법을 너무 틀리는 게 걸려. 맞춤법 지적하면 무안해하시겠지?"

"맞춤법? 한 대리님 맞춤법이며 띄어쓰기 틀리는 거 거의 못 봤는데. 그래서 더 호감이었고. 뭐가 틀렸어?"

연아의 물음에 세라가 답답하다는 듯 가슴을 쳤다.

"여기 좀 봐봐. 너도 헷갈리는 거 아니야? 이건 대를 써야 한다고. '대'를 써야 할 상황에 자꾸 '데'를 쓴다고. 후유, 내가 이거 틀리는 애랑 썸 타서 잘 알아."

연아는 세라가 손가락으로 가리킨 한 대리의 메시지를 집중해서 바라봤다.

> 어제 저녁 먹으러 갔다가 아이유 실제로 봤는데 정말 이쁘데.
>
> 낮에는 안 춥더니 밤이 되니 엄청 춥데.

생각에 잠겼던 연아가 한숨을 내쉬는 세라의 손을 슬그머니 잡았다.

"동기야, 내가 국어사전 보여줄 테니까, 너무 창피해하지 말고. 앞으로 남들 맞춤법 지적할 생각하면 안 된다, 알겠지?"

남으로부터 말을 건너 들어 전할 때는 '대'

많은 사람이 한 대리의 메시지를 보고 세라처럼 고개를 갸웃했을 것이다. '저런 경우 보통 대를 써야 하는 거 아닌가?' 하고 말이다. 그러나 얼굴 되고 인품도 된다는 한 대리는 맞춤법마저도 정확했다.

'데'와 '대'를 자주 헷갈리다 보니 아예 '데'를 쓰지 않는 경우가 많은데 실은 '데'와 '대' 둘 다 틀린 말은 아니다. 각각 쓰임이 다를 뿐이다.

- 데 : 과거 어느 때에 직접 경험해 알게 된 사실을 현재의 말하는 장면에 그대로 옮겨 와서 말함을 나타내는 종결 어미
- 대 : '−다고 해'의 준말. 이미 알고 있거나 다른 사람에게 들은 어떤 사실을 상대방에게 옮겨 전하는 뜻을 나타내는 말

간단하게 얘기하면 내가 겪은 일이나 알게 된 사실을 말할 때는 '데'를, 다른 사람으로부터 들은 말을 전할 때는 '대'를 쓴다고 기억하면 된다.

이를테면 '박보검, 참 잘생겼데'와 '박보검 참 잘생겼대'는 둘 다 맞는 말이다. 다만 뜻은 전혀 다르다. '박보검, 참 잘생겼데'는 박보검을 실제로 혹은 TV 등에서 보고 자신이 느낀 바를 전달하는 것

이고, '박보검, 참 잘생겼대'는 다른 사람들이 박보검을 잘생겼다고 평가한다는 의미다.

'데'에는 '더라'를, '대'에는 '다더라(다고해)'를 넣어 구별하는 방법도 있다. '쯔위 참 예쁘데→쯔위 참 예쁘더라'와 '쯔위 참 예쁘대→쯔위 참 예쁘다더라'라는 방식이다.

사실 '데'는 맞는 말이지만 젊은이들이 흔히 쓰는 말은 아니다. 연아가 괜히 한 대리를 '아재'라고 칭한 것이 아니다.

또한 우리가 일상에서 글을 쓰며 '데'를 쓸 일은 그리 많지 않다. 주로 친구나 인터넷 등 제3자로부터 들은 얘기를 전달할 때 '~대'라고 끝맺음을 하기 때문이다. 특히 '데'를 문자메시지나 SNS 등에 글로 써서 올릴 일은 더 없다.

'데'는 잊고 '더라'를 쓰는 것이 맞춤법 혼동을 줄이는 한 방법이다. 더불어 아재가 되는 것을 피할 수도 있다.

그런데 '대'는 흔하게 쓰이는 한 가지 용법이 더 있다. '데'와 '대'의 구별이 명확해졌다면 하나 더 알고 가자.

• 대 : 어떤 사실을 주어진 것으로 치고 그 사실에 대한 의문을 나타내는 종결 어미

무언가에 놀라거나 못마땅하게 생각한다는 뜻을 나타낼 때 '대'를 쓰면 된다. 활용은 이렇게 해보자.

- 오늘 그렇게나 춥대?

- 왜 이렇게 일이 많대?

- 걔 여자친구가 그렇게 예쁘대?

- 책 한 권이 뭐 그렇게 비싸대?

▶ 정답과 풀이

1. (O) 직접 경험해 알게 된 사실을 다른 사람에게 전달하는 것이니 '데'를 쓰는 것이 맞다.

2. (X) 다른 사람에게 들은 이야기를 전달할 때는 '대'를 써야 하니 '사귄 대~'로 써야 한다.

3. (O) 일기예보에서 들은 바를 전달하는 것이니 '대'가 맞다.

4. (X) 무언가에 놀라거나 못마땅할 때 쓰는 의문에는 '대'를 넣어야 한다.

09

로서
/
로써

풀어볼래요? OX 퀴즈

1. 내가 친구로써 조언하는데, 너 그렇게 살면 안 돼.　　　　( )

2. 네 얘기 콩으로서 메주를 쑨다고 해도 안 믿어.　　　　( )

3. 동호회 총무로서 네가 건배사 한 번 해봐.　　　　( )

4. 강아지가 우리 집에 온 지도 오늘로써 한 달이 됐다.　　　　( )

진원은 술집 앞에서 옷매무새를 다듬었다. 중학교에 가자마자 이사를 하는 바람에 그동안 제대로 연락도 못 했다가 우연히 SNS를 통해 초등학교 친구 채준과 연락이 닿았다. 마침 같은 반 친구였던 몇몇이 모이는 모임이 있으니 나오라는 얘기에 진원은 며칠을 설렜다.

　10년 만에 만나는 친구들의 모습이 얼마나 변했을까 궁금하기도 했지만, 무엇보다 지윤을 본다는 사실에 묘하게 기분이 이상했다.

　"야, 너 그때 지윤이 엄청 괴롭혔잖아. 사실은 그때 좋아했던 것 아니냐?"

　채준의 말을 떠올리며 진원은 살짝 미소를 지었다. 어색할지도 모른다는 진원의 걱정과 달리 친구들은 진원을 모두 반갑게 맞았다. 게다가 10년 만에 보는 지윤의 얼굴을 마주하는 순간, 진원은 그만 얼어붙고 말았다.

　마음속 한편으로 기껏 초등학생일 때의 추억일 뿐이라고 생각했지만, 아니었다. 10년 전 지윤의 얼굴이 그대로 남아 있는 데다 더 예뻐진 지윤을 보며 진원은 자신도 모르게 두근거리는 가슴을 부여잡아야 했다.

동창회가 끝난 후 진원은 용기를 내 지윤에게 메시지를 전송했다. 얼굴이 달아오른 것을 들키지 않으려 애쓰며 태연하게 전화번호를 물어보느라 얼마나 떨렸던가.

> 지윤아, 나 진원이야~ 오늘 정말 반가웠어. 잘 들어가고 있지?

응응 나도 넘 반갑더라~~

> 우리가 10년 만에 만났는데도 넌 초등학교 때랑 똑같더라.

무슨~ 완전 늙었자나 ㅠㅠ
근데 현아가 그러는데 진짜 딱 10년이래.

> 응? 딱 10년?

우리 졸업한 지 오늘로서 10년째인 날이래.

> 아, 아! 졸업한 날짜가 이날이었구나. 잊고 있었네. 참, 지윤아 넌 아직도 그 동네 살고 있는 거지?

응응 이사 가고픈데 지겨워 이 동네.

> 그럴 수도 있겠다. 난 어릴 때 이사해서 그런가 가끔 그립더라고. 그 떡볶이집도 아직 있는지도 궁금하고.

아 짱분식? 거기 아직도 있어 ㅋ 엄청 커졌어. 언제 한 번 놀러와.

정말? 그럼 주말에 뭐해? 같이 가볼래?

ㅋㅋㅋ 나랑? 주말에? 음…

혹시 약속 있어?

아니, 그런 건 아니고…
그래 뭐. 내가 친구로써 그것도 못해주겠니~

미소를 띠며 메시지를 보내던 진원의 손가락이 갑자기 멈췄다. '친구'임을 강조하는 지윤에게 서운한 마음보다, 어떻게 '로서'와 '로써'를 이렇게 정확하게 바꿔 쓸 수 있는 건지가 더 궁금해졌다.

설렘으로 차올랐던 진원의 마음이 한순간에 가라앉았다. '나는 왜 이런 것에 민감할까, 그냥 넘겨야 해!' 진원은 유독 두드러지는 두 글자를 외면하려 눈을 꼭 감았다. 진원의 마음속에서는 '맞춤법과 여자친구', 두 단어 간의 갈등이 깊어지고 있었다.

사람의 경우 대부분 '로서'가 맞다

'로서'와 '로써'는 쓰면서도 한참 고개를 갸웃하게 되는 단어다. 둘의 사용법을 알고 있더라도 막상 쓸 때마다 '로서'가 맞는지, '로

써'가 맞는지 헷갈리기 때문에 알맞게 쓰기가 쉽지 않다. 지윤은 '오늘로서'와 '친구로써'라는 두 단어를 썼는데, 안타깝게도 두 번다 맞춤법이 틀렸다. 차라리 하나로 통일했으면 반은 맞았을 텐데 아쉬운 일이다.

- **로서 : 지위나 신분 또는 자격을 나타내는 격조사**
- **로써 : 어떤 일의 수단이나 도구를 나타내는 격조사**

'로서'는 신분이나 자격을 나타낼 때 주로 쓴다. 그러니까 '친구로써'가 아닌 '친구로서'로 써야 한다. 친구라는 신분을 나타내는 것이기 때문이다. '로써'는 수단이나 도구를 뜻할 때 사용하고, 시간을 셈할 때도 자주 쓴다. '오늘로서 10년째'는 시간을 셈하는 것이니 '오늘로써 10년째'가 맞다.

'로서'와 '로써'를 조금 더 쉽게 구별하는 방법이 있을까? 아니면 정말 '로서'나 '로써' 중 하나를 골라 통일해 써야 할까? 절반이라도 맞힐 수 있게?

100% 정확한 방법은 아니나, 혼돈을 줄일 방법은 있다. 먼저 '로써'는 대개 '써'를 생략해도 말이 되는 경우가 많다. 격조사 '로'보다 뜻이 좀더 분명할 때 쓰이기 때문이다. 강조할 게 아니라면 '로써' 대신 '로'만 쓰는 것도 방법이다.

- 콩으로써 메주를 쑨다며? → 콩으로 메주를 쑨다며?
- 말로써 천 냥 빚을 갚는다. → 말로 천 냥 빚을 갚는다.
- 집을 떠난 지 올해로써 15년이다. → 집을 떠난 지 올해로 15년이다.

다만 '로서' 역시 '로'만 썼을 때 완벽하지는 않지만 꽤 그럴싸하게 의미가 통할 때가 있다. '나는 선생으로서 최선을 다했다' 같은 문장을 보면 그렇다. '로'를 넣어도 그리 어색하지 않다. 따라서 '로서'를 쓸 때는 뜻을 먼저 살펴보는 것이 좋다. 자격이나 신분의 경우 대부분 사람이 갖춰야 하는 것으로, 사람이 나온다면 우선 '로서'를 쓰는 것도 방법이다.

이 때문에 꽤 많은 사람이 '사람'에 '로서'를 붙이고, 무생물에는 '로써'를 붙이는 방법을 사용하기도 한다. 그러나 이는 100% 옳은 방법은 아니기 때문에 주의가 필요하다.

예전 국립국어원장 인사말에는 이런 문장이 있었다.

- 우리말과 우리글이 의사소통의 도구로서 제구실을 다하도록 했다.

우리말과 우리글은 무생물인데 '로서'를 사용했다. 게다가 단어조차도 '도구'라고 되어 있다. 수단과 도구면 '로써'가 아닌가? 게다가 국립국어원장의 홈페이지 인사말에 이런 실수를 했다면 누굴 믿고 살아야 할까? 그러나 이 문장은 우리말과 우리글이 의사소통의 도구라는 신분을 가졌다는 의미를 담고자 '로써' 대신 '로서'를 썼다고 한다. '무생물=로써'가 모두 통하는 것은 아니라는 얘기다.

또한 '로서'는 신분이나 자격 외 어떤 일이 발생하거나 시작되는 곳을 가리키기도 한다. '이번 사태는 대통령의 말로서 시작됐다' 같은 식이다.

복잡한 데다 예외도 있어 어렵다면, 두 가지 사실만이라도 외워두자. '로써'나 '로서'에서 '로'만 남겨보자. 그래도 문장이 자연스러우면 '로써'일 가능성이 크다. 사람의 경우 대부분 '로서'가 맞다.

▶ 정답과 풀이

1. (X) 친구라는 신분, 자격으로 하는 말이기 때문에 '로서'를 써야 맞다.

2. (X) 수단이나 도구를 나타내는 뜻이기 때문에 '로써'를 써야 한다.

3. (O) 총무라는 신분이나 자격을 뜻하니 '로서'가 맞다.

4. (O) 시간을 셈할 때 '로써'를 써야 하니 '로써'가 올바른 표현이다.

10

맞히다
/
맞추다

풀어볼래요? OX 퀴즈
....

1. 내가 문제를 낼 테니까 넌 잘 맞춰봐.   (   )

2. 네 답안지랑 내 답안지를 좀 맞춰보자.   (   )

3. 이 퀴즈를 맞혀서 상품을 탔거든.   (   )

4. 이 치킨이 어느 브랜드인지 맞춰볼래?   (   )

채인은 출근 이후부터 내내 두근거리는 가슴을 누르며 팀장 자리를 힐끗힐끗 바라봤다. 홍보팀 막내로 일한 지 이제 1년을 앞둔 지난주, 팀장이 채인에게 보도자료를 작성할 기회를 준 것이다. 새로운 서비스 론칭을 앞두고 퀴즈 이벤트를 하는데, 이벤트에 대한 보도자료를 채인이 작성해보라는 지시였다.

　채인은 사흘 동안 기사를 살펴보고, 선배들이 쓴 보도자료를 참고해 자신만의 보도자료 쓰기에 돌입했다. 마침내 완성한 보도자료를 어제 퇴근 전 팀장에게 보고했다.

　분명 오늘 오전중에는 보도자료에 대한 피드백이 있을 것으로 생각했다. 그런데 점심시간이 가까워져 오는데도 팀장은 채인을 부르지 않았다.

　그래도 채인은 자신 있었다. 보도자료를 수없이 검토하고 또 검토하고, 문장을 다듬고 또 다듬었다. 나름 글을 잘 쓴다고 자부해왔으니 잘했다는 칭찬까지는 아니더라도 격려 정도는 들을 수 있을 것으로 기대했다. 채인이 팀장을 한 번 더 힐끗 바라봤을 때 드디어 그녀의 사내 메신저에 알람이 떴다. 팀장이었다.

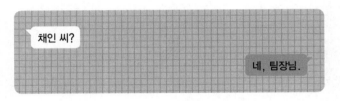

채인 씨?

네, 팀장님.

무슨 일일까? 왜 부르지 않고 메신저로 얘기하는 걸까? 선배들이 말하던 메신저 빨간펜이라도 되는 걸까? 채인은 숨을 멈추고 팀장의 다음 메시지를 기다렸다.

내가 낸 문제를 맞춰봐요.
↑ 이 문장에서 뭐가 틀렸죠? 3초 안에 대답.

채인은 갑작스러운 팀장의 메시지에 눈을 동그랗게 떴다. 문장에서 틀린 것을 찾으라는데, 도통 보이지가 않았다. 띄어쓰기가 틀린 걸까?

죄송합니다, 팀장님. 무슨 말씀이신지…

음. 채인 씨. 퀴즈나 문제는 맞출까요, 맞힐까요?

맞추다로 알고 있습니다.

그럴 줄 알았어요. 혹시 실수일까 싶어
물어봤는데 몰랐던 거네. 채인 씨, 보도자료
기본은 맞춤법이에요. 그런데 이렇게 제목부터
맞춤법을 틀리면 누가 우리 자료를 보고 기사를
써주겠어요? 다시 작성해주세요.

　채인은 팀장의 메시지를 보며 자신이 작성한 보도자료의 제목
을 떠올렸다. '퀴즈를 맞추면 유럽 여행권 쏜다'였던가. 퀴즈 이벤
트 보도자료이다 보니 '퀴즈를 맞추면'이라는 문장을 몇 번이나
반복해서 썼는지 생각조차 나지 않았다.

　떨리는 손으로 채인은 사전 사이트를 열어 '맞추다'와 '맞히다'
를 검색했다. 화려한 데뷔는 아니더라도 인정받는 보도자료 데뷔
를 하고 싶었던 채인의 꿈은 그렇게 무너졌다. 고작 단어 하나 때
문에. 채인은 보도자료 파일을 수정하며 한숨을 내쉬었다.

'맞다'를 넣어도 문장이 성립하면 '맞히다'

　'고작 맞춤법 하나 때문에 사흘간 열심히 쓴 보도자료에 대한
평가가 끝나버리다니. 깐깐한 팀장 같으니라고, 살벌한 사회생활

같으니라고' 이렇게 생각할 수도 있다. 하지만 현실이다. 아무리 잘 쓴 명문도, 아무리 창의력 넘치는 기획서도, 중요한 맞춤법 하나가 틀리는 순간 그 가치가 땅에 떨어진다. 단순 오타가 아닌 맞춤법이 이렇게나 중요하다.

'맞히다'와 '맞추다'는 일상생활에서 매우 자주 쓰이는 단어임에도 서로 헷갈려 사용하는 경우가 많다. 특히 문제나 퀴즈 등의 정답을 말하는 '맞히다'는 발음 자체를 '맞추다'로 잘못하는 경우가 많아 더 그렇다.

- **맞추다 : 서로 떨어져 있는 부분을 제자리에 맞게 대어 붙이다**
- **맞히다 : '문제에 대한 답이 틀리지 아니하다'의 사동사**

두 단어의 발음은 비슷하지만, 뜻과 용법은 전혀 달라 두 단어의 쓰임을 정확하게 이해하는 것이 필요하다.

먼저 대부분 '맞히다'를 써야 할 자리에 '맞추다'를 쓰는 일이 빈번하기 때문에 '맞히다'를 완벽하게 외우는 것이 좋다. 문제를 틀리지 않는 것, 정답을 적는 것은 '맞히다'라는 것을 기억하면 된다. 채인의 경우 퀴즈 이벤트의 보도자료를 작성할 때는 '퀴즈를 맞히면 유럽 여행권 쏜다'로 썼어야 했다.

'맞히다'를 좀더 쉽게 이해하려면 '맞다'를 대입해보면 된다. '맞다'의 사동사이기 때문에 '맞다'를 넣어도 문장이 성립한다.

- 답을 맞히다. → 답이 맞다.

- 화살을 맞히다. → 화살을 맞다.

- 화분을 눈에 맞히다. → 화분이 눈에 맞다.

- 친구를 바람 맞히다. → 친구에게 바람맞다.

'맞추다'는 서로 떨어져 있는 걸 붙인다는 뜻이다. 퍼즐을 맞추거나 책상의 줄을 맞춘다고 할 때 쓰인다. 또한 '맞추다'는 2개 이상의 대상을 놓고 비교할 때 쓰인다. 이 때문에 시험의 답은 '맞히는 것'이지만, 답안지와 내 답을 비교하는 것은 '답안지를 맞추다'로 써야 한다.

▶ 정답과 풀이

1. **(X)** 문제에 대한 답을 틀리지 않는 것을 뜻할 땐 '맞춰봐'가 아닌 '맞혀봐'를 써야 한다.

2. **(O)** 2개 이상의 대상을 놓고 비교할 때는 '맞추다'를 쓰는 것이 맞다.

3. **(O)** 퀴즈나 문제의 답을 내놓는 것은 '맞히다'가 올바른 표현이다.

4. **(X)** 답을 말할 때는 '맞히다'를 써야 하니 '맞혀볼래'가 맞다.

11

띠다
/
띄다

풀어볼래요? OX 퀴즈

1. 너 내 눈에 띠기만 해봐, 가만 안 둘 거야.   (   )

2. 그녀는 엄청 눈에 띄는 미인이다.   (   )

3. 푸른 빛을 띤 스카프를 살 거야.   (   )

4. 사명감을 띠고 일했더니 연봉이 오르더라.   (   )

민아는 멀리 승우가 걸어오는 모습을 발견하고는 재빨리 친구 예윤의 손을 잡아 이끌며 자리를 피했다.

　"왜 그래? 너 승우 오빠랑 친하잖아. 둘이 싸웠어?"

　놀라 동그랗게 눈을 뜨는 예윤을 보며 민아가 고개를 저었다.

　"아니, 내가 요새 승우 오빠 메시지를 무시하고 있거든."

　"왜?"

　"승우 오빠가 자꾸 친구를 소개해준다잖아."

　"대박! 그런데 너 승우 오빠한테 마음 있잖아? 승우 오빠도 참 눈치 없네."

　"그게 문제가 아니야. 소개팅만 하면 어색하다고 소개팅남이랑 셋이서 단톡방을 만들어서 얘기를 시작했는데, 승우 오빠에 대한 호감마저도 사라지려고 해."

　"왜? 혹시 승우 오빠가 친구들이랑 말할 때는 막말하고 욕하고 그러는 거야?"

　"아니, 그게 아니라… 메시지를 아직 읽지 않은 척하고 있어서 메시지 창을 보여줄 순 없고, 캡처해둔 것만 봐봐. 둘이 얘기할 때는 장난으로 인터넷 말투 써서 전혀 몰랐어."

민아는 캡처한 이미지를 예윤에게 보여주었다. 그걸 본 예윤의 얼굴에 안타까움이 떠올랐다.

"그럼 소개팅이 싫어서가 아니라 승우 오빠에 대한 호감이 사라지는 걸 막으려고 일부러 메시지를 안 읽고 있는 거야?"

"짝사랑이라 오빠가 나한테 관심 없어도 괜찮았는데. 내 마음이 식어가는 게 너무 슬프다, 친구야."

다시 한 번 메시지 이미지를 바라본 예윤은 민아의 등을 토닥거렸다.

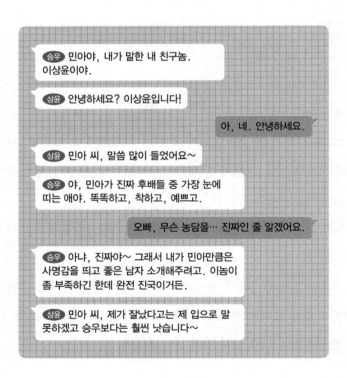

승우 와, 웃기네. 기껏 예쁜 후배 소개해주는데 넌 친구를 디스하냐? 너 내 눈에 띠기만 해봐~

'뜨이다'를 넣어보면 구분된다

세상에는 참으로 많은 것이 눈에 띈다. 살면서 보고 듣는 것이 기본이다 보니 그럴 수밖에 없다. 그런데 눈에 '띄어야' 할 것이 눈에 '띠는' 경우가 종종 있다. 괜히 비슷하게 생겨서 쓸 때마다 사람들을 헷갈리게 하는 두 가지 단어 때문이다.

- 띄다 : '뜨이다'의 준말. 감았던 눈을 벌리다
- 띠다 : 띠나 끈 따위를 두르다 / 용무나 직책, 사명 따위를 가지다

'띄다'는 '뜨이다'를 줄인 말로, 말 그대로 눈을 떠서 무언가를 보는 행위에서 나온 말이다. '눈에 띄는 미인'이라든가, '오타가 눈에 띄더라' 등으로 활용할 수 있다. 종종 '생애 처음으로 듣는 행위'를 표현할 때도 쓴다. 이를테면 '우리 애가 드디어 귀를 떴나봐' 등으로 쓸 수 있는데, 실생활에서 이렇게 활용할 일은 그다지 많지 않다.

'띠다'는 띠나 끈 같은 것을 몸에 두를 때 쓰는 말인데 현재는 이 의미보다는 용무나 직책, 사명감 등을 가지고 있을 때 더 많이 활용한다. 빛깔이나 기운 등을 가지고 있을 때도 쓴다. '나는 책임감을 띠고 일을 해냈다' '그 셔츠는 푸른빛을 띠고 있다' 등이다.

사실 두 단어의 뜻만 정확하게 이해하고 있다면 틀리지 않고 쓸수 있지만, 그러지 않다면 '띄다'와 '띠다'가 들어갈 자리에 '뜨이다'를 넣어보는 것이 방법이다. '뜨이다'가 줄어든 '띄다'는 '뜨이다'를 넣어도 문장이 되지만, '띠다'는 전혀 다른 뜻이라 '뜨이다'를 넣으면 문장이 어색하기 때문이다.

승우의 말을 예로 들어보자.

- 후배 중 가장 눈에 띠는 애야. → 후배 중 가장 눈에 뜨이는 애야.
  (말이 된다. '띠는'이 아니라 '띄는'이 맞다)
- 사명감을 띄고 좋은 남자 소개해줄게. → 사명감을 뜨이고 좋은 남자 소개해줄게. (말이 안 된다. '띄고'가 아니라 '띠고'가 맞다)
- 너 내 눈에 띠기만 해봐. → 너 내 눈에 뜨이기만 해봐. (말이 된다. '띠기'가 아닌 '띄기'가 맞다)

다시 한 번 '뜨이다'를 넣어 말이 되면 '띄다', 말이 안 되면 '띠다'라는 점을 기억하자. 이마저도 기억이 나지 않는다면 가만히 손에 눈을 대어보자. '보는 것'과 연관이 있는 단어라면 대부분 '띄다'를 쓰는 것이 올바르기 때문이다. '띠다'는 '장착하다' '가진'으로 대신 넣어 생각해보자. '붉은빛을 띤 장미'의 경우 '붉은빛을 가진 장미' 등으로 뜻이 통한다.

▶ 정답과 풀이

1. (X) '뜨이다'의 준말인 '띄다'를 써야 맞다. '뜨이다'를 넣어서 말이 되기 때문에 '눈에 띄기만 해봐'라고 써야 한다.

2. (O) '뜨이다'를 넣어보자. '눈에 뜨이는 미인'이 말이 되기 때문에 맞는 문장이다.

3. (X) 빛깔을 가지고 있을 때는 '띠다'를 써야 맞다. '푸른 빛을 띤 스카프'라고 표현해야 한다.

4. (O) 용무, 직책, 사명감을 가졌다는 의미에는 '띠다'를 쓰는 것이 맞다.

12

불거지다
/
붉어지다

풀어볼래요? OX 퀴즈

1. 공금 횡령 문제가 불거져서 큰일이 났잖아.   ( )

2. 인종차별 논란이 붉어진 후 매출이 크게 줄어들었어.   ( )

3. 그 정치인, 비리 의혹이 붉어져서 이번 선거에서 낙마했대. ( )

4. 부끄러웠는지 친구의 얼굴이 붉어졌다.   ( )

"어? 하율, 너 왜 날 '빨간 애'로 저장했어?"

메시지를 보내는 하율의 어깨너머로 자신의 메시지 창 별명 설정이 '빨간 애'로 되어 있는 것을 보고 현지가 궁금하다는 듯 물었다.

"아, 이거? 너 빨간색 좋아하잖아. 옷도 붉은 계열로 자주 입고. 그래서 바꾼 거야. 신경 쓰지 마."

당황한 하율이 웃음을 지으며 현지에게 별것 아니라는 듯 손짓을 했지만 이미 현지의 얼굴에는 불신의 표정이 떠올랐다. 하율뿐만 아니라 같이 저녁을 먹으러 모인 동기들 모두 당황한 모습을 보였기 때문이다.

"너 이상해! 이거 무슨 뜻이야? 나쁜 의미로 그렇게 저장한 거 아니야?

"무슨… 아냐, 절대 그런 거 아니야…"

"그럼 뭔데? 근데 너희 다 지금 이상해. 현정이 너도 꺼내봐. 명후 너도!"

현지가 동기들을 노려보며 채근하자 동기들은 서로 눈짓을 하며 마지못해 휴대폰을 내밀었다. 하율은 현지를 '빨간 애'로, 현정은 '붉은 노을'로, 명후는 'RED'로 저장해둔 상태였다.

"와, 너희 진짜 너무하다. 이거 다 같은 의미인 거잖아. 왜 그러는데? 나만 왕따시키는 거야?"

현지의 성난 모습에 하율이 어쩔 수 없이 입을 열었다.

"그게 아니라, 우리가 지난번에 장난치다가 네 이름을 바꿔두고 다시 원래 이름으로 바꾸는 걸 까먹었어. 미안해. 네가 하도 '붉어지다'라는 말을 자주 써서."

"붉어지다?"

"아니, 지난번에 학점 논란도 '붉어지다'로 쓰고, 또 우리 과 성차별 얘기도 '붉어지다', 그러니까 매번 '빨갛게 변하다'로 쓰잖아. 그게 웃겨서 장난친 거였어."

"그게 왜 웃겨? 붉어지니까 '붉어지다'라고 쓰잖아."

"네가 맞춤법만 지적하면 하도 화를 내서 말 못했는데, 그거 빨갛게 변하는 '붉어지다'가 아니라 그냥 ㄹ을 받침 넣고 '불거지다'라고 써야 해."

"무슨 소리야? 너희 다 이상하다. 논란이나 의혹 같은 게 빨갛게 달아오를 만큼 문제가 되니까 '붉어지다'를 쓰는 거잖아."

하율이 결심한 듯 휴대폰에서 국어사전을 열어 '불거지다'를 검색해 현지에게 내밀었다. 의아한 표정으로 사전의 내용을 읽어내려가던 현지의 얼굴이 안타깝게도 붉어지고 있었다.

문제가 터진 상황에서는 '불거지다'

'붉어지다'와 '불거지다'는 뜻이 전혀 달라서 헷갈릴 일이 없는 단어로 보이지만 자주 혼동해 쓰는 단어다. 발음이 비슷한 데다가 현지처럼 자신만의 이유를 붙여 '불거지다'를 써야 할 자리에 '붉어지다'를 쓰는 경우가 적지 않다.

부끄럽게도 인터넷 기사만 검색해봐도 '불거지다'를 써야 할 자리에 '붉어지다'를 쓴 경우를 볼 수 있다. 몇십 년 동안 기사를 만들어온 유력 신문사들의 기사에서도 '갑질 논란이 붉어졌다' 등의 문구를 어렵지 않게 찾아볼 수 있다. 관련자들이 본다면 얼굴이 붉어질 수밖에 없는 잘못된 표현이다.

- **불거지다 : 물체의 거죽으로 둥글게 툭 비어져 나오다 / 어떤 사물이나 현상이 두드러지게 커지거나 갑자기 생겨나다**
- **붉어지다 : 빛깔이 점점 붉게 되어 가다**

쉽게 얘기하면 색깔이 빨갛게 변하는 것이 아니라면 '붉어지다'를 쓸 일은 없다. 논란으로 시끄럽고, 문제가 터진 상황에서는 무조건 '불거지다'를 써야 한다. 예를 들어 유명 브랜드의 인종차별이 시끄럽다면 인종차별 문제가 '불거졌다'고 쓰면 된다. 만약 인종차별 때문에 화가 나 얼굴이 붉어진 것이라면 그때 '붉어졌다'

를 쓰면 된다. 그래도 혹시 헷갈린다면 예문을 통해 연습하는 것이 가장 좋은 방법이다.

- 그는 후배 폭행 논란이 불거지자 자취를 감췄다.
- 회사는 대표의 비리 의혹이 불거진 후에 대대적인 이미지 쇄신에 나섰다.

▶ 정답과 풀이

1. (O) 어떤 현상이 커지거나 갑자기 생겨났다는 뜻이므로 '불거지다'가 맞다.
2. (X) 논란 등이 커지거나 문제가 될 때는 '불거지다'를 써야 한다.
3. (X) 의혹 역시 '불거지다'를 써야 한다.
4. (O) 얼굴 등의 빛깔이 붉게 되는 것에는 '붉어지다'를 쓴다.

13

드러내다
/
들어내다

풀어볼래요? OX 퀴즈

1. 장판을 모두 드러냈더니 곰팡이가 보이더라고.   ( )

2. 너 그렇게 진심을 들어내면 상대가 곤란해할 수도 있어.   ( )

3. 내 성격을 드러내지 않았더니 다들 오해하네요.   ( )

4. 안 쓰는 서랍장을 들어냈더니 방이 넓어 보이고 좋네.   ( )

"하영 씨, 이사해? 짐꾼이 계속 전화했어."

다른 팀에 서류를 전달하고 온 하영은 옆자리 박 대리의 말에 서둘러 자신의 책상 위에 놓인 휴대폰을 집어들었다.

"전화 엄청 오더라고. 근데 이사업체도 아니고 짐꾼이 뭐야?"

하영은 그 순간 다시 울리기 시작한 휴대폰 액정을 바라봤다. '짐꾼'이라는 이름이 커다랗게 떠 있는 것을 보며 하영은 급히 통화거절 버튼을 눌렀다. 휴대폰을 진동으로 해둔다는 걸 그만 깜빡한 모양이었다.

"친구인데, 별명이 짐꾼이라서 그래요."

하영은 박 대리를 향해 어색하게 웃어 보이며 자리에 앉아 휴대폰을 무음으로 설정하고 메시지 창을 열었다. 대학 동기인 짐꾼으로부터 많은 메시지가 와 있었다.

> 내가 싫지 않다면서 왜 그렇게 피하는 거니?
>
> 내가 1년이나 내 맘을 들어냈는데 왜 몰라주는 거니.

> 내 마음을 들어낸 게 그렇게 부담스럽니?
> 그래서 전화 안 받는 거야?

하영은 잇따른 '짐꾼'의 메시지를 보며 답장을 남기기 시작했다. 메시지를 주고받을 때마다 뭘 그리 '들어내는지'. 그 단어에 질린 하영이 결국 휴대폰의 이름을 본명이 아닌 '짐꾼'으로 바꿔 저장해놓은 지 오래였다.

> 월요일 오전이라 엄청 바쁜 시간이야. 싫고
> 뭐고 정말 이성으로서 아무 느낌이 없어서
> 그래.

> 너 진짜 잔인하다…어케 그렇게 미안해 하지도
> 않고 속마음을 들어내냐.

> 하아…나는 지금 이 대화를 머릿속에서
> 들어내고 싶다 ㅠㅠ

> 나도 너 내 마음에서 드러내고 싶어. 근데 네가
> 너무 좋아. 한 번만 기회를 주면 안 돼? 저녁에
> 만날래?

하영은 자신도 모르게 빠른 속도로 차단버튼을 찾기 시작했다.

대학 동기 모임에서 혹시나 불편해질까봐 1년을 참았으니 그동안 많이 참았다. 모든 걸 들어내는 짐꾼은 이제 안녕.

감정이나 마음을 표현할 때는 '드러내다'

친구에게 사랑하는 감정을 '드러내려다' 친구로서의 감정마저 '들어낸' 참으로 안타까운 사연이 아닐 수 없다. 그러나 '짐꾼'의 맞춤법을 보면 이성으로서 감정이 있다가도 사라지겠다며 고개를 끄덕이게 된다.

'드러내다'와 '들어내다' 역시 전혀 다른 뜻임에도 비슷한 모양을 하고 있고, 발음이 비슷하다는 이유로 잘못 쓰는 대표적인 단어 중 하나다. 메시지 속 '짐꾼'처럼 '드러내다'를 써야 할 자리에 '들어내다'를 쓰고, '들어내다'를 써야 할 자리에 '드러내다'를 쓰는 일은 정말 흔하다.

- 드러내다(드러나다의 사동사) : 가려 있거나 보이지 않던 것이 보이게 되다 / 알려지지 않은 사실이 널리 밝혀지다
- 들어내다 : 물건을 들어서 밖으로 옮기다 / 사람이 있는 자리에서 쫓아내다

두 단어의 의미는 전혀 다르다. 감정이나 마음을 표현할 때는 '드러내다'를 써야 한다. 무언가를 있던 자리에서 다른 곳으로 옮기거나 없애는 것이라면 '들어내다'를 써야 한다. 이성에게 감정을 고백하거나 마음을 알릴 때라면 '들어내다'를 쓸 일이 거의 없다는 것이 핵심이다.

또한 '드러내다'는 감정뿐만 아니라 가려 있거나 보이지 않던 것이 보이게 될 때도 쓴다. 예를 들면 '어깨가 드러나다' '구름이 걷히자 해가 드러나다'처럼 활용하면 된다. 그리고 알려지지 않은 사실 등이 밝혀졌을 때도 '진실이 드러나다' '본색이 드러나다' 등으로 쓸 수 있다.

다만 '너를 잊기 위해 너에 대한 감정을 내 마음속에서 들어내고 싶다'라는 식으로 쓸 때는 감정이 등장하지만 '들어내다'가 맞다. 감정을 보이는 것이 아니라 마음속에서 치워버리는 것이기 때문이다.

'들어내다'는 많은 방법으로 활용할 수 있다. 가구나 짐 등을 옮기면서 '들어냈다'라고 표현해도 되고, 문장에서 일정 부분을 없애는 것을 '들어내다'로 써도 된다.

두 단어의 의미를 알고도 어떻게 써야 할지 헷갈린다면 '드러내다'는 '보이는 것'으로, '들어내다'는 '없애는 것'으로 연결지어 생각해보면 된다. 예를 들어보자.

- 너에 대한 내 마음을 드러낼게. ('너에 대한 내 마음을 보일게'와 뜻이 통하니 '드러내다'가 맞다)

- 생일 케이크에서 이만큼이나 들어냈어. ('생일 케이크에서 이만큼이나 없앴어'와 뜻이 통하니 '들어내다'가 맞다)

▶ 정답과 풀이

1. (X) 물건 등을 옮기는 것은 '들어내다'이므로 '장판을 들어냈더니'라고 써야 맞다.

2. (X) 알려지지 않은 사실 등을 알리는 것은 '드러내다'가 맞다. 진심이나 마음 등도 '드러내면'이라고 써야 한다.

3. (O) 성격 등 알려지지 않은 것을 널리 알리는 뜻일 때는 '드러내다'를 쓰면 된다.

4. (O) 짐을 옮기는 것은 '들어내다'가 맞는 표현이다.

14

던지
/
든지

---

1. 학교에 가던지 말던지 네 마음대로 해라.　　　　　　(　)

2. 얼마나 힘들던지 코피가 나더라니까.　　　　　　　(　)

3. 가방을 사든지 옷을 사든지 둘 중 하나만 골라.　　　(　)

4. 어린 아이가 어찌나 많이 먹든지 놀랐잖아.　　　　(　)

"오늘 진짜 딱 1분 늦었거든. 9시 1분에 자리에 앉았단 말이야. 그랬더니 팀장이 나더러 '채아 씨, 9시 1분은 9시가 아닙니다' 하는 거 있지?"

채아의 말에 친구들 사이에서는 괴로움의 신음이 흘러나왔다.

"어우~ 어디서 주워들은 건 있어서. 근데 나도 만만치 않아. 우리 팀 그 재수 없는 대리 있지? 점심 먹고 들어오는데 '보미 씨, 요새 살쪘나봐?' 하더라."

이번에는 친구들 사이에서 욕설이 터져 나왔다.

"와! 그건 여자나 남자 상관 없이 직장 내 성희롱이야. 고소해버린다고 해! 그런데 지은이 너는 오늘 별일 없었어?"

사회 초년생인 친구들의 유일한 낙은 퇴근 후 모여 직장에서의 고충과 상사에 대한 불만을 터뜨리는 바로 이 자리다. 항상 누구보다 울분에 찬 목소리로 이야기를 주도했던 지은은 오늘은 어쩐 일인지 말없이 친구들의 이야기를 듣고만 있었다.

"난 사표를 내야 할 거 같아."

"왜? 무슨 일 있었어? 그 부장이 또 뭐라 한 거야? 아니면 히스테리 과장이 또 괴롭혔어?"

"그게 아니라⋯ 내가 오늘 부서 전체에 메일을 돌렸거든."

"부서 전체에? 왜?"

"막내가 하는 일이라고 탕비실 관리를 나한테 맡겨두고는 진짜 엉망진창인 거야. 공용으로 쓰는 커피 젓는 숟가락을 컵에 넣어둬야 하는데 그냥 둬서 계속 씻어야 하고, 커피믹스 봉지는 쓰레기통이 바로 옆에 있는데도 아무 곳에나 던지고."

"와, 진짜. 탕비실 관리하는 것도 짜증 나는데 너무했다!"

"다들 막내 때 탕비실 관리를 했다지만 너무 심한 거 같아서. 설마 단체 메일을 써서 보냈다고 자르진 않겠지만, 혹시 자르면 언론에 확 제보해버리려고."

"그래서, 뭐라고 메일을 보냈는데?"

친구들의 채근에 지은은 휴대폰을 열어 자신이 쓴 메일을 복사해 단톡방에 공유했다.

> 탕비실을 관리하는 막내 유지은입니다. 존경하는 선배님들께 항상 많은 것을 배우고 있는데, 탕비실에만 들어가면 혼란스럽습니다. 탕비실이 어찌나 더럽든지 제가 회사에 나와 청소만 하는 것 같습니다. 탕비실 관리가 어려워 투정부리는 것이라고 생각하는 분들도 있으시겠지만, 아마 탕비실 모습을 보신다면 제 말이 그저 투정만은 아니라는 걸 아실 겁니다. 특히 공용 숟가락 관리가 안 돼 위생적으로 문제가 있다고 생각해 앞으로 숟가락을 없앨까 합니다. 개인 숟가락을

이용하던지 아니면 일회용 스틱을 구매하던지 할
수 있도록 부탁드립니다.

"와, 지은아. 엄청 세다. 그래서 이 메일을 보내서 혼난 거야?"

채아의 말에 지은은 고개를 가로저었다. 그러고는 두 손을 들어
자신의 머리를 헝클어뜨리기 시작했다.

"차라리 혼났으면 욕하고 풀고 말지. 팀장이 저 메일 답으로 뭐
라고 보냈는지 알아? '더럽든지→더럽던지' '이용하던지, 구매하
던지→이용하든지, 구매하든지'. 보니까 '던지'와 '든지'를 완전 바
꿔서 잘못 썼더라고! 내일부터 창피해서 회사는 어떻게 나가냐
고!"

울부짖는 지은을 보며 친구들은 말없이 앞에 놓인 술잔을 집어
들었다.

'든'을 넣어서 어색하지 않다면 '든지'

나름 정의롭게 쓴 지은의 메일은 '던지'와 '든지'를 헷갈린 죄로
그 목적을 잃고 말았다. 팀장 이하 회사 선배들은 지은이 탕비실

관리로 얼마나 힘이 들었는지, 더러운 탕비실 때문에 얼마나 분노했는지는 뒷전이고, '던지'와 '든지'를 제대로 쓰지 못했다는 사실만 기억할 것이다.

실생활에서 많이 쓰이기 때문에 더 조심해야 할 단어인데 하필 생긴 것도 비슷해 맞춤법을 잘 아는 사람들도 한 번 더 확인하고 쓴다는 '던지'와 '든지'.

- **던지 : 막연한 의문이 있는 채로 그것을 뒤 절의 사실과 관련시키는 데 쓰는 연결 어미**
- **든지 : 나열된 동작이나 상태, 대상들 중에서 어느 것이든 선택될 수 있음을 나타내는 연결 어미**

쉽게 말하면 '던지'는 두 가지 상황을 연결할 때 쓰는데, 원인과 결과를 나타낼 때 쓴다고 간단하게 생각하면 된다. '어찌나 더럽던지 회사가 아닌 줄 알았다'의 경우 어찌나 더럽던지가 '원인'이 되고 '회사가 아닌 줄 알았다'가 결과가 되는 것이다. 또한 '던지'는 주로 과거와 관련된 말을 할 때 쓴다. '얼마나 놀랐던지 몸이 떨렸다니까' '어찌나 춥던지 손이 다 얼었더라' 등의 예시를 보면 쉽게 알 수 있다.

'든지'는 여러 개를 나열할 때 쓴다고 생각하면 좀더 이해하기 쉽다. 일상에서 아주 흔히 사용하는 말 중 '그러든지 말든지'가 있는데, 이 표현 하나를 제대로 외우고 있는 것도 '던지'와 '든지'를 헷갈리지 않는 방법이다.

그러나 이것도 저것도 생각이 나지 않는다면, '던지'와 '든지'가 들어갈 자리에 '든'을 넣어보자. '든'을 넣어서 어색하지 않다면 '든지'가 맞다. 말이 안 된다면 '던지'가 들어갈 자리다. '든'이 자연스러우면 '든지', 부자연스러우면 '던지'다.

- 먹든지 말든지 알아서 해. → 먹든 말든 알아서 해. (어색하지 않으니 '든지'가 맞다)
- 밥을 얼마나 많이 먹던지 깜짝 놀랐어. → 밥을 얼마나 많이 먹든 깜짝 놀랐어. (어색하기 때문에 '던지'가 맞다)

▶ 정답과 풀이

....

1. (X) 여러 개를 나열해서 쓸 때는 '든지'를 쓰는 것이 맞다. '가든지 말든지'로 써야 한다.
2. (O) 원인과 결과를 나타낼 때는 '던지'가 맞다. 힘들어서 코피가 나는 상황이니 '힘들던지'가 옳은 표현이다.
3. (O) '든'을 넣어서 어색하지 않으면 '든지'로 써야 한다. '가방을 사든 옷을 사든'으로 어색하지 않기 때문에 '든지'가 맞다.
4. (X) '든'을 넣어서 어색하니 '던지'가 맞다. 많이 먹어서 놀란 원인과 결과를 표현하니 '먹던지'로 써야 한다.

15

있다가
/
이따가

풀어볼래요? OX 퀴즈

1. 너 먼저 가 있을래? 난 이따가 갈게.　　　　( )

2. 과자는 있다가 먹고 밥 먼저 먹어라.　　　　( )

3. 나는 학교에 있다가 집에 갈게.　　　　( )

4. 있다가 둘이 얘기 좀 하자.　　　　( )

"형! 내가 게임 좀 하고 오려고 했는데 형 때문에 답답해서 왔
다. 사람이 대체 왜 그러냐?"

화가 난 희찬이 방문을 벌컥 열고 형 희준에게 소리를 질렀다.

"내가 뭘?"

책을 읽고 있던 희준이 도대체 무슨 영문인지 모르겠다는 표정
으로 희찬을 바라봤다.

"내가 이따가 집에 간다고 그렇게나 메시지 보냈는데, 왜 자꾸
어디냐고 물어보냐고! 자꾸 휴대폰이 울리니까 짜증 나서 게임도
못했잖아!"

희찬의 말에 희준의 얼굴에 한심하다는 표정이 떠올랐다.

"야, 네가 계속 있다가 온다며. 그래서 대체 어디에 있다가 오냐
고 물어본 건데, 그게 왜 짜증이 날 일이야?"

"이따가 온다는 말 몰라? 근데 왜 자꾸 어디냐고 물어봐. 나 게
임 못하게 하려고 그런 거지?"

희찬이 영문을 모르겠다는 희준을 노려보며 씩씩거리자 맏이인
희영이 끼어들었다.

"아이고, 시끄러워라. 막내, 너 왜 그렇게 소리를 지르고 있어?"

희찬이 희준에게서 시선을 거두지 않은 채 휴대폰을 희영에게 내밀었다.

"누나가 좀 봐봐. 화가 안 나게 생겼나. 형이 완전히 내 속을 뒤집잖아. 이거 일부러 그런 거야."

"뭘 어쨌기에?"

희찬에게서 휴대폰을 받아든 희영은 둘이 주고받은 메시지를 보고는 웃음을 터뜨렸다. 그리고는 희찬의 머리를 힘껏 쥐어박았다.

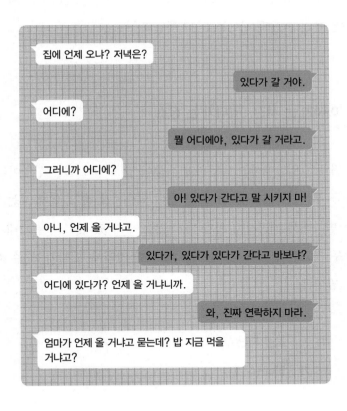

집에 언제 오냐? 저녁은?

있다가 갈 거야.

어디에?

뭘 어디에야, 있다가 갈 거라고.

그러니까 어디에?

아! 있다가 간다고 말 시키지 마!

아니, 언제 올 거냐고.

있다가, 있다가 있다가 간다고 바보냐?

어디에 있다가? 언제 올 거냐니까.

와, 진짜 연락하지 마라.

엄마가 언제 올 거냐고 묻는데? 밥 지금 먹을 거냐고?

"넌 게임을 할 게 아니라 국어 공부를 해야 해. 이게 뭐야."

갑자기 누나에게 쥐어박힌 채 억울하다는 표정을 짓고 있는 희찬을 한심하게 바라보던 희영이 이번에는 희준에게 눈을 흘겼다.

"너도 마찬가지야. 동생이 잘 모르면 친절하게 알려주면 되지, 약을 올리고 있어. 하여튼 둘 다 똑같다."

'이따가'는 시간, '있다가'는 장소

막내의 입장에서는 답답하고 짜증이 날 수밖에 없는 상황이다. 조금 후에 간다고 했는데 자꾸 어디 있는지를 묻고, 언제 오는지를 반복해서 채근하니 화가 나지 않을 수가 있나. 그러나 막내가 모두 자초한 일이다. '이따가'를 써야 할 자리에 '있다가'를 쓴 죄로 말이다.

- 이따가 : 조금 지난 뒤에
- 있다가 : 있다+다가

'이따가' '있다가'는 헷갈리지 않을 것 같은 단어들이지만 알고 보면 어렵고 헷갈리는 단어다. '이따가'는 실생활에서 흔히 쓰이는 단어로 '조금 후'를 뜻한다. '있다가'는 동사 '있다'와 '다가'가 합쳐진 것으로 '어딘가에 머물렀다가'를 말한다.

　'이따가'는 시간과 관련이 있고, '있다가'는 장소와 관련이 있어 형이 동생을 놀리는 소재가 될 수 있었던 것이다. '이따가'는 시간, '있다가'는 장소라고 두 단어를 기억하면 대체로 헷갈리는 일 없이 쓸 수 있다.

　그러나 이렇게만 기억하기에는 함정이 있다. '한 시간이나 물속에 있다가 밖으로 나왔다'의 경우처럼 장소가 명확할 때는 '있다가'를 쓰는 것이 어렵지 않지만. 간혹 장소가 전혀 드러나지 않는 경우에도 '있다가'를 쓰는 일이 있다.

　이를테면 '15분 있다가 갈게'를 보자. 문장에 시간만 드러나 있으니 '이따가'라고 생각하기 쉽다. 그러나 '있다가'를 쓰는 것이 맞다. '15분 (어딘가에) 머물렀다가 갈게'라는 뜻이기 때문이다. 또 있다. '우리 좀 있다가 놀자'라는 문장을 보면 '조금 후에 놀자'라는 뜻으로 보여 '이따가'를 써야 할 것만 같다. 그러나 이 역시 '조금 (지금 이 상태로) 머물렀다가 놀자'의 의미로 봐야 한다.

　이런 함정을 이해하려면 행동이나 상태가 변하는가를 살펴보는 것이 좋다. '있다가'는 '어떤 상태나 동작 등을 멈추고 다른 상태나 동작을 한다'는 의미를 담고 있다. '다가'의 뜻이기 때문이다. 그러니 상태나 행위가 바뀌는 문장이라면 장소가 드러나 있지 않다고 해도 '있다가'를 써야 한다. '15분 있다가 갈게'의 경우 15분 머물다가 출발하는 것으로 행위가 변하고, '좀 있다가 놀자'의 경우 머물러 있다가 놀자는 뜻으로 역시 동작이 바뀐다.

'있다가'는 장소, '이따가'는 시간으로 기억하고, 여기에 추가해 행동이 변하는 것은 '있다가'를 써야 한다고 기억하자.

▶ 정답과 풀이

1. **(O)** '난 조금 지난 뒤에 갈게'라는 뜻으로 '이따가'가 맞는 표현이다.
2. **(X)** '조금 지난 후에' 과자를 먹으라는 의미니 '이따가'를 써야 한다.
3. **(O)** 학교에 머물렀다가 집에 간다는 것이니 '있다가'를 쓰면 된다.
4. **(X)** 조금 후에 얘기하자는 뜻이니 '이따가'를 써야 한다.

16

붙이다
/
부치다

풀어볼래요? OX 퀴즈

1. 그때 빌려 간 돈을 내 계좌로 좀 부쳐줄래?　　　( )

2. 내가 그 프로젝트를 강하게 밀어부쳐서 성공한 거야.　( )

3. 방문에 시트지를 붙였더니 정말 깔끔해졌다.　　( )

4. 네 생일 선물을 소포로 붙였어!　　　　　( )

세호는 회의가 끝나자마자 자리로 돌아와 휴대폰을 열었다. 누가 메시지를 다급하게 보내는지 회의시간 내내 주머니에서 휴대폰이 울려댔기 때문이다. 아직 직급이 막내인 세호는 회의시간에 주머니에 들어 있는 휴대폰을 꺼내 확인하는 것이 눈치 보여 혹시 급한 일이 생긴 건 아닌가 걱정이 컸다.

세호에게 다급하게 메시지를 보낸 사람은 친구인 진영이었다. 논문을 쓰느라 얼굴 한 번 볼 시간도 없다며 투덜거리던 녀석이 무슨 일인가 싶어 세호는 메시지 창을 열었다.

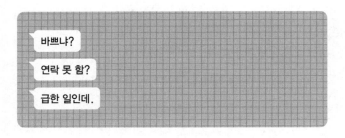

메시지 창을 가득 메운 글들은 모두 세호를 애타게 찾고 있었다. 늘 조용하던 녀석이 갑자기 급하다니 걱정이 된 세호는 진영

에게 전화를 걸었다. 그러나 진영의 휴대폰은 통화중이었다. 세호
가 전화를 끊었을 때 곧바로 다시 알람이 울렸다.

> 나 지금 전화는 못 받아. 메시지로 얘기하자.

무슨 일인가 싶어 세호는 메시지 창에 글을 적어 내려갔다.

> 무슨 일이야? 급하다며.
>
> 부탁 좀 들어줄 수 있냐? 급해서.
>
> 말해봐.
>
> 내가 지금 큰 실수를 해서 100만 원을 급히
> 보내줘야 하는데 지갑을 잃어버렸어.
>
> 실수? 무슨 실수? 지갑은 왜 또?

진영의 메시지를 읽던 세호는 놀라 물었다. 진영은 친구들 중에
서도 보기 드문 모범생으로 그동안 사고를 치거나, 친구들에게 돈
을 빌린 적이 없는 친구였다. 그런 진영이 다급하게 사고를 쳤다

고 하니 세호는 덜컥 겁이 났다. 공부만 하던 진영이가 무슨 일에 휘말린 것은 아닌지 걱정이 커졌다.

> 정리되면 말해줄게. 진짜 급하다. 지금 계좌번호 말할 테니까 거기로 100만 원만 좀 붙여줘.

그러나 세호의 걱정은 여기서 눈 녹듯이 사라졌다. 지금 자신에게 메시지를 보내는 인물이 진영이 아니라는 것을 명확하게 깨달았기 때문이다.

> 100만 원만 붙이면 돼?
>
> 응, 사실 조금 더 필요하긴 한데 혹시 여유 돼?
>
> 어제가 월급날이라 여유는 되는데 뭐로 붙여?
>
> 그럼 300만 원 정도 보내줄래? 계좌로 붙이면 돼. 수요일에 갚을게.
>
> 풀로 붙일까, 본드로 붙일까?
>
> 야, 바쁜데 너 왜 장난쳐?

> 아니 돈을 붙이라며? 맞춤법 관련 박사 논문을
> 쓰는 네가 붙이라고 하면 풀이나 본드로
> 붙이라는 얘기 아냐?

　세호의 마지막 말에 상대는 욕지기를 한바탕 남겨두고는 사라져버렸다. 세호는 속을 뻔했던 상황을 떠올리며 진영에게 전화를 걸었다. 그동안 숨 막힌다고 나무랐던 진영의 맞춤법 강박이 피싱 방지에 도움이 될 줄이야!

서로 닿는다는 의미로 쓸 때는 '붙이다'

　상대는 아마 세호의 마지막 말을 이해하지 못했을 것이다. 모든 순간 '돈을 붙이라'라고 한 것을 보면 '붙이다'와 '부치다'의 차이를 전혀 모르고 있으니 말이다. 성공이라고 생각했을 찰나, 갑자기 등장한 풀과 본드가 야속하고 안타깝기만 했을 터.

- **붙이다 : 붙다(맞닿아 떨어지지 아니하다)의 사동사**
- **부치다 : 편지나 물건 따위를 일정한 수단이나 방법을 써서 상대에게로 보내다**

'붙이다'와 '부치다'는 흔히 '부치다'를 '붙이다'로 잘못 쓰는 사례가 많다. 편지를 부치고, 돈을 부쳐야 하는 상황에 편지를 붙이고, 돈을 붙이는 것이다. 재미있는 것은 두 말이 모두 같은 어원에서 시작했다는 점이다. 그러나 지금은 활용법이 달라졌으니 둘의 활용을 구별해 써야 한다.

가장 쉬운 방법은 세호의 언급대로 풀이나 본드 등으로 무언가를 맞닿게 하는 일에는 무조건 '붙이다'를 쓴다고 기억하는 것이다. 대학에 붙거나, 불이 붙거나, 조건이 붙거나 하는 모든 일은 직접적으로 풀을 사용하지는 않지만 어딘가에 접촉해 떨어지지 않는다는 뜻을 담고 있다.

반면 '부치다'에는 '맞닿다'의 의미가 전혀 없다. '두 개의 무언가가 달라붙다'라는 의미가 없다는 얘기다. 편지나 돈을 부치는 행위는 오히려 멀리 무언가를 보내는 것이고, '회의 안건에 부치다'와 같은 용법은 문제를 회의로 넘기겠다는 뜻이다. '내용을 극비에 부치다'로도 쓰는데, 이는 어떤 일을 거론하거나 문제 삼지 않는다는 뜻이다.

따라서 무언가가 서로 닿는다는 의미로 쓸 때는 '붙이다', 닿는다는 의미가 전혀 없을 때는 '부치다'를 쓴다고 이해하면 쉽다. 풀이나 테이프를 떠올려서 어색하지 않으면 '붙이다', 어색하면 '부치다'로 기억해도 된다.

하나 더 알아두면 좋을 것이 있다. '우리 축구 대표팀은 상대 팀

을 강하게 밀어붙였다'에서 쓰는 '밀어붙이다'를 보자. 이 역시 '밀
어붙이다'와 함께 '밀어부치다'로 혼동해 쓰는 경우가 많은데, '밀
어부치다'는 쓰지 않는 말이다. '서로 달라붙을 만큼 한쪽으로 세
게 밀다'라는 뜻으로 이해해 '밀어붙이다'만 기억 속에 남겨두자.

▶ 정답과 풀이

....

1. **(O)** 돈 등을 일정한 수단이나 방법으로 상대에게 보내는 것을 뜻하니
   '부치다'를 쓰는 것이 맞다.
2. **(X)** 한쪽으로 세게 민다는 뜻의 '밀어붙이다'를 써야 한다. '밀어부치다'
   는 쓰지 않는 말이다.
3. **(O)** 맞닿아 떨어지지 않게 한다는 의미로 사용할 때는 '붙이다'를 쓴다.
   시트지를 방문에 달라붙게 했으니 '붙이다'가 맞다.
4. **(X)** 편지, 소포 등을 보낼 때는 '붙이다'가 아니라 '부치다'를 써야 한다.

17

메다
/
매다

풀어볼래요? OX 퀴즈

1. 내일 내가 새로 산 배낭을 매고 갈 거니까 건들지 마.   ( )

2. 넥타이를 그렇게 엉망으로 메고 가면 흉보지 않을까?   ( )

3. 스카프 하나 맸을 뿐인데 분위기가 달라지더라.   ( )

4. 안전벨트 제대로 매고 출발하자.   ( )

"새롬 씨, 어디 가요?"

재무팀 한 대리의 말에 새롬은 빠르게 걷던 발걸음을 멈춰 섰다. 새롬의 손에는 포스터가 한 장 들려 있었다.

"아, 제가 진행하는 고객 파티 포스터 가안이 나와서 보고하러 가는 중이었어요."

새롬이 포스터를 들어 보이자 한 대리가 미소를 지었다.

"우리 팀 한나 씨가 동기죠? 새롬 씨가 중요한 일 맡았다고 부러워하더니 그건가 봐요."

"네! 처음으로 저 혼자 맡은 일이라서요. 대충 시안은 통과했는데, 잘될지 떨려요."

새롬이 들고 있는 포스터를 바라보던 한 대리가 살짝 이마를 찌푸렸다가 새롬에게 말을 건넸다.

"괜찮으면 제가 포스터 좀 구경해도 될까요?"

한 대리의 말에 새롬은 고민하다가 이내 포스터를 내밀었다. 보고하기까지 시간이 촉박한 것은 아니었다. 한 대리는 새롬이 내민 포스터를 받아들고는 생각에 잠겼다.

"드레스 코드가 있는 고객 파티인가 봐요."

"네, 맞아요. 요새 파티에는 드레스 코드가 꼭 필요하다고요."

새롬은 한 대리가 들고 있는 포스터를 뿌듯한 표정으로 바라봤다. 며칠 밤을 새우며 아이디어를 내고, 디자이너와 상의해 자신의 손으로 처음 탄생시킨 작품이 아닌가. 오늘 결재만 받으면 온라인과 오프라인에 일제히 포스터를 배포하고 이후 파티 준비에 본격적으로 돌입하면 된다. 새롬의 머릿속에는 벌써 고객 파티의 모습이 그려졌다.

"그런데, 새롬 씨. 제가 좀 주제넘을 수도 있는데, 이거 이대로 보고하면 안 될 거 같아요."

한 대리의 갑작스러운 말에 새롬이 눈을 동그랗게 떴다.

"네? 무슨 말씀이신지?"

"여기랑 여기, 글자에 오타가 난 거 같아요. 드레스 코드 설명 부분에 '넥타이는 메지 마세요'라고 돼 있는데 오타인 것 같고. '스카프는 메도 괜찮아요' 이것도 오타네요. 아, '가방은 매고 입장할 수 없습니다'도 오타네요. 수정 테이프라도 붙여서 보고하는 게 어떨까요? 좋은 포스터인데 괜히 오타 때문에 지적받으면 너무 슬프잖아요?"

한 대리의 말에 새롬은 급히 포스터를 받아들었다. 드레스 코드를 설명한 단어들을 모두 틀렸다고 지적하다니. 당황한 새롬은 인사도 제대로 하지 못한 채 포스터를 들고 자리로 돌아와 국어사전 사이트부터 열었다.

"세상에! 이대로 포스터를 들고 보고했으면 얼마나 망신을 당했을까!"

놀란 가슴을 쓸어내리는 새롬은 급히 디자이너에게 전화를 걸었다.

"대리님, 뭐 좋은 일 있으세요?"

싱글벙글 웃고 있는 한 대리를 보며 한나는 고개를 갸웃했다. 퇴근이 가까워질수록 한 대리의 입꼬리가 점점 더 올라가고 있었기 때문이다.

"아, 아냐."

말과 달리 얼굴 가득 웃음을 띤 한 대리가 바라보는 휴대폰 문자메시지에는 새롬의 메시지가 도착해 있었다.

> 대리님, 오늘 정말 감사해요. 덕분에 망신
> 당하지 않고 보고도 잘 끝냈어요. 혹시
> 괜찮으시면 오늘 저녁 대접해도 될까요?

무언가 몸에 두른다면 대부분 '매다'

맞춤법이 쓸모없다고 누가 그랬는가. 별것도 아닌 맞춤법을 지적해봐야 서로 마음만 상한다고 누가 그랬는가. 이렇게 연애가 시작되는 계기가 되기도 하는 것을.

'메다'와 '매다'를 사용하는 사람 중 다수는 "그 단어 쓸 때마다 꼭 사전 찾아봐요"라고 한다. 워낙 비슷하게 생긴 데다가, 아예 의미라도 다르면 괜찮을 텐데 단어의 뜻마저 비슷하니 헷갈릴 수밖에 없는 단어다.

- **메다 : 어깨에 걸치거나 올려놓다**
- **매다 : 끈이나 줄 따위의 두 끝을 엇걸고 잡아당기어 풀어지지 아니하게 마디를 만들다**

'메다'는 가장 대표적으로 '가방을 메다'라고 할 때 쓴다. 또 '총대를 메다'라고도 자주 쓰인다. 말 그대로 가방이나 총대는 어깨에 걸치거나 올려놓아 쓰는 물건들이기 때문이다. '매다'는 물건을 서로 잡아당겨 풀어지지 않게 한다는 뜻으로, '넥타이를 매다' '스카프를 매다' '신발 끈을 매다' 등으로 활용할 수 있다.

둘 다 몸에 끈 비슷한 것을 얹는 것이다 보니 그 쓰임을 혼동하기 쉬운데, 의외로 '메다'를 쓸 일이 많지 않다는 점을 기억하면 실수를 줄일 수 있다. 위에서 예로 든 '가방을 메다' '총대를 메다'를 제외하고는 몸에 걸치는 것을 뜻할 때 '메다'를 쓰는 경우가 거의 없기 때문이다.

그 외 무언가 몸에 두른다면 대부분의 경우엔 '매다'가 맞다. 흔히 안전벨트가 어깨에서부터 허리까지 감싸는 모양으로 돼 있다 보니 '안전벨트를 메다'라고 생각하는 경우가 있는데, 안전벨트는 '매다'가 맞다. 물론 어깨에 걸치긴 하지만, 안전벨트가 몸을 고정하기 위해 풀어지지 않도록 묶는 기능이 더 강해 '매다'가 옳은 표현인 것이다.

▶ 정답과 풀이

1. **(X)** 어깨에 걸치거나 올려놓는다는 뜻으로 '메다'를 써야 한다. 배낭, 가방 등은 '메다'를 쓴다.
2. **(X)** 끈이나 줄 따위를 엇갈리지 않게 마디를 만든다고 할 때는 '매다'가 맞다. 넥타이는 항상 '매다'를 쓰면 된다.
3. **(O)** 넥타이와 마찬가지로 스카프도 '매다'를 써서 표현한다.
4. **(O)** 안전벨트는 어깨부터 걸치지만 '메다'가 아니다. 풀어지지 않도록 묶는다는 의미의 '매다'를 써야 맞다.

18

반드시
/
반듯이

풀어볼래요? OX 퀴즈
....

1. 재판을 통해 반듯이 진실을 밝혀주길 바랍니다.　　　( )

2. 반듯이 눕기만 하면 배가 아프네요.　　　　　　　( )

3. 중고차를 살 때 반드시 기억해야 하는 사항들이 있어요.　( )

4. 독감 예방접종은 반듯이 해야 할까요?　　　　　　( )

소현은 정신없이 프로젝트 발표를 준비하다가 상사인 정 대리
가 보낸 메시지를 보고 한숨을 내쉬었다. 팀 전체의 사활이 걸린
프리젠테이션이기 때문에 막내인 소현도 할 일이 많다는 것을 알
텐데 이런 어이없는 지시를 내리다니. 소현은 정 대리의 지시를
다시 한 번 확인한 후 고개를 저었다. 소현이 하나라도 실수할까
꼬투리를 잡지 못해 안달인 정 대리를 생각하면 어이없는 일이라
도 일단 해놓고 봐야 하기에 소현은 바쁘게 움직였다.

　소현이 회의실에서 한참을 정 대리가 시킨 일에 집중하고 있을
때, 팀장이 회의실 문을 벌컥 열고 들어섰다.

　"소현 씨, 지금 뭐해?"

　팀장의 의아하다는 표정에 소현은 자신이 하던 일을 내려다봤
다. 소현은 프리젠테이션 참가자들을 위해 마련한 다과를 줄 맞춰
아주 가지런히 정리하는 중이었다.

　"어머, 소현 씨. 지금 바쁜데 무슨 과자를 줄 세우고 있어요?"

　팀장 뒤를 따라 들어온 윤 과장도 소현의 행동에 어이가 없다는
듯 웃었다.

　"아, 그게 정 대리가 지시한 일이라서요."

소현은 억울한 마음에 정 대리가 시킨 일이라고 대꾸했다.

"정 대리가 과자를 줄 세우라고 했다고?"

소현은 옆으로 다가온 윤 과장에게 자신의 휴대폰 메시지 창을 열어 내밀었다.

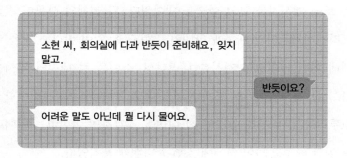

소현과 정 대리가 주고받은 메시지를 보고는 윤 과장이 웃음을 터뜨리며 메시지를 팀장에게도 보여줬다.

"못살아! '반드시'를 '반듯이'로 쓴 거야? 정 대리한테 사전 한 권 선물해야겠어요, 팀장님."

그제야 소현은 정 대리가 보낸 메시지의 뜻을 이해할 수 있었다. 그리고 스무 명을 위해 준비한 다과를 줄 맞춰 정리하던 자신의 시간이 아까워 머리를 쥐어뜯었다.

'꼭'을 넣어 원하는 의미가 통하면 '반드시'

맞춤법은 이렇게 엉뚱한 사람에게 피해를 주기도 한다. 소현은 무슨 죄인가. '반듯이'를 말뜻 그대로, 제대로 알아들은 것뿐인데.

'반드시'와 '반듯이'는 전혀 다른 뜻으로 쓰이는 말이다. 하나만 제대로 외워도 혼동할 일이 없지만, 모양이 비슷해 헷갈리기 쉽다.

- 반드시 : 틀림없이 꼭
- 반듯이 : 작은 물체, 또는 생각이나 행동 따위가 비뚤어지거나 기울거나 굽지 아니하고 바르게

정 대리처럼 '반드시'와 '반듯이'를 구별하기 어렵다면 문장에 '꼭'을 넣어서 생각해보면 쉽다. '꼭'이라는 말을 넣어 의미가 통한다면 '반드시'가 맞다.

정 대리의 메시지에 '꼭'을 넣어 '회의실에 다과 꼭 준비해요'라고 바꿔보자. 소현은 시간을 아낄 수 있었을 것이다.

- 내가 반드시 성공하고 말 거야. → 내가 꼭 성공하고 말 거야. (뜻이 달라지지 않으므로 '반드시'가 맞다)
- 회의실 의자 좀 반듯하게 정리해놓아라. → 회의실 의자 좀 꼭 정리해놓아라. (뜻이 달라지므로 '반듯이'가 맞다)

'반듯이'는 물건이나 자세 등을 바르게 한다는 의미로, '반듯하게'를 넣어도 말이 된다. '반듯이'는 '반듯하다'에 '이'가 붙은 말로, 원래 의미가 살아 있기 때문이다. 흔히 '-이'보다는 '-하게'를 쉽게 외우기 때문에 '반듯하게'를 외우고 있으면 이해하기가 쉽다.

- 선 좀 반듯이 그려봐. → 선 좀 반듯하게 그려봐. (뜻이 통하므로 '반듯이'가 맞다)
- 너, 내가 반드시 잡고 만다. → 너, 내가 반듯하게 잡고 만다. (뜻이 통하지 않으니 '반드시'가 맞다)

▶ 정답과 풀이
....
1. (X) '틀림없이 꼭'을 뜻하는 단어는 '반드시'를 써야 한다.
2. (O) '비뚤지 않게 눕는다'는 뜻이므로 '반듯이'가 맞는 말이다.
3. (O) 꼭 기억해야 할 사항을 뜻하니 '반드시'를 쓰는 것이 맞다.
4. (X) '틀림없이 꼭'을 쓸 때는 '반드시'를 쓰자.

19

웃 / 윗

풀어볼래요? OX 퀴즈

1. 내가 웃도리를 벗어뒀는데 어디 갔지?   (   )

2. 이 운동화 품절이라 윗돈을 주고 구했다니까.   (   )

3. 아랫사람으로서 윗어른을 공경하는 게 당연한 일이지.   (   )

4. 윗사람으로서 체면을 좀 지키세요.   (   )

"오, 수현 씨. 지난번 게시물 반응 좋더라. 감각 있어."

팀장의 칭찬에 기분이 좋아진 수현은 어깨를 으쓱했다. 유명 정치인의 선거캠프에서 인턴으로 일하게 된 수현은 소셜네트워크서비스(SNS)팀에 소속되어 있다. 정치인의 SNS 계정을 운영하는 것이 팀의 업무인데, 수현은 주로 젊은 사람들을 대상으로 한 게시물을 담당하고 있다.

재치있는 입담으로 자신의 SNS를 운영하며 팔로어를 크게 늘려본 경험이 있는지라 수현으로서는 그리 어렵지 않은 일을 하며 돈도 꽤 벌 수 있어 만족도가 높았다. 정치인이 20~30대 젊은 층과 만난 후 위트 있는 설명을 더해 게시물을 올린 덕분에 온라인 커뮤니티에서는 그간 수현이 올린 게시물 캡처 화면이 수없이 공유되기도 했다.

오늘 수현은 정치인이 젊은이들과 간담회를 한 것으로 게시물을 만들어냈다. 대학생들과 만난 정치인이 학생들의 날카로운 질문에 진땀을 뺐다는 내용이다.

점심을 먹고 들어온 수현은 올려둔 게시물에 대한 반응을 확인하다가 눈이 커지고 말았다. 정치인의 SNS이니 '악플'이 달리는 것은 흔한 일이라지만, 오늘은 유달리 악플이 많았다. 대체 무슨 일일까? 게시물 반응들을 읽어내려가던 수현은 그만 얼굴이 하얗게 질리고 말았다.

'교수 출신 정치인이라더니 맞춤법이 엉망'

'SNS 관리를 하기는 하는 건가요?'

선거캠프에서 일할 때 수없이 들었던 말 중 하나가 신조어를 쓰는 건 괜찮지만 맞춤법은 틀리지 말라는 것이었다. 대체 어떤 단어를 잘못 쓴 것인지조차 몰라 당황하고 있던 수현은 팀장이 부르는 소리에도 대답하지 못하고 자신이 올린 게시물만 노려보고 있었다.

'2030 세대를 만나 '노잼' 위기에 몰린 후보님. 급기야 웃도리까지 벗어던지며 참모들에게 제발 도와달라는 눈빛을 쏘기 시작했는데…'

'위'와 '아래'가 명확하게 대립할 때는 '윗'

'웃도리'를 쓰는 사람 중 다수는 이 말이 표준어임을 믿어 의심하지 않는다. 어렸을 때부터 '웃도리'라는 말을 듣고 쓰고 자랐기 때문이다. 아마 주변에서 이 말이 틀렸다고 지적하는 사람도 많지 않았을 가능성도 크다.

'웃'과 '윗'은 의미가 비슷한 데다 다른 단어 앞에 붙여 쓰다 보니 헷갈리기에 아주 좋은 환경을 갖춘 단어다. 이 둘을 잘못 쓰는 사람들도 '웃'과 '윗' 모두 '위'를 뜻한다는 것은 알고 있을 것이다.

- **웃 : 아래위의 대립이 없는 몇몇 명사 앞에 붙여 쓴다**
- **윗 : '아래'와 '위'의 대립이 있는 명사 앞에는 '윗'을 쓴다**

사전에서는 '웃'과 '윗'을 이렇게 표현하고 있는데, 핵심은 대립이다. '위'와 '아래'가 명확하게 대립할 때는 '윗'을 쓰고, 대립이 없으면 '웃'을 쓴다고 기억하면 쉽다. 이를테면 '윗집/아랫집' '윗도리/아랫도리' 같은 식이다.

그러면 '웃어른'이 맞을까, '윗어른'이 맞을까? 어른은 아이라는 대립 개념이 있으니 '윗어른'이 바른말일 것 같지만 그렇지 않다. '윗어른'의 대립은 '아랫어른'이기 때문이다. 반대말이 명확하게 존재할 때만 '윗'을 쓴다는 걸 다시 한 번 알 수 있다. 따라서 어른에 붙이는 말은 '웃'이 맞다.

그러니 '윗'과 '웃'이 헷갈린다면 '아랫'을 붙여보는 것이 가장 확실한 방법이 된다. '웃돈'의 경우 '아랫돈'이라는 단어 자체가 성립하지 않으니 '웃돈'을 그대로 쓰면 된다. '윗니'를 보자. '아랫니'가 말이 되니 '웃니'가 아닌 '윗니'를 쓰면 된다.

그렇다면 '웃옷'은 표준어일까, 아닐까? '웃옷'은 표준어다. '윗옷' 역시 표준어다. 두 단어의 뜻이 미묘하게 다르기 때문이다. '웃 옷'은 윗옷 위에 입는 점퍼나 외투를 뜻한다. '윗옷'은 아래에 입는 옷과 짝을 이뤄 입는 '상의'를 말한다. '웃옷'은 대립되는 개념이 없어 '웃'을 쓰고, '윗옷'은 바지나 치마 등 대립되는 개념이 있어 '윗'을 쓴다.

▶ 정답과 풀이

1. **(X)** 위와 아래의 대립이 있을 때는 '윗'이 맞다. '아랫도리'가 있으니 '윗도리'를 써야 한다.

2. **(X)** '아랫돈'은 없는 말로 대립이 없으니 '웃'을 써야 한다. '웃돈'이 맞다.

3. **(X)** '윗어른'의 대립인 '아랫어른'은 성립하지 않는 개념이다. 따라서 '웃어른'이 맞다.

4. **(O)** '윗사람'의 대립인 '아랫사람'이 성립하는 개념이니 '윗사람'을 쓰면 된다.

20

넘어
/
너머

1. 이번 여름엔 꼭 바다 넘어로 휴가를 갈 거야.   (   )

2. 야근하느라 밤 10시가 너머 일이 끝났어.   (   )

3. 내 한계를 넘어 작업했어.   (   )

4. 그 호텔은 창 너머로 보이는 멋진 풍경이 일품이야.   (   )

"수안아, 내일 아침 9시에 비행기 특가 뜬다는데 넌 비용은 다 준비됐어?"

지은의 물음에 수안은 놀라 지은을 바라봤다. 이번 방학에는 동기 넷이 함께 해외여행을 떠나자고 약속한 후, 친구들은 모두 아르바이트를 하느라 바쁜 나날을 보내왔다.

"벌써 일정 짜는 거야?"

수안의 물음에 지은이 고개를 저었다.

"지금부터 해도 늦어. 비행기 특가 뜬 거 잡고, 동선 짜서 숙소도 정해야지. 지금 결제해야 저렴하고."

수안이 초조한 듯 휴대폰을 만지작거렸다. 아르바이트로 여행 경비를 벌어온 친구들과 달리 수안은 부모님만 믿고 있었다. 수안의 부모는 성적만 좋으면 경비를 모두 지원해주겠다고 항상 말했기 때문이다.

"내일 당장 결제해야 하는 거야?"

"응, 특가로 나온 비행기 표는 구하자마자 그 자리에서 바로 결제까지 해야 해."

"잠시만~"

수안은 이내 휴대폰을 꺼내 들고 메시지를 작성하기 시작했다. 지난 학기 성적이 그리 좋지 않았지만, 친구들 모두 가는 여행인데 설마 부모님이 지원하지 않을 리 없다고 믿으며.

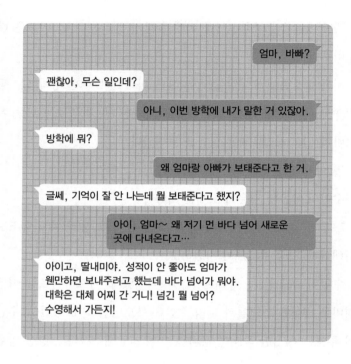

엄마의 '해외여행' 지원을 기대했지만 예상치 못한 엄마의 반응에 수안은 인상을 찌푸리며 화를 내기 시작했다.

"대체 이게 무슨 소리야! 바다를 왜 넘어가! 수영은 왜 해? 엄마 왜 이래?"

'넘어'는 동작, '너머'는 공간

무언가를 자꾸만 넘는 사람들. 산도 넘고, 바다도 넘고 그것도 모자라 이상도 넘고, 진실도 넘는다. 너무나 비슷하게 생긴 '넘어' 와 '너머'는 주로 '너머'를 써야 할 자리에 '넘어'를 쓰면서 오류가 생긴다.

'넘어'와 '너머'는 뜻과 품사가 다르지만, 억지로 끼워 맞추면 의미가 통하는 것처럼 착각할 수 있어 더 헷갈린다. 이를테면 수안이 '바다 넘어 새로운 곳'이라고 표현한 것을 두고 "바다를 넘어가서 새로운 곳에 가려는 것 아니냐"라고 반문하는 사람이 분명 있을 것이다.

- 넘어 : 동사 '넘'에 '어'가 연결된 말
- 너머 : 높이나 경계로 가로막은 사물의 저쪽, 또는 그 공간

'넘어'와 '너머'의 차이는 동작과 공간으로 간단하게 설명할 수 있다. 동사 '넘'에 '어'가 연결된 '넘어'는 동작을 담고 있다. 산을 넘거나, 물이 넘치거나 하는 행동들 말이다. '너머'는 공간을 뜻한다. 앞을 가로막은 물체의 반대편 공간이나 장소 말이다. '산 너머 마을' '상상 너머의 세계' 등처럼 활용할 수 있다.

문장에 무언가를 넘어가는 행동이 포함되어 있다면 '넘어'를 쓰

고, 말하고자 하는 바가 공간이라면 '너머'를 쓰면 된다. 수안은 문장을 통해 해외를 '바다 너머 새로운 곳'으로 표현하고자 했다. 공간과 장소를 말하고자 했으니 '너머'가 맞다. 게다가 수안의 문장에는 이미 '다녀온다'는 동사가 들어가 있다. '넘어가는 행위'를 말하고자 한 것이 아니라는 걸 알 수 있다.

'넘어'는 동작, '너머'는 공간이라고 외우며 예문을 만들어보자.

- 수업이 11시 넘어 끝이 났다. (시간이 흐르는 동작이 있으므로 '넘어')
- 숨겨진 진실 너머 뭐가 있을지 너무 두려워. (진실 너머 있는 공간을 뜻하므로 '너머')

▶ 정답과 풀이
....

1. (X) 사물의 저쪽 또는 공간을 뜻할 때는 '너머'를 써야 한다. 바다 너머 어떤 곳을 뜻하니 '너머'가 맞다.
2. (X) 동사 '넘다'의 뜻. 동작이 포함될 때는 '넘어'를 써야 한다. 시간 등이 지났을 때는 '넘어'를 쓰면 된다.
3. (O) 한계라는 일정한 선을 넘어가는 동작을 뜻하니 '넘어'를 쓴다.
4. (O) 사물의 저쪽, 공간을 의미할 때는 '너머'를 쓰면 된다.

21

쫓다 / 좇다 / 쫒다

풀어볼래요? OX 퀴즈

1. 나를 엄청 쫓아다니던 남자와 결국 연애를 시작했다. ( )
2. 그렇게 이상만 좇고 현실을 보지 못하면 문제야. ( )
3. 가방을 소매치기한 남자를 쫓았지만 놓쳤어. ( )
4. 이루지도 못할 꿈만 쫒다가 허송세월을 보내는 거야. ( )

"아영이 얘 좀 이상해."

휴대폰을 바라보던 시우가 창환을 향해 투덜거렸다.

"엥? 너 아영이 착하고 좋은 애라며 네가 소개팅도 시켜주고 그랬잖아?"

"그랬는데 아영이가 남자 조건만 보는 것 같더라고."

"정말? 네가 소개해준 남자들 조건이 별로라고 말했어?"

창환의 말에 시우는 고개를 저었다.

"직접적으로 그렇게 얘기는 안 했는데, 잘 만나고 나서 남자가 메시지를 보내면 좀 대꾸해주다가 무시하고 그러나봐. 아무래도 한소리 해야겠어."

화가 난 시우는 아영에게 메시지를 남기기 시작했다. 벌써 세 번째인가. 아영은 소개팅 상대가 괜찮다고 했다가도 며칠이 지나면 이유나 설명 없이 소개팅남의 연락을 그냥 끊어버린다고 했다. 이전에는 개인적인 사정이 있었을 거라고 이해해왔지만, 이번에는 정말 한마디 해줄 생각이었다.

아영아, 얘기 좀 할 시간 돼?

응, 무슨 일이야?

내가 너랑 친하고 해서 웬만하면 말 안 하려 했는데. 내가 소개팅해준 사람들 다 괜찮은 형들이야. 그런데 네가 그렇게 무시를 했다며.

내가? 무시를?

그래. 네가 원하는 남자랑은 맞지 않는다며. 소개팅 당일은 마음에 들었던 척했다가 뒤늦게 조건 같은 것 때문에 그러는 거 아니야? 난 그렇게밖에 생각이 안 든다.

시우야, 나도 네 친구인데 너무한 거 아니니? 내가 설마 조건 때문에 그럴까. 처음에는 다들 괜찮았는데 대화하다 보니 내 이상형이랑 거리가 멀어서 그렇게 얘기한 것뿐이야.

이상형? 하아. 네 이상형이 뭔데? 학벌 좋고 집안 좋고? 너 그렇게 원대한 이상만 쫓는 애인지 몰랐다. 내가 소개팅 형들 쫓아다니면서 얼마나 사과했는지 알아?

시우야, 내가 이것까지는 얘기 안 하려고 했는데. 내 이상형은 글을 좋아하는 남자야. 맞춤법은 기본이고. 네가 소개해준 사람들 모두 너처럼 '이상만 쫓는다'라고 쓰고 '형들 쫓아다닌다'고 쓰는데 내가 어떻게 계속 만나니! 이상은 좇는 거고! 형들은 쫓아다니는 거야!

분노가 느껴지는 아영의 메시지를 보며 시우는 할 말을 잃고 말왔다. 겨우 맞춤법 하나로 그러느냐고 따지고 싶었지만, 얼굴이 화끈거려 뭐라 대꾸할 수가 없었다.

'좇다'는 이상과 목표 등을 따르는 것

'좇다'와 '좇다' '쫒다'는 혼돈의 3형제쯤 된다. 'ㅈ'와 'ㅊ' 'ㅉ'까지 3개의 자음이 초성과 받침에 이리저리 교차해 쓰이며 대체 어떤 순간에 뭘 어떻게 조합해야 맞춤법을 틀리지 않을 수 있을지 어렵기 그지없다. 그러고 보면 오히려 '좇다'와 '좇다'를 구분하지 못하느냐고 타박하는 아영이 얄미워 보일 지경이다.

- **좇다 : 어떤 대상을 잡거나 만나기 위하여 뒤를 급히 따르다 / 어떤 자리에서 떠나도록 몰다**
- **좇다 : 목표, 이상, 행복 따위를 추구하다**
- **쫒다 : 상투나 낭자 따위를 틀어 죄어 매다**

3개의 단어 모두 뜻이 전혀 다르기 때문에 뜻만 이해하고 있으면 헷갈릴 일이 없겠지만, 맞춤법이 어디 그리 쉽던가. 잘 안 쓰는 단어부터 머릿속에서 없애버리는 방법을 택해보자.

'쫒다'는 상투를 맨다는 뜻으로, 우리가 실생활에서 사용할 일은 거의 없다. 사극을 얘기할 때도 언급할 필요가 없다. 이렇게 하나를 제외하자. 머릿속에서 완전히 잊어라.

이제 남은 것은 '쫓다'와 '좇다'이다. 두 단어를 보고 우선 기억해둘 것이 있다. 받침이 모두 'ㅊ'이라는 점이다. '쫓다'와 '좇다'를 써야 할 일이 생기면 적어도 받침은 틀리지 않을 수 있다. 'ㅈ' 받침은 사용하지 않는 거라고 알고 있자.

그렇다면 남은 것은 이제 초성인 'ㅈ'과 'ㅉ'이다. '쫓다'는 '따라가다'라는 뜻으로 쓰인다. '내가 쫓아갈게' '물을 마셔서라도 졸음을 좀 쫓아봐' 등으로 활용한다. 발음이 '쫃다'이니 초성은 발음 그대로 'ㅉ'으로 쓰면 된다. 자, 단어 하나를 머릿속에 넣었다. 받침은 무조건 'ㅊ', 발음 그대로 초성은 'ㅉ'인 '쫓다'.

'좇다'는 '이상만을 좇다 보니 현실을 제대로 보지 못했어' '꿈을 좇아 여기까지 왔어요' 등으로 쓸 수 있다. 다만 '좇다'는 이상과 목표 등을 따르는 것으로 실생활에서는 흔히 쓰지는 않는 단어다. 따라서 '쫓다'와 '좇다'가 헷갈리는 것이 걱정이라면 헷갈리는 '좇다' 대신 '추구하다'라는 단어를 대신 사용하는 것도 방법이다. 만약 '좇다'를 꼭 써야 할 일이 있다면, '추구하다'를 넣어 말이 되는지를 살펴 활용해보자.

- **형사가 범인을 재빨리 쫓았지만 놓치고 말았다.→형사가 범인을 재빨리 추구했지만 놓치고 말았다. (말이 안 되므로 '좇다'는 아니다)**

• 그는 이루지 못할 꿈을 좇다가 젊음을 다 보내고 말았다. → 그는 이루지 못할 꿈을 추구하다가 젊음을 다 보내고 말았다. (말이 되므로 '좇다'가 맞다)

▶ 정답과 풀이

1. (O) 어떤 대상을 잡거나 만나기 위해 뒤를 따라다니는 것을 뜻할 때는 '쫓다'를 쓴다.

2. (O) 목표나 이상, 행복 등을 추구할 때는 '좇다'를 쓰면 된다.

3. (X) 누군가를 잡기 위해 따라가는 것은 '쫓다'가 맞다. 'ㅊ' 받침임을 기억하자.

4. (X) 꿈을 추구하는 것은 '좇다'를 써야 한다.

22

심란하다
/
심난하다

풀어볼래요? OX 퀴즈

1. 요 며칠 마음이 영 심난해서 힘이 들었어.   (   )

2. 어릴 때 살던 동네에 왔더니 심난했던 시절이 생각나네.   (   )

3. 너희 좀 조용히 할래? 심란해 죽겠다.   (   )

4. 나 심각하게 심난하거든? 그러니까 위로 좀 해줘.   (   )

"아무래도 범중 오빠가 날 좋아하는 거 같아."

혜지의 갑작스러운 말에 점심을 먹던 친구들의 시선이 그녀에게로 몰렸다. 동아리 중에서 제일 잘생긴 범중이 혜지를 좋아한다니. 학생식당의 특식 메뉴마저도 뒷전이 될 만큼 놀라운 얘기였기 때문이다.

"뭐야? 진짜? 범중 오빠가 너한테 고백했어?"

누군가의 물음에 혜지가 고개를 저었다.

"고백까지는 아닌데, 요새 진짜 이상하거든."

친구들은 모두 숨을 참고 그녀의 입을 주목했다. 기대에 찬 눈빛들을 바라보며 혜지가 천천히 입을 열었다.

"아니, 요새 내가 심란해서 SNS에서도 그렇고 단톡방에도 그렇고 심란하다는 말을 자주 했거든? 그랬더니 범중 오빠가 엄청 잘해주는 거야. 점심도 이번 주에 벌써 두 번이나 사주고, 아르바이트 자리 필요하면 자기가 알아봐주겠다고도 하고. 아, 다음 학기에 교양 듣는다니까 자기 그 책도 있다고 가져다줬는데 보니까 새 책이더라고."

혜지가 말을 마치자 침묵으로 그녀를 바라보던 친구들 사이에서는 비명이 터져 나왔다.

"웬일! 진짜 범중 오빠가 너 좋아하나 보다."

"그러게, 같이 점심 먹자고 그렇게 졸라도 밥 한 번 같이 먹기 힘든 사람인데."

"대박, 대박!"

친구들이 호들갑을 떨며 혜지에게 부러움이 가득한 말을 건네고 있을 때였다. 식판을 들고 지나가던 찬영이 혜지를 발견하고는 다가와 나지막이 입을 뗐다.

"박혜지, 너 요새 혹시 집에 무슨 일 있어?"

범중의 과후배인 찬영이 굳이 혜지에게 말을 걸자 친구들은 수다를 멈추고 그를 바라봤다.

"나? 집에? 아니? 아무 일도 없는데? 왜?"

"아, 그럼 다행이고. 범중 형이 너 집에 무슨 일 생긴 것 같다고, 좀 도와주라기에."

"범중 오빠가? 집에 무슨 일?"

찬영의 입에서 범중의 이름이 나오자 혜지를 비롯한 친구들의 눈빛은 다시 한 번 더 반짝였다. 범중 오빠가 이렇게나 혜지를 챙기고 있었다니.

"너 SNS랑 메시지로 집이 좀 어려워진 것처럼 올렸다며. 심난하다고."

"엥? 그게 도대체 무슨 소리야? 요새 기분도 우울하고 뒤숭숭해서 심란하다고 몇 번 적기는 했지만, 집이 어렵다 뭐 이런 건 얘기 안 했는데."

의아하다는 표정을 짓는 혜지를 보며 찬영이 무언가 알겠다는 듯 허탈하게 웃었다.

"너 혹시 마음이 '심란하다'를 '심난'으로 적어놨어?"

"그게 왜?"

"심난은 형편이 어렵다는 뜻이잖아. 우리 국문학도 범중 형이 그거 보고 혼자서 완전히 착각했네. 아이고, 범중 형한테 가서 꼭 얘기해줘야겠다."

웃음을 터뜨리며 찬영이 사라진 후 혜지와 친구들은 말없이 국어사전을 검색하기 시작했다. 그리고 혜지의 입에서 분노에 찬 목소리가 흘러나왔다.

"국문과 다 망해라!"

'심난하다'는 형편이나 처지가 어려울 때

범중은 대체 뭘 보고 혜지의 형편이 어려워졌다고 생각했을까? 혜지는 그저 마음이 좀 어수선했을 뿐인데 말이다. '심란'과 '심난'은 생긴 것도, 발음도 비슷한 데다 하나는 흔하게 사용하는 말이 아니다 보니 헷갈리기에 좋은 환경을 모두 갖춘 단어들이다.

- **심란하다 : 마음이 어수선하다**
- **심난하다 : 매우 어렵다**

많은 사람이 '심란하다'를 써야 할 자리에 '심난하다'를 쓰는 잘못을 하곤 한다. 사전만 찾아봐도 '매우 어렵다'라고 되어 있으니 "마음이 어려울 때 쓰면 안 되느냐"라고 반문할 수도 있다.

그러나 비슷하게 생긴 것과는 다르게 두 단어의 의미와 쓰임은 전혀 다르다. 마음이 어수선하고 갈피를 잡기 어려울 때는 '심란하다'를 쓴다. 한자를 이해하면 쉬운데 '란'이 '어지러울 란(亂)'이기 때문이다.

일상생활에서는 '심란하다'를 쓸 일이 많다. 마음이 어수선하고, 표정이 좋지 않고, 기분이 뒤숭숭할 때는 모두 '심란하다'를 쓰기 때문이다.

'심난하다'는 형편이나 처지 등이 매우 어려울 때 쓰는 말이다. 여기서 '난'은 한자 '어려울 난(難)'이다. "지난날이 참 심난했어"라며 어려웠던 형편을 기억할 때 주로 활용한다. 사실 일상생활에서는 '심난하다'를 쓸 일이 많지 않다. 영화나 책의 줄거리가 어려울 때 '심난하다'를 쓰기도 하지만, 이때는 '어렵다'를 대신 쓰면 되기 때문이다.

'심란하다'는 마음 등 정서적인 부분을 표현할 때 쓰고, 힘들고 어려운 상황 등을 표현할 때는 '심난하다'를 쓴다고 간단히 기억하면 두 단어의 혼란을 다소 줄일 수 있다.

물론 '란'과 '난'의 한자를 명확히 알고 있다면 헷갈릴 일이 없지만 우리말도 어려운 판국에 한자까지 보탤 여유가 있나. 둘 중 하나를 버리는 것도 방법이다. 따라서 '심란하다'와 '심난하다'를 제대로 쓰고 싶다면 우선 '심난하다'라는 글자를 아예 잊어버리는 편이 낫다. '심란하다'만이라도 기억해 잘 활용해보자.

▶ 정답과 풀이

1. (X) 마음이 어수선하고 어지러울 때는 '심란하다'를 써야 한다.
2. (O) 어릴 적 어렵던 시절을 떠올린다는 의미로, 어렵다를 뜻하는 '심난하다'를 쓰는 것이 맞다.
3. (O) 갈피를 잡기 어렵고 어수선한 마음을 표현하니 '심란하다'가 맞다.
4. (X) 마음이 복잡할 때는 '심란하다'를 쓰자.

23

율
/
률

풀어볼래요? OX 퀴즈

1. 체지방율이 너무 높아져서 다이어트를 해야겠어.　　(　)

2. 교통사고 사망률이 비행기사고 사망률보다 높다는데?　(　)

3. 우리나라 비만률이 그렇게 높은지 몰랐어.　　　　(　)

4. 20대 결혼 감소율이 심각하다던데 큰일이야.　　　(　)

"마지막 두 팀의 토론 잘 봤어요."

교수의 말에 '베이비붐' 팀원들과 '셋낳아' 팀원들의 눈빛이 반짝였다. 사회학 수업의 토론 주제는 '저출산과 고령 사회'였고, 두 팀 모두 수업에 참여한 팀 중에서 가장 수준 높은 토론을 펼쳤다고 자부했다. 토론 준비와 과제에 어떤 팀원도 소홀하지 않을 만큼 팀워크도 좋았다.

"두 팀 모두 준비를 잘했고, 토론 주제도 명확하게 이해하고 있는 데다가 자신감 있게 토론에 임하는 태도도 좋았어요."

교수가 다시 입을 열자 강의실에 앉은 학생들이 술렁거리기 시작했다. 저 정도의 칭찬이라면 두 팀이 상위권 점수를 쓸어담는 것은 당연했다.

"다만 문제가 좀 있어요."

칭찬을 이어가던 담당 교수의 갑작스러운 말에 팀원들의 눈빛이 불안하게 흔들리기 시작했다. 토론 수업이다 보니 논리적 비약이 심했던 걸까, 혹은 상대의 말을 제대로 경청하는 모습을 보이지 않았던 걸까. 갖은 추측이 팀원들의 머릿속을 헤집고 다니는 사이 교수가 다시 입을 열었다.

"출산율과 성장률. 토론을 뒷받침하려고 준비한 발표 자료들을 보면 베이비붐 팀은 출산율을, 셋낳아 팀은 성장률을 틀리게 표현했어요. 아무리 좋은 내용을 준비해도 맞춤법을 틀리면 신뢰도가 떨어지죠. 두 팀의 점수를 어떻게 할지 고민 좀 해볼게요."

교수가 떠난 후 두 팀의 팀원들은 토론을 펼쳤던 자리에 그대로 앉은 채 자신들의 발표 자료를 망연자실하게 바라봤다.

베이비붐 팀의 자료에는 '출산률과 성 평등과의 관계'라는 문장이, 셋낳아 팀의 자료에는 '성장율이 결혼에 미치는 영향'이라는 문장이 적혀 있었다. 팀원들은 그제야 자신들 토론의 가장 큰 문제가 '율과 률'이었다는 점을 깨달았다.

'율'은 앞의 명사가 모음이거나 받침이 'ㄴ'일 때

비율을 뜻하는 '율'과 '률'. 같은 의미라면 한 단어로 통일해서 쓰면 참 좋으련만, 앞 단어의 상황에 따라 둘 중 하나를 골라 써야 해 머리가 아파지는 단어들이다.

- 율 : 비율
- 률 : 비율

'율'과 '률'은 비율을 뜻하는 접미사로 명사 뒤에 붙여 쓴다. 워낙 다양하게 활용하는 단어로, 법칙이 어렵다고 해서 피할 수 있는 단어가 아니라는 점이 문제다. 안타깝게도 법칙보다 쉽게 '율'과 '률'을 구분하는 방법이 없다. 빠르고 간단하게 법칙을 외워두는 게 좋다.

'율'은 앞에 있는 명사가 모음이거나 받침이 'ㄴ'일 때 붙인다. 그 외 나머지는 모두 '률'로 쓰면 된다. '출산율'은 출산의 받침이 'ㄴ'이니 '율'이 붙는다. '비율, 실패율, 규율' 등은 앞글자가 모음으로 끝나 '율'을 쓰는 경우다.

법칙을 외웠는데도 헷갈린다면 정확한 방법은 아니지만, 보다 쉬운 구별법이 하나 있다. 머릿속에 '비율'처럼 헷갈리지 않는 글자를 하나 떠올려 소리 내 발음을 해보자. '비율'을 '비률'로 발음하기 어렵기 때문에 '율'이 맞고, 그렇다면 모음 뒤에서는 '율'을 넣는다고 거꾸로 추론하는 것이다.

외워보자. 모음과 'ㄴ' 다음에는 무조건 '율', 나머지는 '률'. 추가로 흔히 쓰는 '비율'과 '할인율'만 기억해 법칙을 추론하자.

그렇다면 같은 뜻인 단어를 왜 '율'과 '률'로 달리 적는 걸까? 쉽게 얘기하면 발음 때문이다.

원래 한자는 '두음법칙'에 따라 첫소리에서만 'ㄹ'이 탈락하고, 그렇지 않으면 굳이 'ㄹ'이 탈락하지 않는다. 즉 두음법칙에 따르면 모든 단어에 '률'을 적어야 한다는 얘기다.

그러나 우리말 표기의 가장 큰 원칙은 발음 우선이다. 모음과 'ㄴ' 뒤에는 '률'이 아닌 '율'로 소리가 나기 때문에 '율'로 적는다. 다만 발음은 사람마다 다르고, 부정확하기 때문에 법칙을 외우는 쪽이 편리하다.

'율'과 '률'의 법칙을 외웠다면 '열'과 '렬'도 헷갈리지 않고 활용할 수 있다. 모음과 'ㄴ' 앞에서는 '열', 나머지는 '렬'을 쓰기 때문이다. '나열'이나 '분열' 같은 단어는 앞 글자가 모음과 'ㄴ'으로 끝났으니 '열'을 붙이는 단어들이다.

▶ 정답과 풀이

....

1. (X) '체지방'은 모음으로 끝나지도, 'ㄴ'으로 끝나는 것도 아니니 '률'을 써야 한다.

2. (O) '사망률'은 모음이나 'ㄴ'이 아니니 '률'을 쓰는 것이 맞다.

3. (X) '비만'은 마지막 받침이 'ㄴ'으로 끝났기 때문에 '비만율'이라고 써야 한다.

4. (O) '감소'는 모음으로 끝났으니 '율'을 쓰는 것이 맞다.

24

결제
/
결재

풀어볼래요? OX 퀴즈

1. 커피숍 결제시스템이 고장 나서 카드 계산을 못했어.　　( )

2. 이 프로젝트는 부장님 결제만 받으면 바로 시작합시다.　　( )

3. 모바일 결재로 물건을 사니까 1분도 안 걸리더라?　　( )

4. 노트북 사려고 보고서를 만들어서 엄마한테 결재 받았어.　　( )

혜민은 유달리 두근거리는 마음을 진정시키며 일에 몰두했다. 지난달부터 아르바이트를 시작한 학교 근처의 작은 카페는 가격이 저렴해 손님이 꽤 붐비는 곳이었다.

그동안 커피를 만들고 청소를 하느라 손님들을 제대로 쳐다볼 시간조차 없었지만, 오늘은 달랐다. 점심 이후 카페에 들어선 이른바 '훈남'이 음료를 3잔째 마시며 4시간 동안 카페에 머무는 중이었기 때문이다. 혜민이 그가 있는 쪽을 쳐다볼 때마다 눈이 마주쳤고, 그럴 때마다 그는 혜민을 향해 웃었다. 보조개가 참 예쁘게 파이는 웃음이었다. 얼마나 지났을까, 훈남 손님은 네 번째 음료를 주문하며 드디어 혜민에게 말을 걸었다.

"혹시, 저기 있는 안내판을 그쪽이 쓰신 건가요?"

그의 물음에 혜민은 카페 입구에 놓인 안내판을 바라봤다. 며칠 전 음료 할인 이벤트가 있다며 사장이 혜민에게 예쁘게 글씨를 써달라고 부탁해 적어놓은 안내판이었다.

"아, 네. 그런데 왜?"

혜민은 애써 얼굴을 붉히지 않으려 노력하며 그를 바라봤다.

"아, 아닙니다. 글씨가 참 예쁘네요."

그는 그렇게만 말하고 혜민이 내미는 음료를 받아 다시 자리로 돌아갔다. 그리고는 뭔가 한참을 생각하는 듯했고, 여전히 혜민이 그쪽을 향해 시선을 보낼 때면 그는 혜민을 바라보고 있었다.

"혜민아, 저 손님이 네가 마음에 드는 모양이야."

오후에 출근한 사장이 지나가며 혜민을 놀리듯 말을 꺼냈다. "무슨요!"라고 무심한 듯 대꾸하면서도 혜민은 그런 놀림이 싫지는 않았다.

이윽고 4번째 음료를 다 비운 그가 드디어 자리에서 일어나더니 뭔가 결심한 듯 혜민을 향해 다가왔다. 그리고는 말없이 쪽지 하나를 내밀고는 쌩하니 사라져 버렸다.

"어머! 혜민아, 그거 뭐야? 얼른 펴봐. 연락처인가보다. 몇 시간을 고민하더니 쪽지를 주고 가네."

사장의 호들갑에 혜민은 떨리는 마음으로 천천히 그가 남기고 간 쪽지를 펼쳐보았다. 그리고 쪽지를 바라보던 혜민의 얼굴이 빨갛게 달아올랐다. 쪽지를 본 사장의 입에서도 짧은 탄식이 흘러나왔다. 무슨 내용이 적혀 있었던 걸까?

"가격 대비 커피가 맛있어서 잘 마시고 갑니다. 감사해요. 고민 많이 했는데… 아무래도 말씀드리는 것이 좋을 것 같아서 쪽지 남깁니다. 글씨가 정말 예쁜 안내판에 오타가 있네요. '할인해도 카드 결재 가능'은 결재가 아니라 결제가 맞습니다. 그럼 좋은 하루 보내세요."

돈과 관련 있는 행위는 '결제'

혜민은 오늘 밤을 소위 '이불킥'으로 지새울지도 모르겠다. 부끄러워서 이불을 찬다는 그 '이불킥' 말이다. 수많은 방송과 책, 신문 등에서 지적을 해왔기 때문에 이제는 헷갈리는 사람이 거의 없지 않을까 싶음에도 잘못 쓰는 사례 베스트에 이름을 항상 올리는 '결제'와 '결재'.

- 결제 : 증권 또는 대금을 주고받아 매매 당사자 사이의 거래 관계를 끝맺는 일
- 결재 : 결정할 권한이 있는 상관이 부하가 제출한 안건을 검토하여 허가하거나 승인함

지문 하나면 모바일 쇼핑이 가능한 이 '결제'의 시대에 '결제'와 '결재'를 헷갈리는 것은 너무나도 자존심이 상하는 일이다. 쇼핑몰에서 '주문하기'만 눌러도 곧바로 '결제하기'라는 단어가 뜨지 않는가.

'결제'와 '결재'를 구분하는 가장 좋은 방법은 '돈'을 떠올리는 것이다. 돈과 관련 있는 행위는 '결제'라고 외우면 된다. 그 외 허가를 받는 일은 '결재'다. 쉽게 생각하면 '돈은 결제' '회사는 결재'라고 기억하고 있어도 된다.

한때 SNS에서는 '결제(제가 이 돈을 다 썼다고요?)' '결재(재수 없는 김 과장)'라는 방식의 구분법이 유행하기도 했는데, 외우기만 쉽다면 이런 문장을 떠올리는 것도 좋은 방법이다.

▶ 정답과 풀이

1. (O) 대금을 주고받는 일을 뜻할 때는 '결제'가 맞다.
2. (X) 회사의 상관이 안건을 검토해 승인하는 것을 말하고 싶을 때는 '결재'를 쓰자.
3. (X) 물건을 구매하고 대금을 지불하는 상황에서는 '결제'를 써야 한다.
4. (O) 노트북을 사기 위해 허락을 받는 상황을 뜻하니 '결재'를 쓰는 것이 맞다.

25

왠 / 웬

풀어볼래요? OX 퀴즈

1. 그가 떠나고 웬지 기분이 울적하다.　　　　　　　(　)

2. 왠일이니! 그 여자가 너에게 고백했다며?　　　　(　)

3. 웬만하면 지금 직업에 만족하는 게 어때?　　　　(　)

4. 그 사과는 왠지 먹으면 안 될 것 같았어.　　　　(　)

불타는 사랑을 주체할 수 없어 짧은 연애 기간을 끝내고 결혼에 골인한 현우와 민경. 주변에서는 3개월을 만나고 결혼한 두 사람에 대한 우려가 컸지만, 현우와 민경은 아랑곳하지 않았다. 특히 민경은 앞으로 살아가면서 서로의 새로운 모습을 알게 되니 더 행복하다고 친구들에게 자랑까지 했을 정도다.

　두 사람은 일이 끝나자마자 집으로 달려와 음식을 해두고 나란히 앉아 TV를 보는 것을 즐겼다. 오늘도 맥주 한 잔을 곁들여 유명 예능 프로그램에 빠져들었다.

　"어머, 진짜 웃긴다. 오빠 저것 좀 봐."

　프로그램을 보던 민경이 한심하다는 듯 손가락으로 TV 화면을 가리켰다. TV 화면에서는 여성 출연자의 말을 그대로 적은 자막이 흘러나오고 있었다. 무언가에 놀란 여성 출연자가 "웬일이니!" 라고 소리친 것을 자막으로 처리한 것.

　"왜? 저게 재미있어?"

　"아니~ 공중파에서 저게 뭐야. 요새는 실수 거의 안 한다더니 맞춤법 틀리게 쓴 것 좀 봐."

　"응? 어떤 거?"

"아이참 오빠, 내가 맞춤법 틀리는 거 싫어하는 거 알잖아? 저기 봐. 웬일이야를 저렇게 쓰고 있어."

순간 현우의 표정이 이상하게 일그러지기 시작했다.

"웬일이야가 틀린 거야? 그럼 어떻게 쓰는 게 맞는데?"

"왜가 맞잖아. 왜 그런데? 할 때 왜~"

"그럼 왠일이야가 맞는 거라고?"

"응, 왜인지 모르지만 그렇게 행동하니까 왠일이지!"

민경의 말이 끝나는 순간, 현우가 참지 못하고 웃음을 터뜨리고 말았다. 현우의 갑작스러운 웃음에 민경은 갑자기 기분이 나빠졌다. 이래서 짧게 만나고 결혼하면 안 된다고 하는구나. '웬일'과 '왠일'도 구분 못 하고 이렇게 웃는 남자가 뭐가 좋았을까! 머릿속으로 이런저런 생각을 떠올리는 민경을 웃음을 멈춘 현우가 와락 끌어안았다.

"괜찮아, 괜찮아. 원래 헷갈리기 쉬운 단어라 잘못 아는 경우도 많더라고."

'왠지'를 빼고는 '왠'은 쓸 일이 없다

웬일이니! 짧은 시간 만났지만 민경은 왠지 굉장히 좋은 남자를 만난 것 같은데, 웬만하면 만족하고 잘 살면 좋겠다!

막상 쓰려고 떠올리면 당최 뭐가 맞는 표현인지 알 수가 없어 '혼돈의 맞춤법'으로 불리는 '웬'과 '왠'. 뜻은 다르지만 생긴 게 비슷하다 보니 쓸 때마다 확인이 필요한 맞춤법 중 하나다.

- 왠지 : 왜 그런지 모르게 또는 뚜렷한 이유도 없이
- 웬지 : 왠지의 잘못

- 웬일 : 어찌 된 일, 의외의 뜻을 나타낸다
- 왠일 : 웬일의 방언

- 웬만하다 : 정도나 형편이 표준에 가깝거나 그보다 약간 낮다
- 왠만하다 : 잘못된 표현

'웬'과 '왠'을 넣어 쓰는 3개의 단어를 골라봤다. 보면 바로 알 수 있는 사실은 바로 '웬'과 '왠'을 넣은 단어 중 하나는 분명 틀린 단어라는 것이다. '왠지'와 '웬일' '웬만하다' 3개는 맞는 단어고, 나머지는 존재하지 않는 단어다.

이왕이면 '웬' '왠' 2개 중 하나만 맞는 표현이면 쉽고 좋을 텐데, 안타깝게도 표준어에 '왠'과 '웬'이 섞여 있는 게 문제다. 그렇다면 단어 하나하나를 다 외워두는 수고를 해야 할까? 다행히 그럴 필요는 없다. '왠'은 이리저리 많이 쓰일 것 같지만, '왠지'에서만 활

용하기 때문이다. '왠지'를 빼고는 '왠'은 쓸 일이 없다. '왠지'만 빼고는 모두 '웬'이 맞는다는 얘기다.

'왠지'는 뜻도 명확하다. '왜 그런지 모르게'라는 뜻으로 풀어쓸 수 있고, 이 문장이 줄었다고 기억하기도 쉽다. 외워두자. '왜 (그런)지'를 빼고는 모두 '웬'이다.

▶ 정답과 풀이

1. (X) '왜 그런지 모르게'라는 뜻을 쓸 때는 '왠지'가 맞다.
2. (X) '어찌 된 일'을 뜻하는 '웬일'에는 '왠'이 아닌 '웬'을 쓴다.
3. (O) 표준에 가깝거나 낫다는 뜻을 표현할 때는 '웬만하다'를 쓰면 된다.
4. (O) '왠지'는 '왠'을 쓰는 유일한 단어다.

26

가르치다
/
가리키다

풀어볼래요? OX 퀴즈

1. 수학을 친구가 가르쳐주니 이해가 더 쉬운 것 같아.   (   )

2. 선생님이 나를 가리키며 반장이라고 소개했어.   (   )

3. 그렇게 가르쳐줬는데도 모르니 나도 포기할래.   (   )

4. 너 그거 정말 몰라? 내가 가리켜줄 테니 잘 들어봐.   (   )

"왜 난 연락이 안 오지?"

수업을 마친 현희가 다혜를 향해 푸념을 늘어놓았다.

"과외 사이트에 글 올렸어?"

"응. 네가 알려준 대로 올렸는데 이상하게 연락이 없어."

현희는 다시 한 번 한숨을 내쉬었다. 다혜에게 얘기를 듣고 과외 사이트에 프로필을 올린 것은 일주일 전이다. 사이트를 통해 학생을 두 명이나 구했다는 다혜와 달리 현희에게는 단 한 건의 연락조차 오지 않았다.

"내가 올린 방식처럼 똑같이 한 거야?"

다혜의 말에 현희는 고개를 끄덕였다. 같은 대학교, 같은 과에다가 다혜의 동네를 선호 지역으로 꼽았다. 조건은 거의 똑같다고 해도 과언이 아니었다. 다혜의 말대로 신뢰를 주고자 잘 찍은 증명사진도 올려뒀고, 소개 문구도 다혜와 비슷하게 작성했다.

"이상하다. 나는 사이트에 프로필 올리자마자 여러 군데서 연락이 왔었는데."

다혜는 이상하다는 듯 휴대폰을 열어 과외 사이트에 접속해서 현희의 프로필을 검색하기 시작했다.

"네가 과외를 구할 때 수요가 많았나봐. 난 운이 없는 모양이야."

현희의 프로필을 바라보던 다혜의 눈빛이 살짝 흔들렸다.

"현희야, 아무래도 네 프로필에 있는 오타 때문에 그런 것 같아. 이거 안 고치면 계속 연락 안 올 거 같은데."

다혜의 조심스러운 말에 현희는 다혜가 내민 휴대폰을 받아들고는 자신의 프로필을 살폈다.

"응? 오타 없는데?"

그러자 다혜가 조심스럽게 손가락으로 한 부분을 짚었다.

'누구보다 성심성의껏 가리키겠습니다.'

명사형을 만들어보면 쉽게 구별된다

현희가 가르치려는 과목이 국어가 아니라고 해도 어느 학부모가 '가르치다'와 '가리키다'를 구별하지 못하는 선생을 고용하고 싶어할까. 현희의 스펙이 화려하다고 해도 저런 소개 문구로는 그 어떤 과외 자리도 구하기 어려울 것이다.

- 가르치다 : 지식이나 기능, 이치 따위를 깨닫게 하거나 익히게 하다
- 가리키다 : 손가락 따위로 어떤 방향이나 대상을 집어서 보이거나 말하거나 알리다

'가르치다'와 '가리키다'는 뜻이 전혀 다른 단어로, 그 의미도 그리 어렵지 않다. 지식 등을 알려주는 행위는 '가르치다'이고, 손가락 등으로 어딘가를 알려주는 것은 '가리키다'이다. "의미만 통하면 되는 거 아니냐"라고 할 수 있지만 그렇지 않다. 잘못 쓰면 의미도 통하지 않는다.

- **선생님이 현희를 가르쳤다.**
- **선생님이 현희를 가리켰다.**

이 두 문장은 전혀 다른 뜻을 나타내기 때문이다. 첫 번째 문장은 선생님이 현희에게 국어나 수학의 문제와 답 등 지식을 알려줬다는 뜻이고, 두 번째 문장은 선생님이 손가락 등을 들어 현희를 지목했다는 의미다.

'가르치다'를 '가리키다'로 착각해 사용하는 대부분 사람은 실제 말을 할 때도 '가르치다'를 써야 하는 순간에 '가리키다'를 사용하는 경우가 많다. 잘못 말하는 습관이 잘못된 맞춤법으로 이어지는 대표적인 사례다.

한 번 자신의 언어습관을 되돌아보라. "그거 내가 가리켜줄게"라고 말해왔다면, 맞춤법도 틀리게 써왔을 가능성이 크다.

'가르치다'와 '가리키다'는 두 단어의 뜻을 구별해 기억해야만 하지만 습관적으로 자꾸 틀리게 된다면 명사형을 한 번 만들어보는 것도 방법이다. '가르침'이라는 단어를 떠올려보는 것이다. '가르치다'와 '가리키다'를 헷갈리는 사람들도 명사형인 '가르침'과 '가리킴'은 헷갈리지 않는 경우가 많다. '가리킴'이라는 단어 자체를 잘 사용하지 않기 때문이다. '스승님의 가르침'이라는 단어를 떠올릴 수 있다면, '가르치다'를 써야 할 때 '가리키다'를 쓰는 실수를 줄일 수 있다.

또 어떤 이들은 '가리키다'도 아닌 '가르키다'를 표준어로 알고 있는 경우도 있다. '가르키다'는 아예 없는 말이다. '가르키다'를 아예 머릿속에서 지우는 걸 추천한다.

▶ 정답과 풀이

1. (O) 지식 등을 알려줄 때는 '가르치다'를 쓰면 된다.
2. (O) 선생님이 지식을 알려줄 때는 '가르치다'를 써야 하지만, 여기서는 나를 지목했다는 뜻이니 '가리키다'를 써야 한다.
3. (O) 지식, 기능이나 이치 따위를 익히게 한다는 '가르치다'를 제대로 쓴 경우다.
4. (X) '가르치다'를 써야 할 자리에 대상을 지목하는 '가리키다'를 잘못 썼다.

27

배다
/
베다

풀어볼래요? OX 퀴즈

1. 방학 때 늦잠 자는 게 몸에 베어서 일찍 일어나기 힘들어.　（　）

2. 잘 때 높은 걸 배면 잠이 안 오더라고.　（　）

3. 칼에 손을 베었더니 손 씻을 때마다 쓰라려.　（　）

4. 고기 냄새가 옷에 배어서 지하철을 못 탈 거 같아.　（　）

"야, 복학했더니 과 분위기가 왜 이러냐? 헌주랑 원진이는 아예 말도 안 한다며?"

"너 몰라? 아, 넌 단톡방에 없었구나. 말도 마. 둘이 대차게 붙었거든."

"뭐 때문에? 둘이 사이 엄청 좋았잖아. 혹시 둘이 같은 여자라도 좋아한거야?"

"여자 때문이면 차라리 덜 창피하지. 후배들한테 알려질까봐 우리 다 쉬쉬하는 중이잖아."

"뭔데? 나도 알려줘봐."

"내가 사진 하나 보낼게. 스펠링이랑 맞춤법 때문에 우정에 금이 가다니."

"뭔 소리야? 스펠링? 맞춤법? 그게 다 무슨 상관인데?"

"일단 보면 알아. 보냈다."

종한은 동기로부터 받아든 단톡방의 캡처 화면을 보며 강의실까지 걸어가다가 그만 걸음을 멈추고 말았다. 싸움의 원인을 알면 대충 술 한잔하며 둘을 화해시킬까 했는데, 막상 둘이 나눈 대화를 보고 나니 모르는 척하는 게 좋을 것 같다는 생각이 들었다.

헌주 오늘 꿀꿀한데 오후 수업 제낄 사람?

너야 맨날 꿀꿀하지, 또 왜?

헌주 방학 때 놀던 게 몸에 베가지고 그런가 하루 종일 수업도 힘들고. 오전에 책에 손까지 뱄어. 되는 일이 없다ㅠㅠ 원진 당구장 콜?

원진 난 오후 발표라 노노.

헌주 와, 완전 배신! 내가 레포트 스펠링도 수정해주고 그랬는데 너무하네. 야, 원진이놈 레포트 제목에다가 necessary를 nesessary로 적었더라ㅋㅋ

원진 그만해라.

헌주 그래서 내가 너 스펠링 맨날 한 번씩 봐주잖아. 아 그러고 보니 이전에 크리스마스도 t 빼고 적었지?

원진 기분 나빠지려고 하니까 그만하자.

헌주 뭘 그런 거 가지고 예민하게 구냐? 모르는 걸 알려주는 건데.

원진 하, 이게 가만 있었더니 진짜 웃기네? 영어 스펠링? 그래 자주 틀렸다. 그런데 넌? 맞춤법 매번 틀리잖아.

헌주 맞춤법? 그게 뭐가 중요해?

원진 한국인이 영어 틀린 거랑 한국인이 한국어 틀리는 거 둘 중 뭐가 더 창피할까? 응? 저 위만 해도 좀 봐라. 책에 손을 뱄어? 니 손은 무슨 기체냐? 책에 배게? 몸에 베가지고? 하, 그 쉬운 것도 한 문장에 두 번이나 틀리는 놈이 누구더러 지적질이야!

'배다'는 '냄새'와 '색깔'을 연결해 기억하자

스펠링과 맞춤법이 '우정파괴자'가 되는 순간이다. 그런데 정말 신기하게도 헌주처럼 영어 스펠링을 틀리는 건 창피한 일이지만 한글 맞춤법 정도는 틀려도 된다고 생각하는 사람들이 꽤 많다. 그래서 영어 스펠링을 지적하면 고마워하고 한글 맞춤법을 지적하면 화를 내는 웃지 못할 상황이 펼쳐지기도 한다.

현주는 영어 스펠링은 잘 알지 몰라도 '베다'와 '배다'는 전혀 구분을 못하고 있다. 발음이 같은 단어이니 뜻만 통하면 된다는 생각인 모양인데, 두 단어는 뜻도 아예 다르다.

- 배다 : 스며들거나 스며 나오다 / 배 속에 아이나 새끼를 가지다
- 베다 : 날이 있는 연장 따위로 무엇을 끊거나 자르거나 가르다 / 누울 때, 베개 따위를 머리 아래에 받치다

'배다'와 '베다'는 여러 의미가 있는 단어로, 뜻을 명확하게 구분해 써야 한다. '배다'는 흔히 냄새나 물감 등이 스며들 때 사용하거나 동물 등이 새끼를 가졌을 때 사용한다. '베다'는 칼 등으로 무언가를 자를 때와 베개 등을 머리에 받칠 때 주로 쓴다.

두 단어를 좀더 쉽게 이해할 수 있는 묘수가 따로 있다면 좋겠지만 안타깝게도 없다. 이럴 때는 한쪽을 확실하게 외워두는 것이

방법이다. '베다' 쪽을 외워둘 경우 '칼'과 '잠'을 기억해두면 좋다. 날카로운 칼로 무언가를 자르는 행위와 베개를 머리에 받치는 행위를 뜻할 때 '베다'를 쓴다고 연상하면 된다. 특히 '베다'를 잠과 연결해 외워두면 쓸 때마다 헷갈리는 '베개'와 '배개'도 어렵지 않게 쓸 수 있다.

'배다'는 '냄새'와 '색깔'을 연결해 기억하면 된다. 특히 '배다' '냄새' '색깔' 모두 모음 'ㅐ'를 쓰고 있으니, 'ㅐ'가 나오는 단어와 관련이 있을 때는 '배다'를 쓴다고 기억하는 것도 방법이다.

▶ 정답과 풀이

1. (X) 버릇이 돼 익숙해지다는 뜻을 표현할 때는 '배다'를 써야 한다.
2. (X) 베개 등을 머리에 받친다는 뜻은 '베다'를 쓰는 것이 맞다.
3. (O) 날이 있는 연장으로 무언가를 자른다는 뜻에는 '베다'를 쓴다.
4. (O) 냄새가 스며들다는 뜻은 '배다'를 쓰면 맞다.

28

되
/
돼

풀어볼래요? OX 퀴즈

1. 이번 소개팅은 내가 나가면 안 돼?   (   )

2. 너 정말 이번 면접은 잘 됬으면 좋겠다.   (   )

3. 일주일이 지나서 이 물건은 환불이 안 됀대.   (   )

4. 내가 김배우 팬이 된 이유를 알고 싶니?   (   )

성현은 커피숍에서 친구들을 기다리며 흐뭇하게 미소를 지었다. 방학 중 한국어학당에서 단기 아르바이트를 한 계기로 외국인 친구들을 여럿 만날 수 있었고, 함께 아르바이트했던 학생들과 모임까지 만든 것이 그리 좋을 수가 없었다.

어학당 친구들과 단톡방을 만들어 한국어, 영어를 섞어 대화하다 보니 영어 실력도 느는 것 같아 뿌듯하기까지 했다. 어학당 친구들도 성현과 친구들을 만나 한국어를 더 빨리 배울 수 있게 됐다며 좋아하니 '일거양득'이 아닌가.

곧 친구들이 모여들고 서로의 안부를 묻는 인사가 이어졌다. 친구들 중에서도 에이미는 뭐든 열심히 배우려고 노력하며 친구들에게도 싹싹했다. 성현은 에이미를 보며 자신도 모르게 활짝 웃으며 인사했다. 최근 에이미의 과제를 도와주느라 따로 메시지를 나눈 것 때문인지 에이미가 더 친근하게 느껴졌다.

"에이미~ 과제는 잘 끝냈어?"

"성현 덕분에 잘 끝냈어."

"무슨~ 언제든 내가 도울 게 있으면 얘기해줘."

"응, 고마워. 그런데 성현, 왜 자꾸 돼지, 피그 찾는 거야?"

에이미의 갑작스러운 말에 시끌벅적 안부를 묻던 친구들의 시선이 모두 성현에게 고정됐다.

"에이미, 그게 무슨 말이야?"

"아니, 성현이가 메시지로 자꾸 돼지, 돼지 해서."

성현은 당최 무슨 말을 하는지 모르겠다는 표정으로 에이미를 바라봤다.

"돼지? 피그? 그게 무슨 말이야?"

성현의 물음에 에이미가 자신의 휴대폰을 탁자 위에 올려두고 손가락으로 '여기, 여기, 여기' 하면서 짚어나가기 시작했다.

> 에이미, 그 단어는 이렇게 붙이면 돼지~
>
> 아, 그 단어 뜻은 이렇게 해석하면 돼지~
>
> 괜찮아~ 천천히 하면 돼지.

에이미가 짚어낸 성현의 메시지를 본 한국 친구들 사이에서는 웃음이 터져 나왔다. 외국인 친구들은 왜 이렇게 많은 돼지가 글에 등장하는지 도대체 알 수 없다는 표정으로, 웃는 한국 친구들을 바라봤다.

'돼'와 '되' 자리에 '해'와 '하'를 넣어보자

외국인에게도 어색해 보이는 '돼지'를 우리나라 사람들은 왜 그렇게 찾아대는 걸까? 성현만의 문제가 아니다. '되'와 '돼'는 틀린 사례를 찾는 것이 맞게 쓴 사례를 찾는 것만큼이나 쉬울 정도로 많은 사람이 자주 틀리는 맞춤법이다.

- **'되-'는 '되다'의 어간인데 어간 '되-'가 홀로 쓰이는 경우는 없습니다. '돼'는 '되다'의 어간 '되-' 뒤에 어미 '-어'가 붙은 것으로, '되어'가 '돼'로 줄면 준 대로 적을 수 있습니다.**

국어사전에서 '되'와 '돼'를 찾아보면 이렇게 적혀 있다. 이를 간단하고 쉽게 이해하면 '돼'는 '되+어'라고 보면 된다. 이 때문에 '돼'나 '되'를 쓸 자리에 '되어'를 넣어서 자연스러우면 '돼', 자연스럽지 않으면 '되'가 맞는다는 방식으로 둘의 쓰임을 구별하는 것이 일반적이다.

- **나도 가면 안 될까? → 나도 가면 안 되얼까? (자연스럽지 않기 때문에 '안 될까'가 맞다)**
- **이번에 학생회장이 돼. → 이번에 학생회장이 되었어. (자연스럽기 때문에 '됐어'가 맞다)**

이 방법으로도 두 낱말 중에서 도대체 뭘 써야 할지 헷갈린다면 또 다른 방법이 있다. '돼'와 '되' 자리에 '해'와 '하'를 넣어보는 것이다. 대부분 사람이 '해'와 '하'는 비슷함에도 헷갈리지 않고 잘 사용하기 때문에 좋은 길라잡이가 된다. '해'를 넣어 말이 된다면 '돼'가 맞고, '하'를 넣어 말이 된다면 '되'가 맞다. 생긴 게 비슷한 것들끼리 짝꿍이다.

- **나도 가면 안 될까? → 나도 가면 안 핼까? / 나도 가면 안 할까?**
  ('해'가 아닌 '하'가 자연스러우니 '되'가 맞다)
- **이번에 학생 회장이 됬어. → 이번에 학생 회장이 했어. / 이번에 학생 회장이 핬어.** ('하'가 아닌 '해'가 자연스러우니 '돼'가 맞다)

이것과 함께 꼭 기억해야 할 것이 있다. 바로 문장의 마지막에는 항상 '되'가 아닌 '돼'를 쓴다는 점이다.

그렇다면 여기서 궁금증이 생긴다. 성현은 문장을 끝내며 '돼지'라고 했는데 왜 틀렸다는 것인가? 만약 성현이 '지'를 붙이지 않고 '돼'로만 끝냈다면 성현은 친구들 앞에서 망신을 당하지 않아도 됐을 것이다. '지'를 붙이면서 '돼'는 더는 문장을 끝내는 단어가 아니기 때문이다.

'해'와 '하'를 넣는 위의 법칙을 적용해보자. '이렇게 붙이면 안 돼지'에 '해'와 '하'를 넣어보자. '이렇게 붙이면 안 해지'와 '이렇게 붙이면 안 하지' 중에서 뭐가 더 자연스러운가? '돼'로 끝내고 싶다면, '돼'만 홀로 두자.

▶ 정답과 풀이
....

1. (O) '되어'를 넣어 자연스러우면 '돼'가 맞다. '나가면 안 되어?'는 자연스러우니 '돼'를 잘 썼다.

2. (X) '되어'를 넣어 자연스러운가? '면접은 잘 되었으면 좋겠다.' 자연스러우니 '됐'을 써야 맞다.

3. (X) '해'와 '하'를 넣어보자. '해'를 넣어 자연스러우면 '돼'가 맞다. '환불이 안 핸대'는 자연스럽지 않다. 따라서 '안 된대'를 써야 한다.

4. (O) '해'와 '하'를 넣어보자. '김배우 팬을 한 이유를 알고 싶니?'처럼 '하'가 자연스러우니 '된'이 맞는 표현이다.

29

번번히
/
번번이

풀어볼래요? OX 퀴즈
·····························

1. 너 정말 주말마다 번번히 늦잠 잘래?   (   )

2. 국어 문제만 번번이 틀리니 속상해 죽겠다.   (   )

3. 이렇게 약속을 번번이 어기면 헤어질 수밖에 없어.   (   )

4. 시험에 번번히 낙방해서 이제 희망도 없네.   (   )

형일은 최근 아파트 엘리베이터를 탈 때마다 인상을 찌푸리고 있다. 엘리베이터 안에 붙은 안내문을 바라보면서 말이다. '최근 분리수거를 제대로 안 하는 입주민이 있어 문제가 생겼고, 앞으로 주의를 부탁한다'는 내용의 안내문이다.

안내문의 내용에는 큰 문제가 없었지만, 표현 하나가 계속해서 마음에 걸렸다. 초등학생들도 보는 안내문인데 그래도 올바른 표현을 해야 하는 것 아닐까. 형일은 학교로 향하며 세정에게 메시지를 보내기 시작했다. 마음에 두고 있는 세정에게 고민을 털어놓으며 친밀해질 수 있고, 자신이 이토록 깊은 생각을 하는 사람임을 알릴 기회라고 형일은 생각했다.

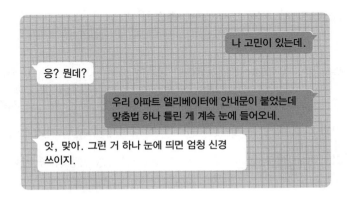

> 나 고민이 있는데.

응? 뭔데?

> 우리 아파트 엘리베이터에 안내문이 붙었는데 맞춤법 하나 틀린 게 계속 눈에 들어오네.

앗, 맞아. 그런 거 하나 눈에 띄면 엄청 신경 쓰이지.

그래서 이걸 관리실에 얘기해야 하나, 아니면 그냥 펜으로 맞춤법 틀린 걸 고쳐놓을까 고민.

오! 착하네~ 수정테이프 붙이고 써놓는 것도 괜찮을 거 같아. 그런데 뭐가 틀렸어?

분리수거를 번번이 잘못하는 사람이 있다고 써놨더라. 꼭 보면 번번히 이걸 틀리더라고.

분리수거를 번번이 잘못한다고 써놓았다고?

응응. 번번하게로 생각하면 쉬울 텐데 매번 이러네. 관리실 가서 얘기하는 게 더 나을까?

아… 형일아, 음… 그냥 두는 게 어때?

왜? 맞춤법 지적하고 그러면 너무 예민해 보일까?

아니, 내 생각에는 그냥 두는 게 좋을 거 같아… 실은 그 엘리베이터에 쓰인 문구가 맞는 거거든.

실생활에서 거의 쓰지 않는 '번번히'

슬프게도 엘리베이터 안내문의 맞춤법은 더는 형일의 고민거리가 아니다. 형일은 새로운 고민을 떠안게 됐다. 좋은 의도로 시작했지만 슬픈 결말을 낳고만 안내문은 형일에게 평생 트라우마가 될지도 모르겠다. 한국 사람들이 가장 헷갈리는 맞춤법 중 하나가 바로 '이'와 '히'를 붙이는 단어라고 해도 과언이 아니다. 그 중 번번이 틀리는 말이 '번번히'와 '번번이'다.

- **번번히 : 구김살이나 울퉁불퉁한 데가 없이 펀펀하고 번듯하게**
- **번번이 : 매 때마다**

대부분의 '이'와 '히'를 헷갈리는 말들을 보면 다른 하나는 아예 잘못된 단어지만, '번번히'와 '번번이'는 둘 다 표준어다. 다만 의미가 다를 뿐이다. '번번히'는 실생활에서 잘 쓰이지는 않지만 구김 등이 없는 상태를 뜻한다. 우리가 '매번'이라고 표현하는 단어는 '번번이'가 맞다.

'이'와 '히'가 헷갈릴 때 형일처럼 '하다'를 붙여 말이 되면 '이'가 아닌 '히'를 붙인다고 기억하고 있는 사람이 많다. '솔직히, 꼼꼼히, 분명히' 등은 '하다'를 붙여서 말이 되는 것들로, 이때는 '히'가 붙는 것이 맞다.

하지만 안타깝게도 한국어에는 예외라는 게 있다. 앞에 'ㅅ' 받침이 있는 것, 'ㅂ' 받침이 없어지는 말 다음에, 부사 뒤에 등등 '이'가 붙는 예외 법칙이 6가지나 된다. 이를테면 '깨끗하다'는 '하다'가 붙지만 '깨끗이'가 맞는 말이다.

따라서 무조건 '하다'를 붙여서 말이 된다고 '히'를 붙이는 건 금물이다. 국립국어원에서는 소리가 '이'로 끝나는 것에는 무조건

'이'를 붙이라고도 안내하고 있다. 그러나 발음만큼 부정확한 기준이 어디 있는가.

예외 법칙을 다 외우면 좋겠지만, 그건 쉽지 않다. 따라서 '번번히'와 '번번이'만 본다면 실생활에서 거의 쓰지 않는 '번번히'를 잊는 쪽이 가장 쉬운 해결법이다. '이'와 '히'를 구별하려면 자주 쓰는 단어가 나올 때마다 잘못된 쪽을 잊어버리자.

▶ 정답과 풀이

1. (X) '매 때마다'를 뜻하는 단어는 '번번이'를 써야 한다.
2. (O) '매번'을 뜻하니 '번번이'를 제대로 썼다.
3. (O) '매 때마다' 약속을 어겼다는 뜻이니 '번번이'를 쓰면 된다.
4. (X) '매번'을 표현할 때는 '번번히'를 쓰면 안 된다.

30

잃다
/
잊다

풀어볼래요? OX 퀴즈

1. 비밀번호를 잃어버려서 로그인을 못 하고 있어.　　　(　)

2. 너 자꾸만 구구단을 잊어버릴래?　　　(　)

3. 아가야, 엄마 잊어버렸니? 내가 찾아줄게.　　　(　)

4. 너에 대한 기억은 잃어버리고 싶지 않아.　　　(　)

"아이돌하고 같냐? 아나운서야, 아나운서. 얼굴만 예쁜 게 아니라니까. 똑똑하고 지적이야."

건욱이 친구들을 향해 가소롭다는 표정을 지으며 계속 말을 이어나갔다. 20대 남자들의 가장 흔한 이슈 중 하나인 여자 아이돌 얘기가 나올 때면 건욱은 친구들이 그렇게 유치하고 한심해 보일 수가 없었다.

"아이고, 유건욱. 또 아나운서 사랑 타령 시작이다."

건욱은 몇 년 째 한 유명 아나운서를 좋아하고 있다. 아니, 건욱이 주장하기로 그는 그녀를 존경한다. 건욱은 소신 있고 능력 있는 그녀의 모습을 자신의 롤모델로 삼고 있었다.

문제는 건욱이 그녀에 대한 존경과 사랑 때문에 항상 친구들과 갈등을 만들어낸다는 점이었다. 어리고 얼굴만 예쁜 아이돌에 대한 이야기만 늘어놓는 친구들이 한심해 아나운서에 대한 얘기를 꺼내면 항상 말싸움이 이어지고는 했다. 어쩔 수 없이 자신이 존경해 마지않는 그녀와 아이돌을 비교해 아이돌을 깎아내릴 수밖에 없기 때문이다.

"솔직히 연예인이랑 뭐가 다르냐? 그 아나운서 SNS 보면 예쁘게 나온 사진만 올리고 있더만."

성철의 비아냥에 건욱이 막 대꾸를 하려던 차였다. 옆에서 휴대폰으로 뭔가를 보고 있던 재훈이 갑자기 소리를 질렀다.

"대박! 지금 그 아나운서 SNS 난리 났는데?"

재훈의 말에 건욱은 서둘러 자신의 휴대폰을 꺼냈고, 그 사이 친구들은 재훈의 휴대폰에 몰려들어 무언가를 보고 웃어대기 시작했다.

"와, 대박. 아나운서가 맞춤법을 이렇게 틀리냐?"

"이건 초등학교 때 배우는 거 아니냐?"

떨리는 손으로 아나운서의 SNS를 확인한 건욱은 자신의 눈을 의심하지 않을 수 없었다. 그녀가 오늘 올린 게시물에는 '현관 비밀번호가 갑자기 생각 안 나는 거 있죠. 여러분도 이렇게 비밀번호를 잃어버린 적이 있으신가요'라는 글이 적혀 있었다.

"아이돌하고 같냐고? 공부 안 하고 노래하고 춤만 춘 애들하고는 다르다고?"

"와, 이건 완전 이불킥이다. 비밀번호를 어디다 흘린 거야? 아나운서가 맞춤법을 틀리면 되냐고 악플로 난리 났다."

성철의 머릿속에는 아나운서의 얼굴이 아득하게 멀어져 갔다. 친구들의 말에 "한 번 실수할 수도 있지"라고 반박할 힘조차 남지 않았다.

형체가 있는 물건이 사라지면 '잃다'

성철은 지금의 기억을 '잃고' 싶을까, 아니면 '잊고' 싶을까? 조심해야 할 맞춤법 열 손가락 안에 꼽히지만, 틀리는 사람들이 줄어들지 않는 단어 '잃다'와 '잊다'. 심지어 두 단어의 뜻은 그리 어렵지 않고, 활용법도 까다롭지 않음에도 너무나 흔하게 잘못 쓰게 되는 마법의 단어다.

- 잃다 : 가졌던 물건이 자신도 모르게 없어져 그것을 갖지 아니하게 되다
- 잊다 : 한번 알았던 것을 기억하지 못하거나 기억해 내지 못하다

두 단어의 활용은 다르지만 왠지 의미가 통한다. 둘 다 무언가가 사라지는 것이기 때문이다. '잃다'는 형체가 있는 물건이고, '잊다'는 형체가 없는 기억이라는 것이 다르다.

이렇게 비슷한 의미 때문일까? 두 단어의 발음이 전혀 다름에도 많은 사람이 글을 쓸 때뿐만 아니라 말을 할 때도 두 단어를 혼동해 쓰고 있다. 엄마를 잃어버린 아이를 두고 "왜 그래? 엄마 잊어버렸니?"라고 말하는 사람들을 아마 쉽게 주변에서 찾을 수 있을 것이다. 또 건욱이 존경했던 아나운서처럼 "비밀번호를 잊어버렸다"라고 해야 하는 것을 "비밀번호를 잃어버렸다"고 말하는 사람

도 흔하다.

두 단어의 뜻을 알았다면, 의식해서라도 구별해 쓰는 것이 필요하다. '물건-잃다' '기억-잊다'로 대표적인 의미가 담긴 명사와 함께 짝지어 기억해보는 것도 방법이다.

▶ 정답과 풀이

1. (X) 비밀번호는 기억하지 못하는 것이니 '잊다'를 써야 한다.
2. (O) 한번 알았던 것을 기억하지 못할 때는 '잊다'가 맞다.
3. (X) 엄마를 잊는 것은 엄마에 대해 기억하지 못한다는 뜻으로, 여기서는 엄마와 헤어졌으니 '잃어버렸다'를 써야 한다.
4. (X) 기억은 '잊다'를 써야 하니 '잊어버리고 싶지 않다'라고 써야 한다.

31

틀리다
/
다르다

풀어볼래요? OX 퀴즈

1. 수능 국어 3번 답을 2번이라고 했어? 나랑 틀리네?　　(　)

2. 이상하게 같은 회사 간장인데 둘이 맛이 틀려.　　　(　)

3. 너 일기에서 맞춤법 틀렸어.　　　　　　　　　　(　)

4. 넌 핑크를, 난 블루를 좋아하니 취향이 다르잖아.　　(　)

수영은 소개팅 상대가 저녁 식사 후에 커피를 마시자는 걸 애써 거절하고 헤어졌다. 집에 일이 있어 일찍 들어가야 한다고 했지만 핑계였다. 실은 상대에 대한 실망이 컸기 때문이다. 친구 솔아가 주선한 소개팅 자리로 상대는 직업도 번듯하고 성격도 좋았다. 유머러스해 그와 있는 시간이 꽤 즐거웠다. 그럼에도 수영이 소개팅에 실망해 일찍 자리를 뜬 것은 그의 외모 때문이었다.

수영이 집으로 향하는 길, 솔아에게서 메시지가 도착했다. 수영은 버스에 앉아 솔아의 메시지를 확인했다.

> 수영아, 벌써 헤어진 거야?
> 그쪽은 너 엄청 마음에 들었다는데….

> 응. 저녁만 먹고 헤어졌어.

> 왜? 마음에 안 들었어? 정말 괜찮은 사람인데.

> 사람이 괜찮기는 하던데… 좀 그래.

> 뭐가 마음에 안 들었는데? 너 조건이랑 사진
> 보고 다 좋다고 했잖아. 성격이 영 별로야?

아니 만나보니 성격도 좋고 유머러스하더라고.

그런데 왜? 난 혹시 그 사람이 너한테 실수했나 해서.

아, 그런 게 아니라 실제로 만나보니까 외모가 좀…

외모? 사진 봤을 때는 그 정도면 괜찮다고 하지 않았어?

그게, 사진이랑 완전 틀리더라고.

사진이랑? 뭐 얼마나 다른데?

완전 틀려. 깜짝 놀랐다니까.

그래도 사람 괜찮으면 한두 번 더 만나보지 그래? 외모야 스타일링만 잘해도 나아지잖아.

그럴 수준이 아니더라, 야.

나도 남자친구 처음 만났을 땐 깜짝 놀랐지만 지금은 옷도 골라주고 하니까 귀엽고 좋던데.

어우 야, 넌 나랑 틀리지~

응? 뭐가?

아니 너야 솔직히 네 외모도 신경 안 쓰잖아… 난 아무래도 내 외모가 있어서 그런지 사람 만날 때도 외모가 중요하더라고. 같이 다닐 때 창피하지 않아야. 난 너랑 틀려~

수영아.

응?

182

내가 네 가치관 가지고 뭐라 할 건 아니라서 외모가 가장 중요한 요소라는 거에 대해서는 말 안 할게. 그런데 말이야. 이건 얘기해야겠다. 넌 뭐가 그렇게 다 틀리니? 내가 너랑 틀린 게 아니라 다른 거야.

그게 무슨 소리야?

네가 하도 '다르다'를 '틀리다'로 써서 그렇게 틀려먹은 생각을 하는 건가 싶어 그런다!

뭐? 뭐?

둘 이상의 대상을 비교한다면 '다르다'

맞춤법 지적을 해서 비아냥을 듣게 되더라도, '틀리다' '다르다'는 꼭 지적해줘야 하는 단어 중 하나다. 수영처럼 '다르다'를 써야 할 자리에 '틀리다'를 쓰는 것은 마치 '배고파'를 써야 할 자리에 '졸려'를 쓰는 것과 다름없기 때문이다. 그만큼 마구 섞어 써서는 안 되는 단어라는 얘기다.

- 틀리다 : 셈이나 사실 따위가 그르게 되거나 어긋나다
- 다르다 : 비교가 되는 두 대상이 서로 같지 아니하다

'틀리다'와 '다르다'는 수많은 사람이 의식도 못한 채 잘못 쓰고 있는 단어들이다. '틀리다'를 넣어야 할 자리에 '다르다'를 넣는 사람은 거의 없는데, '다르다'를 써야 하는 순간에 '틀리다'를 쓰는 사람은 당장 주변만 둘러봐도 쉽게 찾을 수 있다.

'틀리다'는 잘못된 것을 뜻한다. '다르다'는 둘 이상을 비교해 같지 않다는 것을 뜻한다. '넌 나랑 틀려'라는 말은 그 자체가 성립하지 않는다. '넌 틀려'라고 하면 '네가 잘못됐다'는 뜻이지만, 여기에 '나랑'이라는 비교가 들어가면 '틀려'가 나올 수 없기 때문이다.

'틀리다'와 '다르다'를 쓸 때마다 의식해서 무엇이 맞는지를 생각해보는 것이 필요하다. 둘 이상의 대상을 비교하고 있다면 '다르다'를 넣는 것을 습관으로 만드는 것이 좋다. 이를테면 '쌍둥이인데 얼굴이 다르네?' '미국은 우리나라랑 다르더라고'라는 식이다.

만약 '틀리다'와 '다르다'의 뜻이 헷갈린다면 반대말을 떠올리는 것도 방법이다.

- **틀리다 vs. 옳다**
- **다르다 vs. 같다**

써야 할 문장에 반대말을 넣어본 후에 말이 되는지를 먼저 생각해보자.

- 쌍둥이인데 얼굴이 옳네? (문장 자체가 성립하지 않는다. '틀리다'는 아니다)

- 쌍둥이인데 얼굴이 같네? (어색하지 않은 문장이니 '다르다'를 쓰는 것이 맞다)

▶ 정답과 풀이

1. (X) 내가 쓴 답과 비교해서 서로 같지 않다는 뜻이니 '다르다'를 써야 한다.
2. (X) 두 대상을 비교했을 때 같지 않다면 '틀리다' 대신 '다르다'가 맞다.
3. (O) 셈이나 문제, 사실 따위의 진위를 가릴 때는 '틀리다'를 쓴다. 맞춤 법은 맞고 틀리고가 가능한 대상이니 '틀리다'를 써야 한다.
4. (O) 너와 나의 취향이라는 두 대상을 비교하고 있으니 '다르다'를 쓴다.

32

불다
/
붇다

풀어볼래요? OX 퀴즈

1. 라면이 불기 전에 어서 먹어라.   (   )

2. 파스타가 퉁퉁 불어서 먹기가 힘드네.   (   )

3. 꽤 시간이 흘렀는데 국수가 불지 않았어.   (   )

4. 식욕이 왕성하더니 몸이 많이 불었어.   (   )

"네가 그렇게 맞춤법을 잘 안다며? 그럼 맞춤법이 몇 개나 틀렸는지도 잘 알겠네?"

강의가 끝난 후 남호가 다영에게 다가와 종이를 내밀었다. 남호 뒤에는 진우와 서훈도 자리하고 섰다. 다영은 무슨 일인지 알겠다는 듯 살짝 고개를 저었다. 남호와 친한 연상과 다영은 최근 '썸'이라는 걸 탔다. 메시지도 자주 주고받았고, 밥도 함께 먹었다. 그러나 다영은 자신에게 고백한 연상을 거절했다. "맞춤법을 틀려도 너무 틀려." 다영이 연상에게 한 거절의 말이었다. 아마도 이들은 연상을 대신해 화풀이라도 하려는 모양이었다.

'구렛나루 기른 헬쑥한 남자가 도토리를 한웅큼 쥐고는 넓다란 창이 달린 오두막에 들어가 도토리 갯수를 세기 시작했다.'

다영이 받아든 종이에는 이 같은 문장이 적혀 있었다. 이 문장은 남호를 비롯한 무리가 몇 시간을 고민해 만들어낸 문장이었다. 헷갈리기 쉬운, 고등학생의 90%는 틀린다는 단어들만 모아 문장을 만들어놓고 얼마나 뿌듯했던가. 물론 이 문장을 만들며 남호와 친구들도 놀라 소리를 질러댔다. "뭐야? 내가 알던 말이 틀린 거였어?" 이 정도라면 적어도 하나 이상은 틀릴 거라고 생각한 남호와

친구들은 의기양양했다. '친구가 받은 수모를 되갚아주리라.'

종이를 받아든 다영은 펜을 들어 망설임 없이 문장에서 잘못된 단어들을 수정해나가기 시작했다. 구레나룻, 핼쑥한, 한 움큼, 널 따란, 개수. 다영이 단숨에 맞춤법을 수정하는 것을 보며 친구들의 입은 점점 벌어졌다. 친구들이 당황하고 있는 사이, 다영은 간단한 문장 하나를 적어 그들에게 내밀었다.

"자, 이번엔 너희 차례야. 틀린 거 찾아서 고쳐봐, 어디."

다영이 내민 종이 위로 여섯 개의 눈동자가 쏠렸다.

'네가 전화하는 바람에 라면도 불고, 배고픔도 사라졌어!'

그러나 셋의 머리를 아무리 맞대도, 여섯 개의 눈동자를 아무리 굴려도 틀린 부분을 찾아낼 수가 없었다.

'라면이 불면' '체중이 불면'은 틀린 말

다영이 내민 짧은 한 문장, 대체 뭐가 틀렸을까? 아마 대부분의 사람은 틀린 부분이 없다며 고개를 갸웃할 것이다. 답은 '라면도 불고' 부분이다. 그럴 리가 없는데?

- **불다** : 바람이 일어나서 어느 방향으로 움직이다
- **붇다** : 물에 젖어서 부피가 커지다 / 분량이나 수효가 많아지다

라면이 붇고, 체중이 붇고, 재산이 붇는 것은 '불다'가 아니라 '붇다'다. 동사 '불다'에는 이런 뜻이 없다. 그렇다면 의문이 생긴다. 그동안 봤던 많은 책에서는 분명히 '라면이 불어 먹지 못하게 됐다'라고 써져 있었는데, 모두 틀린 말이라는 건가?

안타깝게도 '붇다'는 상황에 따라 모습이 바뀌는 '불규칙 동사'다. 영어에서만 나를 괴롭히는 줄 알았던 '불규칙 동사'가 이렇게 한글에서도 나를 괴롭히고 있다.

'붇다'는 뒤에 오는 말이 '자음'인지 '모음'인지에 따라 '붇'이 '불'로 형태가 바뀐다. 모습이 바뀌는 건 뒤에 오는 말이 모음일 때다. 그러니까 '라면이 붇고'는 자음이 바로 뒤에 오기 때문에 '붇'이 그대로 살아 있지만, '라면이 불어'는 모음이 뒤에 오기 때문에 '불'로 변신을 한 것이다.

- 넌 붇지 않은 라면을 좋아하지? (뒤에 자음이 오니까 '붇')
- 국수가 완전히 불어터졌어! (뒤에 모음이 오니 '불')
- 파스타가 이렇게 불으면 어떻게 먹니? (뒤에 모음이 오니 '불')

그렇다면 여기서 또 의문이 생긴다. '가락국수가 이렇게 불으면'은 '가락국수가 이렇게 불면'으로 써야 하는 거 아닌가? 아니다. '라면이 불면' '체중이 불면'은 틀린 말이다. '동사를 두 번 활용하지 않는다'가 이유인데, 이유는 중요하지 않다. 그냥 잘못됐다고 외우자.

이 두 문장을 기억하자. 라면은 '불다'가 아니라 '붇다'이다. 자음 앞에서는 '붇'을 그대로 쓰고, 모음 앞에서는 '불'로 바꿔 쓴다.

▶ 정답과 풀이

....

1. (X) '붇다'가 원형이고, 자음 앞에서는 'ㄷ'이 그대로 유지되므로 '붇기 전에'로 써야 맞다.
2. (O) '붇다'가 원형이나, 모음 앞에 오니 'ㄷ'이 'ㄹ'로 바뀐다. 따라서 '불 어서'라고 쓴다.
3. (X) '붇다'가 원형이고, 자음 앞에 오므로 '불지'가 아닌 '붇지'로 써야 맞다.
4. (O) '붇다'가 원형이나 모음 앞에 오기 때문에 '불었어'라고 표현하는 게 맞다.

33

그러므로
/
그럼으로

풀어볼래요? OX 퀴즈

1. 미세먼지가 가득하다. 그러므로 마스크를 꼭 써야 한다.　(　)

2. 며칠간 운동에 집중했다. 그러므로 탈락의 슬픔을 견뎠다. (　)

3. 너무 많은 음식을 먹었다. 그럼으로 살이 찔 수밖에 없었다. (　)

4. 나는 일에 몰두한다. 그럼으로 삶의 보람을 느낀다.　　　(　)

집으로 돌아온 예원은 딸을 맞는 엄마에게 인사도 하지 않고 방으로 들어가 그대로 침대 위에 엎드렸다.

"예원아, 무슨 일이야? 왜 그래? 오늘 졸업식에 무슨 일이라도 있었어?"

딸의 모습에 놀라 방으로 들어온 엄마가 외투도 벗지 않고 침대에 누워 흐느끼기 시작한 예원을 달래기 시작했다.

"엄마, 이제 창피해서 어떡해. 진짜 짜증 나!"

"무슨 일인데 그래?"

유치원 선생님으로 근무하며 그동안 힘든 일이 있어도 울지 않고 잘 버틴 예원이기에 엄마의 얼굴에는 근심이 가득했다. 처음으로 7세 반을 맡아 일 년 동안 잘해냈고, 오늘 아이들의 졸업으로 '유종의 미'를 거두는 날인데 이렇게 눈물 바람이라니 걱정이 될 수밖에 없었다.

"아니, 졸업하는 아이 엄마 중 한 분이 선물을 주셨거든. 엽서 한 장이랑."

"그래? 고맙다고 주신 거 아냐? 그럼 좋은 일이잖아."

"근데 그 엽서가 문제라고. 내가 엽서까지 볼 시간이 없어서 책상 위에 올려뒀는데 그걸 원장님이 먼저 본 거 있지."

"아니 왜? 엽서에 무슨 내용이 적혀 있었는데? 네가 제대로 못했대? 아이들한테 나쁘게 했대? 그런 적이 없는데 웃기는 엄마네."

"아니 아니, 그런 내용이 아니라. 내가 그동안 알림장에 실수를 너무 많이 했다고, 선생님인데 실수하면 신뢰가 떨어질 것 같다고 흐어엉."

"대체 무슨 실수를 했기에? 알림장은 또 뭐고?"

답답한 엄마가 채근하자 예원은 가방 속에서 엽서 한 장을 꺼내 엄마에게 내밀었다.

'선생님, 일 년 동안 정말 고생 많으셨고 감사드려요. 학교 가기 전에 좋은 선생님을 만나 우리 아이도 참 행복했다네요. 그런데 기분 나쁘게 듣지 않으셨으면 좋겠어요. 선생님께서 안내문 보내실 때마다 오타가 참 많았거든요. 특히 '날씨가 추워지고 있습니다. 그럼으로 아이들 위생에 더 신경 써 주세요' 같은 문장은 '그럼으로'가 아니라 '그러므로'가 맞는 거 아닐까요. 까다로운 맞춤법이라는 건 아는데 아무래도 선생님이시니 더 정확하게 쓰시면 좋지 않을까 해서요.'

엽서를 읽은 예원의 엄마가 한숨을 크게 내쉬었다. 물론 이런 내용을 원장까지 봤다니 속이 상한 딸의 심정을 이해하지 못하는 건 아니었다. 하지만 엄마가 아닌가. 다 큰 딸이라도 충고는 필요한 법이다.

"예원아, 잘 들어봐. 네가 나중에 결혼해서 애를 낳은 후 유치원이나 학교에 보냈어. 그런데 선생님이 맞춤법도 잘 모른다면 기분이 어떨 것 같아? 그래도 그 선생님이 마냥 좋을까?"

예원이 흐느낌을 멈추고 엄마를 바라봤다. 그리고 천천히 고개를 저었다.

"원장님이 보지 않았다면 더 좋았겠지만, 그건 어쩔 수 없는 일이고. 차라리 잘 됐다고, 고맙다고 생각하자. 이 기회에 안내문 보낼 때 맞춤법이나 오타를 더 신경 쓰게 됐으니, 응?"

'써'를 넣어 자연스러우면 '그럼으로'

예원은 학부모로부터 맞춤법을 지적하는 엽서를 받았다. '그러므로' 기분이 울적해졌다. 그러나 예원은 이번 학부모의 지적으로 맞춤법에 대해 한 번 더 생각하게 됐다. 그럼으로 예원은 성장할 수 있게 됐다.

'그러므로'와 '그럼으로'는 헷갈려 쓰는 사람이 많지만, 두 단어를 헷갈렸다고 해서 문장의 의미를 이해하지 못하는 사례는 많지 않다. 그만큼 둘의 뜻을 정확하게 모르는 채 바꿔 쓰는 사람들이 많기 때문이다.

- 그러므로 : 앞의 내용이 뒤의 내용의 이유나 원인, 근거가 될 때 쓰는 접속 부사
- 그럼으로 : 그럼(그러다)+으로, 그렇게 하는 것으로써

그러나 '그러므로'와 '그럼으로'는 의미가 전혀 다른 말이다. 따라서 쓰임도 다르다. '그러므로'는 원인이나 이유를 표현하는 말로 '그러하기 때문에, 그렇기 때문에'라는 뜻이 있다. '그럼으로'는 명사 '그럼'에 조사 '으로'가 결합한 단어로 '그렇게 하는 것으로써'의 뜻이다.

'그렇기 때문에'나 '그러하기 때문에'를 넣어 말이 되는 것을 '그러므로'라고 하면 쉽고 좋겠지만, 이런 구별법은 위험하다. 종종 '그럼으로' 자리에 '그렇기 때문에'를 넣어도 말이 되는 문장들이 있기 때문이다. 이를테면 '나는 열심히 공부한다. 그럼으로 보람을 느낀다'를 보자. 이 문장은 '그럼으로'가 맞지만, '나는 열심히 공부한다. 그렇기 때문에 보람을 느낀다'처럼 '그렇기 때문에'를 넣어도 어색하지 않다.

이 때문에 '그러므로'보다는 '그럼으로'에 초점을 맞춰 구별 방법을 알고 있는 것이 좋다. '그럼으로'는 수단을 나타내는 말로 '써'를 붙여 말이 된다. '써'를 넣어 말이 되고, 자연스럽다면 '그럼으로'가 옳다고 생각하면 된다.

- 날씨가 춥다. 그러므로 감기를 조심하자. ('써'를 넣어보자. 말이 안 되니 '그럼으로'가 아니다)
- 그녀는 음식을 먹어댔다. 그럼으로 실연의 아픔을 달랬다. ('써'를 넣어보자. 말이 성립하니 '그럼으로'가 맞다)

▶ 정답과 풀이

....

1. (O) 미세먼지가 원인, 뒤의 마스크를 써야 하는 것이 결과가 되니 '그러므로'가 맞다.
2. (X) 며칠간 운동을 하는 것으로 슬픔을 이겨냈으니 '그럼으로'를 써야 한다. '써'를 붙여볼 경우 '그럼으로써 슬픔을 이겨냈다'처럼 어색하지 않다.
3. (X) 음식을 먹은 것이 원인, 살이 찐 것이 결과이니 '그러므로'를 써야 한다.
4. (O) 일에 몰두하는 것으로 보람을 느낀다는 뜻. '그렇게 하는 것으로써'라는 의미이니 '그럼으로'를 쓴다. '써'를 붙이면 어색하지 않다.

34

미처
/
미쳐

풀어볼래요? OX 퀴즈

1. 라디오 DJ의 목소리가 이렇게 달콤한지 미쳐 몰랐어.　　　( )

2. 내가 연예인에게 미쳐 이렇게 많은 물건을 살 줄 몰랐어.　( )

3. 내일이 산행인데 등산화를 미처 준비하지 못했어.　　　　( )

4. 학생이 행복한 시절인 것을 그땐 미처 알지 못했네.　　　( )

"단톡방 탈퇴할까?"

수빈의 말에 송미도 동의한다는 듯 고개를 끄덕였다. 주명과 하윤의 메시지를 생각하면 머리가 아팠다. 주명과 하윤은 아침부터 내내 메시지로 논쟁을 이어가고 있었다.

사건의 발단은 이랬다. 고등학교 동창인 네 사람은 서로의 생일 때마다 만났고, 어제는 주명의 생일이어서 당연히 모였어야 했다. 그러나 하윤은 '한 달 만에 남자친구를 만날 수 있는 날이라 미안하다. 따로 생일 챙기겠다'며 자리에 나타나지 않았다.

문제는 주명이 남자친구와 헤어진 지 얼마 안 된 상황이었다는 점이다. 위로해도 모자랄 판에 친한 친구가 남자친구를 만나겠다며 간 행동에 대해 주명은 말은 안 했지만 분명히 서운함을 느끼고 있었다. 수빈과 송미는 자칫 친구 사이가 틀어질 것을 걱정해 하윤에게 전화를 걸어 주명에게 사과할 것을 권했다. 안 그래도 남자친구와 안 좋게 헤어진 주명의 마음을 조금만 배려해주면 안 되겠느냐는 뜻이었다. 그 결과 아침 일찍 단톡방에는 하윤의 메시지가 올라왔다.

> 주명아, 정말 미안해. 내가 미쳐 생각을 못
> 했어. 진짜 미안.

> 응? 뭐에 미쳐?

하윤을 나무라고 주명을 달래며 이번 사태를 마무리하려고 했
던 수빈과 송미는 이후 이어지는 뜻밖의 반응들로 두 사람의 대화
에 끼어들 수가 없었다.

> 남자친구가 어제 아니면 한 달 동안 시간이 안
> 된다고 해서 정말 미안. 정말 미쳐 생각을 못 한
> 거야, 일부러 그런 게 아니야.

> 그러니까 뭐에 미쳤는데?

> 어제 일 미안하다고 사과하는데 너 왜 자꾸
> 미쳤다고 해? 내가 남친한테 미치기라도
> 했다는 거니?

> 아니, 난 그런 말 한 적 없는데? '미쳐'라고 한
> 건 너잖아. 그래서 물어본 거야

> 네가 남친이랑 헤어져서 우울하다는 생각을
> 미쳐 못했다는 말이잖아.

> 거봐, 네가 또 미쳤다고 하잖아.

와, 내가 미쳐 몰라서 그런 걸 너 지금
화났다고 말도 안 되는 꼬투리 잡는 거 알지?
무식하게 왜 그러냐?

내가 무식? 아침부터 말도 안 되게 '미쳐' '미쳐'
한 게 누군데 누구더러 무식하다니?

　계속되는 두 사람의 대화를 두고 보지 못한 수빈과 송미는 카페
에 앉아 한탄하는 중이었다.

"아니, 얘들 때문에 우리가 미칠 것 같지 않니?"

"아침부터 '미쳐'만 도대체 몇 번을 본 건지. 난 이미 미친 듯."

'미쳐'는 동사 '미치다'의 활용형

　한글은 참 다양한 언어가 다양하게 잘못 쓰인다. '미처'를 '미쳐'
로 쓰는 일이 현실에도 있을까? 이전에는 '미처' 몰랐는데 꽤 많
다. 게다가 '미쳐'가 잘못된 표현인 줄 모르는 경우도 많다.

- 미처 : 아직 거기까지 미치도록
- 미쳐 : 동사 미치다의 활용형

'미처'는 흔히 '못하다'와 '않다' '없다' 등과 함께 쓰이는 말로 일상에서 자주 쓰는 단어다. '엄마 오기 전에 미처 숙제를 끝내지 못했어' '남편도 미처 거기까지는 생각하지 못했다' '음식을 미처 준비하지 못했는데 손님들이 도착했다' '선생님이 그런 분인 줄 예전에는 미처 몰랐다' 등으로 활용할 수 있다.

'미쳐'는 동사 '미치다'의 활용형이다. '정신에 이상이 생겨 보통 사람과 다르게 되다'와 '공간적 거리나 수준 따위가 일정한 선에 닿다' 등이 '미치다'의 대표적인 뜻이다. '이번 달 매출은 목표에 한참 못 미쳐 큰일이다' '전쟁에서 아이를 잃은 어머니는 끝내 미쳐 거리를 떠돌았다' 등으로 활용할 수 있다.

'미처' 자리에 '미쳐'를 쓰는 것은 아마도 발음이 비슷하기 때문일 가능성이 크다. 그러나 두 단어의 뜻은 전혀 다르기 때문에 헷갈려 쓰면 문장의 뜻이 아예 달라질 수도 있다. '내가 미처 생각을 못 했어'라는 주명의 말은 '내가 정신이 미쳐서 생각을 못 했어'로 들릴 수도 있다.

무엇보다 '미처'를 명확하게 외워두는 게 필요하다. 무언가를 생각하지 못했고, 준비하지 못했고, 몰랐다면 '미쳐'가 아닌 '미처'라고 연결해 생각하는 게 답이다.

'미처'와 '미쳐', 이 두 단어를 좀더 자유롭게 활용하고 싶다면 '못'이 뒤에 올 때는 '미처'를, '못'이 앞에 올 때는 '미쳐'를 쓰면 된다고 알아두는 방법도 있다. '미처 못 했다'와 '못 미쳤다'로 간단하게 기억하자.

아직 무언가 준비하지 못했을 때는 '숙제를 미처 못 했어' '미처 알리지 못 했어' 등으로 활용할 수 있고, 목표치에 미치지 못할 때 '이번 달 매출이 목표에 못 미쳐' '성적이 기대에 못 미쳐' 등으로 쓸 수 있다.

▶ 정답과 풀이

....

1. (X) '아직, 거기까지'의 뜻을 담고 있으니 '미쳐'가 아닌 '미처'를 써야
한다.

2. (O) 어떤 일에 지나칠 정도로 집중하거나 열중하는 '미치다'의 활용이
니 '미쳐'를 쓰는 것이 맞다.

3. (O) '무언가를 아직 못했다'라는 뜻이니 '미처'가 맞다.

4. (X) '아직, 거기까지' 등의 의미이니 '미처'를 쓴다.

35

날아가다
/
날라가다

풀어볼래요? OX 퀴즈

1. 밤새 해둔 숙제 파일이 다 날라갔어.   ( )

2. 네가 일을 도와준다니 걱정이 모두 날아갔다.   ( )

3. 동생이 음식을 주방에서 날라갔다.   ( )

4. 비가 어찌나 오는지 우산이 날라갔다니까.   ( )

"그만 헤어져야겠어."

만나자마자 내뱉은 다은의 말에 지윤이 놀라 눈을 크게 떴다. 다은은 3년째 연애중이었고, 남자친구의 지방 발령으로 1년 넘게 장거리 연애를 하고 있었다. 장거리 연애이지만 서로 위하는 마음이 애틋해 헤어지지 않기로 했고, 조만간 남자친구도 다시 돌아온다고 들었던 터라 다은의 이별선언이 놀라울 뿐이었다.

"다음 달이면 온다며? 와, 역시 장거리 연애는 안 되는 거구나."

"응. 장거리 연애는 안 되겠더라."

"아무래도 얼굴을 못 보니까 마음이 식는구나?"

"아니, 그게 아니라 장거리 연애를 하니까 단점이 너무 많이 보여서 마음이 식더라고."

"멀리 있어서 자주 못 보는데 무슨 단점이 보여?"

"그게, 지방 가기 전에는 자주 보고 주로 통화를 하니까 잘 몰랐거든? 근데 장거리 연애하면서 메시지를 할 일이 많더라고. 메시지를 하니까 몰랐던 걸 너무 많이 알게 됐어."

"메시지를 하면서 몰랐던 거? 뭔데?"

"인터넷에 떠돌던 맞춤법 대파괴 현장이 내 앞에서 벌어질지 몰

랐거든? 그동안 '내가 고쳐주면 되겠지'라는 마음으로 버텼는데
이제 한계야."

"엥? 어느 정도기에?"

"안 고쳐져. 아무리 말해도. 이상해. 또 틀려. 이것 좀 봐. 어제 새
벽에 안 그래도 간신히 잠들었는데 이렇게 메시지를 보냈어."

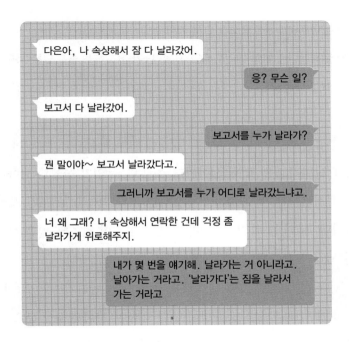

> 다은아, 나 속상해서 잠 다 날라갔어.
>
> 응? 무슨 일?
>
> 보고서 다 날라갔어.
>
> 보고서를 누가 날라가?
>
> 뭔 말이야~ 보고서 날라갔다고.
>
> 그러니까 보고서를 누가 어디로 날라갔느냐고.
>
> 너 왜 그래? 나 속상해서 연락한 건데 걱정 좀
> 날라가게 위로해주지.
>
> 내가 몇 번을 얘기해. 날라가는 거 아니라고.
> 날아가는 거라고. '날라가다'는 짐을 날라서
> 가는 거라고

"우리 다은이, 잠 깨워서 화가 많이 났구나. 엄청 무섭네?"

"이게 한두 번이 아니라니까. 완전 짐꾼이야. 뭘 가져다 그리 날
라대는지!"

'날라가다'는 마음속 깊이 넣어두자

'날아가다'를 '날라가다'로 쓰면 사랑도 '날아갈' 수 있다는 것을 보여주는 에피소드다. 그뿐이랴, 자기소개서에 '날라가다'를 쓰면 취업의 꿈도 함께 '날아간다'.

- **날아가다 : 공중으로 날면서 가다**
- **날라가다 : 날아가다의 방언 / 날라+가다(짐 또는 물건 등을 '나르다'와 '가다'의 결합)**

'작성한 리포트가 날아가고' '걱정이 모두 날아가고' '우산이 바람에 날아가고'는 모두 '날아가다'가 맞다. 무언가 하늘로 날아가거나 사라지는 걸 표현하고 싶었다면 '날라가다'는 무조건 틀린 말이다. '날다'는 한 번도 '날라'로 활용된 적이 없는데, 많은 사람이 '날라가다'를 마치 표준어처럼 익숙하게 쓰고 있다.

'날라'는 짐을 옮기는 '나르다'의 변형으로, '날라가다'는 '날라+가다'의 형태일 때만 맞는 말이 된다. 이때는 짐이나 물건 등을 이동하는 의미로 쓴다. 이를테면 '엄마가 음식을 식탁으로 날라 갔다' '택배기사가 문 앞의 상자를 날라 갔다' 등으로 활용하면 된다. 물론 이 경우에는 '날라'와 '가다'를 띄어서 써야 한다. 만약 '댓글 날라 갔다'라고 쓰면 누군가 댓글을 어디론가 복사하거나 링크했다는 뜻이지 댓글이 사라졌다는 뜻이 아니다.

'날아가다'와 '날라가다'의 차이를 명확하게 이해하고 쓰면 가장 좋겠지만, 그래도 헷갈린다면 일단 '날라가다'는 마음속 깊이 넣어 두자. 실생활에서 '(짐을) 날라 갔다'를 쓸 일은 많지 않다. 그러나 '날아가다'는 당장 지금이라도 쓸 일이 많으니 '날아가다'가 맞다 는 것만 기억하자.

▶ 정답과 풀이

....

1. **(X)** 무언가 사라지거나 공중으로 나는 것은 '날아가다'로 써야 한다.
2. **(O)** 걱정이 사라졌다는 뜻이니 '날아갔다'를 쓴 것이 맞다.
3. **(O)** 동생이 음식을 주방에서 어딘가로 날라서 갔다는 뜻이다. '날라 갔 다'를 써도 맞다.
4. **(X)** 우산이 하늘로 날면서 갔다면 '날아가다'를 써야 한다. '날아갔다니 까'가 맞다.

2장

—

둘 중 하나는
잘못된 단어

2장에 등장하는 단어들을 읽고 나면 이렇게 외치게 될 것이다. "이게 아예 잘못된 단어였어?" 분명 사전에도 없고, 표준어였던 적도 없는 정체 모를 단어들이 우리 실생활에서 참 많이 쓰인다. 네가 쓰니 나도 쓰고, 내가 쓰니 친구도 쓰는 상황이 이어지며 잘못된 단어는 그렇게 점점 세력을 확장하고 있다.

비슷하게 생겨 뜻이 다른 단어를 쓰는 것도 문제지만, 비슷하게 생겼다고 사전에 없는 단어를 쓰는 건 더 문제다. 이번 기회에 제대로 만들어보자. 머릿속에서 영영 없애버려도 아무 상관없는 단어 블랙리스트를 말이다.

01

며칠
/
몇일

풀어볼래요? OX 퀴즈

1. 이번 여름휴가는 몇 박 몇 일로 떠나시나요?   (   )

2. 며칠 동안 애인을 못 봤더니 너무 섭섭해.   (   )

3. 너 생일이 몇 월 며칠이야?   (   )

4. 고기는 냉장고에서 몇일까지 보관할 수 있나요?   (   )

혜민은 출장을 떠난 언니를 대신해 조카를 봐주러 언니네 집에
와 있었다. 조카인 도윤이 학교에서 돌아오면 간식을 챙겨주고 숙
제를 좀 봐달라는 언니의 부탁이 있었다. 이제 초등학교 3학년이
된 도윤은 말도 잘 듣고 자신의 숙제도 알아서 챙기니 크게 어려
울 일은 없었다.

"도윤아, 숙제를 벌써 다 했어?"

조카 도윤이 종합장을 들고 혜민에게 달려왔다.

"오늘은 작문숙제라서 이모랑 지낸 일을 적었어."

도윤이 자랑스럽게 웃어 보이며 혜민에게 종합장을 내밀었다.
이모의 얘기를 작문으로 적었으니 어서 보고 칭찬해달라는 의미
라는 게 보여 혜민은 저도 모르게 미소를 지었다.

> 엄마께서 며칠 전부터 출장을 가셔서 이모가 나를 돌봐주고
> 있다. 이모는 엄청 예쁘고 간식도 맛난 걸로 챙겨주신다. 엄
> 마를 며칠이나 못 봐서 섭섭하기는 하지만 이모와 함께 있는
> 시간도 참 소중하다. 이모는 대학생이라 공부하느라 바쁘다고

하지만 집에 더 많이 왔으면 좋겠다. 다음에는 몇 월 며칠에
오는지 이모에게 물어봐야겠다.

　이모가 좋다는 내용의 작문을 보며 혜민은 흐뭇하게 웃다가 문
득 도윤이 무언가 잘못 알고 있다는 걸 깨달았다. 마지막 문장의
'몇 월 며칠'이 영 마음에 걸린 것이다. 초등학교 3학년이니 맞춤
법 정도야 앞으로 배워나가면 될 일이지만, 이왕이면 지금 알려주
는 게 더 낫지 않을까 하는 마음이었다.

　"도윤아~ 이모에 대해 이렇게 좋게 글을 써줘서 정말 고마워.
그런데 여기 맞춤법이 틀린 게 하나 있네? 이모가 잘 알려줄게. 다
음부터는 틀리지 말자."

　혜민의 말에 도윤이 당황한 듯 고개를 끄덕였다.

　"안 그래도 맞춤법이 진짜 어려운데, 이모가 이번 기회에 좀 알
려줘. 선생님께서 작문할 때는 맞춤법이 가장 중요하다고 말씀하
셨거든."

　"맞아, 맞아. 여기 앞에 '며칠'이라고 쓴 건 참 잘 썼는데, 뒤에 이
모가 몇 월 며칠에 오는지 물어본다고 할 때 며칠은 '몇'하고 '일'
을 붙여서 써야 해. 이렇게."

　혜민이 도윤에게 설명하며 연필을 들어 '몇일'이라고 적었다. 그
러자 도윤이 고개를 갸웃거렸다.

"그런데 이모, 저번에 우리 배웠는데 선생님께서 '몇일'이라는 말은 국어에 없다고 하셨는데?"

도윤의 말에 혜민이 놀라 도윤을 바라봤다. 초등학교 선생님이 설마 이 정도 맞춤법도 모르는 건가? 선생님한테 배웠다니 이모 말을 의심하는 것도 무리가 아니었다. 혜민은 사전을 보여주고 도윤에게 정확한 맞춤법을 알려줘야겠다는 마음에 휴대폰을 들어 국어사전을 검색하기 시작했다.

그리고 혜민은 아무 말도 하지 못했다. '몇일'이 국어사전에 아예 없는 말이라니. 아무 말도 못 한 채 혜민의 얼굴은 조카 앞에서 붉게 물들어갔다.

머릿속에서 '몇일'은 지워버리자

조카 덕분에 혜민은 아마도 '몇일'을 가슴속 깊이 새겼을 것이다. 아마 그동안 '몇일'로 써온 자신의 글들을 모두 수정하고 싶어 발을 동동 구를지도 모를 일이다.

'몇일'은 인터넷 커뮤니티, SNS 등에서 잘못 쓴 사례를 수천 개는 찾을 수 있다. 그만큼 많은 사람이 아예 틀렸다는 인식조차 하지 못하고 쓰고 있는 잘못된 단어다.

- 며칠 : 그달의 몇째 되는 날 / 몇 날
- 몇일 : 며칠의 잘못

'며칠 전에 만났어' '몇 박 며칠로 떠나세요?' '장조림은 며칠까지 보관할 수 있나요' 등등. 일정 기간이나 그달의 몇 번째 되는 날 등을 표현하고 싶을 때는 '며칠'을 써야 한다. 특히 혜민처럼 '며칠'과 '몇일'이 둘 다 맞는 말이고, 때에 따라 다르게 써야 한다고 오해하는 사람들이 있는데 그렇지 않다. '몇일'은 아예 존재하지 않는 말이다.

'몇일'을 헷갈리는 경우는 주로 혜민처럼 주로 '몇 월 며칠'을 쓸 때인데, 이는 '몇 월' 때문이다. '몇 월'은 그리 많지 않은 얼마만큼의 수를 막연하게 이르는 말인 '몇'과 '월'을 결합한 구성이다. 이 때문에 '몇'과 '일'을 결합한 구성이 뒤따라야 하는 것 아니냐고 생각하기 쉽다.

비슷한 예로 '몇 박 며칠'도 있다. 역시 '몇 박'이 앞에 있으니 '며칠'이 아닌 '몇일'로 쓰는 것이 자연스러워 보인다. 일부 어른들은 어릴 때 '몇일'이 맞는 단어라고 배웠다고 기억하는 이들도 있다.

그러나 '며칠'은 '몇'과 '일'이 결합한 것이 아니다. 국립국어원에서도 어원을 알 수 없다고 설명하고 있다. 만약 '몇'과 '일'이 결합한 구성이라면, '몇 월'이 '며둴'로 발음되는 것처럼 '며칠'을 '며딜' 또는 '면닐'로 발음해야 하지만 우리는 '며칠'을 그대로 '며칠'로 발음하고 있기 때문이다.

　도대체 어떻게 생겨난 단어인지 알 수 없다면 어떤가. 한쪽이 틀렸다면 잊으면 그만이다. 앞으로는 머릿속에서 '몇일'은 지워버리자. 언제 어디서든 '며칠'을 쓰면 된다.

▶ 정답과 풀이

....

1. (X) '몇일'은 며칠의 잘못이다. '몇 박'이라고 써도, '며칠'은 '몇 일'로 쓰면 안 된다.

2. (O) '몇 날'을 뜻하는 '며칠'을 쓴다. '몇 일'은 없다.

3. (O) '몇 월'이라고 쓴다고 해도 '며칠'은 '며칠'로 적어야 맞다.

4. (X) '몇일'은 없는 말이다. 무조건 '며칠'이다.

02

치르다
/
치루다

풀어볼래요? OX 퀴즈
....

1. 주인이 불친절했지만 물건이 마음에 들어서 값을 치뤘어. ( )

2. 집안에 상이 있었다며? 큰일 치르고 힘들겠다.   ( )

3. 시험 잘 치루고 왔니?   ( )

4. 이번 주까지 아파트 잔금을 치러야 해.   ( )

막내작가의 일은 고되기 그지없었다. 지난날을 생각하면 저도 모르게 눈가에 눈물이 맺힐 정도다. 수빈은 한 라디오 프로그램의 막내작가로 들어와 고군분투했던 지난날을 떠올리며 들고 있는 대본을 품에 꼭 껴안았다. 말이 작가지, 지난날은 잡일의 연속이나 다름없었다. '어떤 일에서든 막내가 다 그렇지 않을까'라며 자신을 다독거리며 여기까지 왔다.

　오늘은 수빈이 쓴 글로 DJ가 오프닝을 하는 날이다. 막내작가가 오프닝 또는 글을 쓴다는 건 사실 꿈도 꾸지 못할 일이지만 메인작가가 열심히 하는 수빈에게 상을 준 날이었다.

　"수빈, 글도 예쁘게 잘 쓰니까 오늘 오프닝은 네가 맡아봐. 젊은 감성 팍팍 넣어서!"

　메인작가는 수능 시험이 있는 날이니 그나마 수능을 가장 최근에 경험한 수빈이 오히려 감각적인 글을 쓸 수 있을 거라고 응원했다.

　그렇게 밤을 새워 완성한 원고가 조금 있으면 DJ의 입을 통해 전파를 타고 전국에 흘러나가게 될 예정이다. 수빈은 다시 한 번 더 원고를 꼼꼼히 살폈다.

드디어 온에어. 수빈은 떨리는 마음으로 아나운서인 DJ가 자신의 원고를 읽기 시작하는 모습을 지켜봤다.

> "오늘 수능을 치른 분들, 그리고 그 언젠가 수능을 치르고 동동거리며 교문을 나서던 기억을 가진 모든 분. 우리가 치른 것은 그냥 대입 시험이었을까요, 삶의 전환기를 넘어가는 값이었을까요."

DJ의 목소리를 들으며 수빈은 이상한 생각에 급히 자신이 쓴 원고를 넘겨봤다. 원고에는 '오늘 수능을 치룬 분들, 언젠가 수능을 치루고, 우리가 치룬 것은'이라고 적혀 있는데 아나운서는 이를 또박또박 '치른, 치르고'로 바꿔 읽고 있었다.

"수빈이는 박 아나운서한테 밥 사야겠다."

수빈의 원고를 들여다보던 메인작가가 웃으며 수빈을 향해 꿀밤을 때리는 시늉을 해보였다.

"내가 보면 지적하고 고칠까봐 시작 전에 일부러 안 봤더니 '치르다'를 다 '치루다'로 써놨네. 박 아나운서가 요령껏 잘 읽었으니 망정이지."

수빈은 망연자실하게 메인작가의 얼굴을 그저 바라만 볼 뿐이었다. 인생 첫 오프닝 데뷔전은 그렇게 엉망으로 치러지고 말았다.

'치루다'는 존재하지 않는 말

우리는 참 많은 것을 '치르고' 산다. 시험도 치르고, 값도 치르고, 잔치도 치르고, 장례도 치르고. 그런데 안타깝게도 아직 '치루고' 사는 사람들이 있다. 수능을 치루고, 잔금을 치루고, 큰일을 치루고.

- **치르다 : 주어야 할 돈을 내주다 / 무슨 일을 겪어내다**
- **치루다 : 치르다의 잘못**

돈을 내거나 무슨 일을 겪는 것은 '치르다'만이 맞는 말이다. 일상생활에서 아무리 많은 사람이 '치루다'라고 잘못 써도 사전에 당당하게 이름을 올린 단어는 '치르다'뿐이다. '치루다'는 사전에는 없는 말이지만 일상생활에서는 살아 있는 말처럼 쓰이고 있다. 신문 기사에서조차 '치르다'를 쓸 자리에 '치루다'를 쓰는 경우를 어렵지 않게 발견할 수 있다.

'치르다'를 '치루다'로 잘못 알고 있다 보니 활용법이 틀리는 경우도 너무 많다. '시험을 두 번 치뤘다가는 큰일 나겠네'를 보자. '치루다'를 변형해 '치뤘다'고 쓰는 경우인데, 물론 이것도 틀렸다. '치르다'를 변형해 '시험을 두 번 치렀다가는 큰일 나겠네'라고 써야 맞다.

가끔은 잔치 등을 치르는 것과 돈을 치르는 것을 구별해 '치르다'와 '치루다'를 마음대로 쓰는 경우도 있다. 혹시나 이렇게 생각하고 있었다면 지금이라도 '치루다'가 존재하지 않는 말이라고 머릿속에 담아두자.

▶ 정답과 풀이

1. (X) '치르다'가 원형으로, 활용형은 '치렀어'가 돼야 한다.
2. (O) '일을 겪어내다'라는 뜻으로 쓸 때는 '치르다'가 맞다.
3. (X) 시험 등을 보는 것도 '치르다'라고 써야 하니 '치르고 왔니?'라고 표현해야 한다.
4. (O) 돈을 내주는 것 역시 '치르다'이며 활용을 '치러야'로 한 것이 맞다.

03

봬요
/
뵈요

풀어볼래요? OX 퀴즈

1. 선배, 그럼 다음 주에 학교에서 뵈요.   (   )

2. 대리님, 조심히 가세요. 내일 봬요.   (   )

3. 다음에 좋은 일로 뵐게요.   (   )

4. 어제 학교에서 선생님을 뵀습니다.   (   )

사내 커플인 유정과 주언. 저녁을 먹기 위해 만난 순간부터 유정에게서 냉랭함이 흘러나왔고, 주언이 몇 번이나 "왜 그러느냐"고 물었지만 유정은 "괜찮다"라고만 답할 뿐이었다.

"유정아, 혹시 이게 그거야?"

"그게 뭐야?"

"왜 이유는 말 안 해주고, 내가 왜 화가 났는지 맞혀봐, 이런 거."

주언의 말에 유정이 한숨을 내쉬었다. 나름 배려한다고 아무 말도 안 하는 것을 모르는지 주언은 단순히 유정이 삐친 것으로만 생각하는 모양이었다. 고민에 빠졌던 유정은 이윽고 입을 열었다. 주언의 사회생활을 위해서라도 말을 해주는 게 맞지 싶었다.

"후유. 오빠, 내가 고민을 했는데. 오빠 기분 나쁠까봐 말해야 할지 말아야 할지 말이야."

"뭔데? 뭐든 얘기해~"

"기분 나빠하지 않는다고 약속해줘. 오빠를 위한 거니까."

"내가 기분이 왜 나빠~ 걱정하지 말고 말해봐."

"오빠, 회사 팀방에 자꾸 '내일 뵈요' '그때 뵈요'라고 쓰잖아. 그거 잘못된 거야. 다른 사람들 봐봐. 다들 '내일 봬요'라고 '봬'를 쓰는데 오빠만 항상 '뵈'를 쓰더라고. 사람들이 욕할까봐 걱정돼."

"무슨 소리야? 그거 다른 사람들이 항상 잘못 쓰던데? 봬요가 뭐니 봬요가. 그런 말이 어디 있다고."

"헉! 오빠, 봬요가 표준어야. 사전 찾아봐."

"'뵙겠습니다'도 '뵙겠습니다'라고 써야 해? 말이 안 되잖아."

"봬요는 뵈어요의 준말이란 말이야. 오빠만 항상 잘못 쓰니 사람들이 어떻게 생각하겠어!"

"뵈어요의 준말이라고? '봬'라는 글씨를 쓴단 말이야? 완전 충격적이다."

'뵈어'를 넣었을 때 말이 될 경우 '봬'

주언 같은 사람들, 사실은 참 많다. '뵈요'가 잘못된 말임을 알려주고 '봬요'라고 하면 한동안 충격에서 헤어나오지 못하는 사람들도 있다. '뵙다'가 맞는 말인데 어찌 '봬요'가 표준어가 될 수 있느냐는 반문도 항상 이어진다.

- **'뵈다'의 어간 '뵈-' 뒤에 어미 '-어', 보조사 '요'가 붙은 '뵈어요'에서 '뵈어'가 '봬'로 줄어든 것이므로, '봬요'로 쓴다.**

유정의 설명처럼 '봬요'는 '뵈어요'가 줄어든 말이다. '보이다'의 피동사인 '뵈'에 '어요'가 붙은 것. 그래서 '내일 봬요' '나중에 봬요' '또 봬요' 등등 보자는 말을 높여 쓸 때는 '봬요'를 넣어야 맞다.

그렇다면 '교수님, 내일 뵐게요'라든가, '선생님, 내일 뵙겠습니다' 같은 말은 그대로 '뵈'를 넣어도 상관없을까? '봴게요'라든가, '봽겠습니다'처럼 '뵈' 말고 '봬'를 써야 하는 건 아닐까?

이를 구별하려면 앞서 얘기한 것처럼 '뵈어'를 넣었을 때 말이 될 경우 '봬'를 쓴다고 기억하면 된다.

- **오랜만에 고향으로 돌아가 동네 어르신들을 봬서 참 기분이 좋더라고요. 돌아가신 할머니는 사진으로나마 뵀습니다. ('뵈어'를 넣어보자. '오랜만에 고향으로 돌아가 동네 어르신들을 뵈어서 참 기분이 좋더라고요. 돌아가신 할머니는 사진으로나마 뵈었습니다'가 말이 된다)**

'뵈어'를 넣는 것이 가장 쉬운 방법이지만, 그래도 헷갈릴 때가 있다면 친근하고 익숙한 '하'와 '해'를 활용하는 것도 방법이다. 앞서 얘기했지만 '하'와 '해'는 사람들이 크게 헷갈리지 않고 자연스럽게 쓰는 단어다. '뵈' 자리에는 '하'가 '봬' 자리에는 '해'가 들어가면 자연스럽다.

- **선생님, 내일 뵐게요. ('하'를 넣어 '선생님, 내일 할게요'가 자연스럽다.**

'뵈요'가 맞다)

- **선배, 내일 봬요. ('해'를 넣어 '선배, 내일 해요'가 자연스럽다. '봬요'가 맞다)**

기억하자. '뵈'와 비슷한 '하', 그리고 '봬'와 비슷한 '해'를 넣어 만약 자연스럽지 않다면 '아, 내가 틀렸구나'라고 서둘러 수정하면 된다.

▶ 정답과 풀이

1. **(X)** '뵈요'는 없다. '봬요'가 맞는 말. '뵈어'가 '봬'로 줄어든 것이다. '뵈' 라면 '하'를 넣어 자연스러워야 하는데 '학교에서 하요'는 말이 안 되니 '뵈요'는 아니다.
2. **(O)** '봬요'는 무조건 '봬요'로 쓴다. '해'를 넣어보자. '내일 해요'라는 자 연스러운 문장이 되니 '봬요'가 맞다.
3. **(X)** '해'와 '하'를 넣어보자. '할게요'가 자연스러우니 **'뵐게요'**가 아닌 '뵐게요'가 맞다.
4. **(O)** '뵈어'를 넣으면 '뵈었습니다'로 어색하지 않으니 '뵀습니다'가 맞다.

04

무릎쓰다
/
무릎쓰다

풀어볼래요? OX 퀴즈

1. 내가 이렇게 창피를 무릎쓰고 부탁하는데 너무하네.　　　( )

2. 장군이 죽음을 무릎쓰고 전쟁에서 싸웠대.　　　( )

3. 언니는 우리 부모님 반대를 무릎쓰고 결혼했거든.　　　( )

4. 실례를 무릎쓰고 이렇게 요청할게요.　　　( )

승필은 성적표를 받아들고 발을 동동 굴렀다. 한 과목 때문에 자칫 장학금을 받지 못하게 될 위기에 몰렸기 때문이다. 출석은 물론 과제와 팀플까지 그렇게나 열심히 했는데도 성적은 기대에 너무나 못 미쳤다.

　"어? 그 과목? 나도 들었는데 진짜 점수 짰어. 근데 정중하게 메일로 부탁했더니 제로에서 플러스로 올려받았거든. 너도 해봐."

　승필의 하소연을 들은 영민이 다가와 말했다. 걱정이 한가득이던 승필로서는 갑자기 '희망의 빛'이 한줄기 내려온 것만 같은 기분이었다.

　"진짜? 어떻게? 너 뭐라고 메일 보냈었어? 찾아가는 거 말고 메일만 보내도 확인하나?"

　"직접 찾아가는 거 오히려 싫어하는 교수들 많아. 일단 최대한 정중하게 메일을 보내면 B가 A로 되지는 않아도 플러스 정도는 붙여주는 거 같아. 특히 장학금 걸려 있다고 하면 더 안쓰럽게 보는 것 같아."

　"그래? 혹시 너 메일 어떻게 보냈는지 가지고 있어? 좀 보여줄 수 있어?"

"그게, 나 지난번에 메일 오류가 나서 지워졌을걸. 대충 내용은 기억나니까 네가 사정 적어서 보여주면 내가 기억나는 거 추가해 줄게."

"아, 알겠어. 그럼 내가 메일 쓴 다음에 너한테 보내줄 테니까 좀 봐줘. 이따가 보낼게."

영민과 헤어진 승필은 정성을 다해 이메일을 작성하기 시작했다. 최대한 교수의 기분을 상하게 하지 않으면서 자신의 처지를 간곡하게 알릴 수 있는 말을 고르고 골랐다.

"영민, 이메일 작성 다 했거든. 좀 봐주라."

교수님, 안녕하세요. 한 학기 동안 고생 많으셨고, 교수님 강의를 들을 수 있어 매우 즐거웠습니다. 다름이 아니라 이번 강의에서 성적을 'A'로 받았습니다. 물론 교수님께서 그렇게 생각하셨고, 뜻하신 것이 있어 성적을 이렇게 주신 것을 알고 있습니다. 다만 이번 학기 성적에 제 장학금이 달려 이렇게 부끄러움을 무릅쓰고 메일을 드리게 됐습니다. 저는 한 학기 동안 정말 최선을 다해 강의에 임했다고 자부합니다. 저의 어떤 점이 미흡했는지가 궁금하며 혹시 제 점수에서 누락된 부분은 없는지 등도 궁금합니다.

"승필아, 지금 메일 내용이 문제가 아니다."

"왜? 무슨 일 있어?"

"그게 아니라 너 이렇게 보내면 국문과 학생이 맞춤법도 모른다고 오히려 혼나고, 점수도 깎일지 몰라."

"맞춤법?"

"무릎을 대체 어떻게 써먹겠다는 거냐!"

힘든 일을 견디는 상황에선 '무릅쓰다'

승필은 영민에게 밥이라도 사야 한다. 성적에 대해 이의를 제기할 방법을 알려줬을 뿐만 아니라 메일의 큰 오류 또한 잡아냈으니 말이다. 포털사이트를 열어 검색만 해봐도 '무릎쓰다'를 쓰는 사람들이 꽤 많다. 그렇게나 무릎을 쓰니 연골은 괜찮을지 걱정이 될 지경이다.

- **무릅쓰다** : 힘들고 어려운 일을 참고 견디다 / 뒤집어서 머리에 덮어쓰다
- **무릎쓰다** : 없는 말

'무릅쓰다'는 힘들고 어려운 일을 견디는 상황을 표현할 때 쓴다. 일상생활에서도 많이 사용하는데 활용법은 이렇다.

- 어려움을 무릅쓰고 부탁을 드립니다.

- 부끄러움을 무릅쓰고 연락을 했어요.

- 죽음을 무릅쓰고 적과 싸웠다.

- 반대를 무릅쓰고 결혼에 성공했다.

일부에서는 '무릅쓰다'를 '무릎쓰다'로 잘못 쓰며 이런 해석을 내놓기도 한다. "무릎을 굽히지 않고 맞서는 뜻이 담겨 무릎쓰다가 아니냐"고 말이다. 아니다. 그런 해석은 마음속 깊이 간직하고 입 밖으로는 내지 말아야 한다. 아니, 이 시간부터 깡그리 잊어버리는 게 좋다.

창피함을, 부끄러움을 참고 견디려면 '무릎쓰지' 말고 '무릅써야' 한다. 연골 건강을 위해 소중한 무릎은 그만 쓰도록 하자.

▶ 정답과 풀이

1. (X) '무릎쓰다'는 단어는 없다. '힘들고 어려운 걸 참고 견디다'는 뜻은 '무릅쓰다'로 써야 한다.

2. (O) '무릅쓰다'를 적절하게 잘 사용했다. 죽음까지 각오했다는 표현이다.

3. (X) 반대를 참고 견디는 것은 '무릅쓰다'를 써야 한다.

4. (O) '실례를 무릅쓰다'는 실생활에서 자주 사용하는 말이다.

05

건드리다
/
건들이다

풀어볼래요? OX 퀴즈

1. 너 나 자꾸 건들이면 내가 가만 안 둘 거야, 각오해.   ( )

2. 물건을 사지도 않을 거면서 함부로 건드리지 마세요.   ( )

3. 책장이 낡아서 살짝 건드리면 부서질 것 같아요.   ( )

4. 친구가 자꾸 자존심을 건들여서 절교하기로 했다.   ( )

소민은 가장 잘 나온 사진을 고르고 골라 프로필 사진을 바꿨다. 이 모든 게 성공적인 연애를 위한 길이라며 자연스러운 모습으로 셀카를 100장은 찍었을 것이다.

　프로필 사진을 흐뭇하게 바라보던 소민은 곧 아람에게 메시지를 보냈다. 소민이 셀카 100장을 찍으며 프로필 사진을 바꾼 것은 모두 아람의 오빠 때문이다. 지난 주말 우연히 아람과 함께인 아람의 친오빠를 보고 소민은 그만 사랑에 빠져버렸다.

　며칠을 고민하다 아람에게 자신의 마음을 슬쩍 흘렸는데, 안 된다고 할 줄 알았던 아람은 기꺼이 오빠를 소개해주겠다며 좋아했다. 아람이 오빠에게 소민의 연락처를 알려주기 전에 우선 프로필 사진부터 급하게 바꾼 것이다.

> 아람아, 나 프로필 사진도 새로 바꿨어.
> 괜찮겠지?

> 응응. 예쁘다~ 과하지 않고 자연스러워. 이제
> 오빠한테 네 전화번호 알려줄게.

> 아, 근데 이거 프로필 문구는 괜찮을까?
> 유치하다고 뭐라고 하면 어쩌지?

> 내가 보기엔 괜찮은데. 시나 명언 같은 글을
> 적는 건 좀 오그라들잖아? 이 정도는 귀엽게
> 보이지 않을까?

> 그래, 그럼 다행이다.

아람과 메시지를 주고받은 후 소민은 초조하게 오빠의 연락을 기다렸다. 아람의 말에 따르면 여자친구도 없다고 했고, 소민 같은 스타일의 여자에게 호감을 보일 거라고 하니 소민의 가슴은 정처 없이 뛰었다. 그때, 소민의 메시지 알람이 울렸다. 아람의 오빠라고 생각하며 집어든 휴대폰에 도착한 것은 아람의 오빠가 아닌 아람의 메시지였다.

> 소민아 ㅠㅠ

> 왜? 왜그러는데? 오빠가 나 마음에 안 든대?

> 아니, 그게 아니라 내가 오빠한테 너랑
> 연락하라고 하고 번호 알려줬는데.

> 근데, 왜? 사진 영 별로인 거야?

아니, 오빠가 잠시 후에 와서 막 웃는 거야.

??

프로필 써놓은 거 다른 친구들은 뭐라고 안 하느냐면서.

엥? 그게 무슨 말이야?

모르겠어.
오빠가 너도 뭐가 틀렸는지 모르면 반성 좀 하라면서, 친구들끼리 아주 똑같다고 뭐라고 하고 갔어.

프로필이 대체 왜? 이 말이 이상한 건가?

오빠한테 물어봤는데 말이 이상한 게 아니라 틀린 거래. 우씨, 대체 무슨 말이냐고. 다시 가서 물어볼게.

소민은 아람과 메시지를 마치고는 자신의 프로필 화면을 크게 띄웠다. 새로 찍은 자연스럽고 예쁜 사진 아래 소민이 즐겨 설정 하는 메시지가 다음과 같이 적혀 있었다. '건들이면 뭅니다.'

아람의 오빠는 대체 뭐가 틀렸다는 걸까? 소민은 도대체 이해할 수가 없었다.

'건들이면'은 잘못된 말

아람의 오빠는 소민과 아람에게 너무 큰 숙제를 던진 게 아닌가 싶다. 애초 잘못 알고 있는 걸 아무리 들여다본다고 해서 답이 나올 리가 없으니 말이다. '건들이면 뭅니다'는 맞춤법이 잘못된 문장이다. 문장 중 '건들이면'이 잘못된 말이다.

- **건드리다 : 조금 움직일 만큼 손으로 만지거나 무엇으로 대다**
- **건들이다 : 건드리다의 잘못**

우리가 무언가를 만지거나 치거나 할 때 쓰는 단어는 '건드리다'가 표준어다. 국어사전에 '건들이다'는 없다. 그럼에도 많은 사람이 '건들이면, 건들이지마, 건들이고' 등으로 '건들이다'의 활용을 자주 사용하고 있다. 소민과 아람처럼 잘못된 것인지도 모른 채 말이다.

사실 '건들이다'와 그 활용법을 쓰는 사람들만의 잘못은 아니다. 사실 이 '건드리다'가 헷갈릴 만한 빌미를 제공했기 때문이다. 표준어 '건드리다'의 준말은 바로 '건들다'이다. '건들다'의 준말이 이리저리 활용되면서 사람들을 헷갈리게 하는 것이다. 이를테면 '물건을 건들자 떨어졌다, 내 연필 건들지마' 등으로 '건들다'를 활용해 쓰는데, 이 때문에 사람들이 '건드리다'가 아닌 '건들이다'가 맞는 말이라고 착각하게 됐다.

'건드리다'의 준말이 '건들다'라면 소민의 프로필에 적힌 '건들이면'도 맞는 것 아니냐고 반문할 수 있다. 그러나 준말 '건들다'에는 바로 뒤에 모음이 오는 것이 원칙적으로 불가능하다. '건들어, 건들었다' 등의 말은 아예 성립하지 않는 것이다.

따라서 명확하지 않다면 준말인 '건들다'보다 '건드리다'를 되도록 사용하면서 '건드리다'를 먼저 확실한 내 것으로 만들어야 한다. '건드리면 뭅니다' '물건을 건드려서는 안 됩니다' 식으로 예문을 직접 만들어 보며 '건드리다'가 표준어임을 이번 기회에 못 박아두자.

▶ 정답과 풀이

1. **(X)** '건들이다'는 없는 말이다. 비위나 성질을 '건드리다'로 써야 맞다.
2. **(O)** 손으로 만지거나 치는 행위는 '건드리다'로 쓰면 된다.
3. **(O)** 조금 움직일 만큼 손으로 만지는 것을 뜻하니 '건드리다'로 쓰는 것이 맞다.
4. **(X)** 상대를 자극하는 말이나 행동으로 마음을 상하게 하는 일은 모두 '건드리다'를 써야 한다. '자존심을 건드려서'로 써야 맞다.

06

희한하다
/
희안하다

풀어볼래요? OX 퀴즈

1. 너는 공부도 안 하는데 희한하게 매번 1등을 하네?　　　（　）

2. 희안하게 잠을 많이 잔 다음 날 졸음이 더 쏟아져.　　　（　）

3. 아이가 엄마보다 아빠를 더 좋아하다니 희한한 일이다.　（　）

4. 살다 보니 별 희안한 일도 다 생기네.　　　　　　　　（　）

"저기, 저 여자는 누구야? 새로 온 회원이야?"

재호가 옆 자리 승욱에게 다른 테이블에 앉은 한 여성을 가리키며 물었다. 벌써 3년째 적극적으로 수상레저 동호회 활동에 참여하고 있는 재호가 처음 본 여성이라면, 아마도 신입회원이거나 기존 회원이 데려온 친구일 게 틀림없었다.

"어? 저기 머리 긴 여자? 나도 모르겠네. 왜? 관심 있어?"

승욱이 묘한 미소를 지으며 재호의 옆구리를 찔러댔다. 수상스키, 웨이크보드 등 재호는 지난 3년 동안 순수하리만치 스포츠 활동에만 관심을 보여왔기 때문이다. 동호회 활동을 하면서 이성에게도 관심을 보이는 다른 회원들과는 사뭇 달랐다.

승욱의 묘한 미소에도 재호는 아니라고 대꾸를 하지 못한 채 머리를 긁적였다. 그도 그럴 것이 그 여성은 재호의 머릿속 이상형을 그대로 현실에 옮겨놓은 것과 똑같았기 때문이다.

"잠깐만 기다려봐."

재호가 말릴 틈도 없이 승욱이 성큼성큼 그녀에게로 다가가더니 몇 마디 말을 건넸다. 그러고는 이내 그녀가 승욱을 따라 재호의 건너편 빈자리에 앉았다.

"새로 오신 회원님이라, 이쪽 테이블에서도 인사하면 좋지 않을까 해서요."

너스레를 떨면서 승욱은 재호에게 한쪽 눈을 찡긋해보였다. 그런 승욱이 고마우면서도 재호는 당황함에 말을 어떻게 꺼내야 할까 머릿속이 바빠졌다.

"안녕하세요, 얼마 전에 가입한 강혜연이라고 합니다. 앞으로 잘 부탁해요."

그녀의 이름을 듣는 그 순간 재호는 그 자리에서 얼어붙고 말았다. 어서 네 소개를 하라는 승욱의 눈짓에도 좀처럼 입을 뗄 수가 없었다. 재호의 동호회는 닉네임이나 필명 대신 실명을 쓰는 것이 규칙이었고, 재호는 그녀의 이름을 아주 잘 기억하고 있었다. 그 이유는 얼마 전 그녀와 동호회 게시판에서 치열한 설전을 펼쳤기 때문이다.

> 참 희안한 일입니다. 꼭 제가 참여하는 모임에는 왜 비가 내리는지 모르겠습니다. 누가 저더러 기우제라도 지내고 나오는 거 아니냐고 하는데 절대 아닙니다. 날씨가 희안하게 안 따라줄 뿐입니다.

재호는 회원들과 친분을 쌓기 위해 매일 하나씩 글을 올리는데,

그날은 재호가 올린 글에 처음 보는 이름이 가장 먼저 답글을 달았다. 강혜연이라는 이름이었다.

> 안녕하세요, 반갑습니다. 모임 때마다 비가 온다니 회원분들이 오해하실 만하네요. 아, 그런데 지나가다 살짝 말씀드리면 '희안하다'가 아니라 '희한하다'가 맞는 말이랍니다.

그 답글을 본 순간 재호는 부끄럽고 화가 나는 바람에 그녀에게 '너무 까다로운 것 아니냐' '새로 와서 모르나 본데 이곳은 그렇게 예민해서는 적응하기 쉽지 않다' '그 정도 맞춤법 실수야 누구나 하는 것 아니냐'며 그녀를 몰아세웠다. 이에 그녀 역시 '맞춤법 실수를 지적한 게 그리 기분 나쁜 일인지 몰랐다' '동호회 게시판 원칙에도 맞춤법을 준수해달라고 돼 있는데 누가 예민한 건지 모르겠다'며 지지 않고 대꾸했다. 결국 다른 회원들이 별것 아닌 것으로 싸우지 말자며 중재에 나서 둘 다 마음에도 없는 사과의 말을 남기는 것으로 사건은 일단락됐다.

그랬던 강혜연 씨가 재호의 이상형이라니. 재호는 차마 자신의 이름이 입 밖으로 내지 못한 채 '희한하다'를 '희안하다'로 잘못 알고 있었던 옛날의 자신을, 맞춤법 지적에 울컥했던 과거의 자신을 원망할 수밖에 없었다.

'희안하다'는 사전에 존재하지도 않는 단어

인터넷에 흔히 떠도는 말에 따르면 맞춤법 지적은 바지 지퍼가 열린 것을 알려주는 것과 같다고 한다. 맞춤법 지적은 상대방에게 부끄러운 일이긴 하지만 꼭 알려줘야 하는 일이고, 그래서 듣는 사람도 크게 기분 나빠해서는 안 된다는 얘기다. 재호가 이 이야기를 진작 알았더라면, 부끄럽긴 했겠지만 이상형 앞에서 입도 못 떼는 상황까지는 가지 않았을 텐데 안타까운 일이다.

- 희한하다 : 매우 드물거나 신기하다
- 희안하다 : 희한하다의 잘못

'희한하다'는 한자 '드물 희(稀)'와 '드물 한(罕)'을 결합한 단어로, '드물고 또 드물다'는 뜻이 있다. 뜻과 모양이 명확한 한자어의 결합이라 헷갈릴 일이 없는데도 수많은 사람이 '희한하다'를 '희안하다'로 잘못 알고 있다. '희안하다'는 사전에 존재하지도 않는 단어인데 말이다.

이는 발음 때문일 가능성이 크다. '희한하다'를 '희안하다'로 잘못 쓰는 사람들 대부분 발음도 '희안하다'로 한다. 'ㅎ'을 연이어 발음하기 쉽지 않으니 자연스럽게 '희안하다'로 발음을 하게 되고, 이걸 표준어로 생각하게 된 것이다.

그러나 '희한하다'는 발음도 '히한하다'로, 어색해도 'ㅎ'을 연이어 발음해야 한다. '희한하다'와 '희안하다'가 헷갈린다면 소리 내 몇 번이고 발음해보자. 어색한 '히한하다' 발음이 입에 달라붙어 떨어지지 않도록 말이다.

▶ 정답과 풀이

....

1. **(O)** '희한하다'가 표준어이다.
2. **(X)** '희안하다'는 '희한하다'의 잘못이다.
3. **(O)** 드물거나 신기한 일을 쓸 때는 '희한하다'가 맞고, 따라서 '희한한'
   은 바른 말이다.
4. **(X)** '희한하다'를 써야 하며, 활용도 '희한한'으로 해야 한다.

07

설렘
/
설레임

1. 널 향한 이 설레임을 어떻게 표현해야 할까?   ( )

2. 내일 소풍을 간다니까 설레서 잠을 못 잤어.   ( )

3. 그를 만날 때마다 너무 설레여서 얼굴이 달아올라.   ( )

4. 그가 프로포즈를 한다고 생각하니 엄청 설레.   ( )

> 쌤, 이제 오빠라고 부르면 안 돼요?

한 번 선생님은 영원한 선생님이다.

> 아, 진짜 치사하게 저도 이제 쌤이랑 똑같은 대학생이거든요?

아직 고등학생 티도 안 벗은 놈이 무슨.

승은은 휴대폰을 내려놓으며 탁자 위에 머리를 박았다. 함께 커피숍에서 수다를 떨던 친구들이 모두 그런 승은을 의아하다는 듯 바라봤다.

"이제 나도 똑같은 대학생인데 왜 이렇게 애 취급을 하는 거야!"

승은의 말에 친구들은 모두 이해했다는 듯 고개를 끄덕였다. 고등학교 동창들인 친구들은 모두 승은의 오랜 짝사랑에 대해 알고 있다. 승은을 가르친 과외 선생인 창현에 대한 얘기라는 걸. 대학만 가면 고백할 거라고 승은이 친구들에게 입이 닳도록 말해왔으니 말이다.

아니 쌤, 약속했잖아요! 대학만 가면 잘 생각해본다면서요!

생각은 해본다고 했지, 언제 잘 생각한다고 했어?

쌤 때문에 대학생활 설레임도 하나도 못 느끼고! 저 이제 쌤이 가르치던 학생 아니거든요.

아이고 아직도 가르칠 게 한참 남았는데 무슨 학생이 아니야? 너 멀었다.

과외 끝난 지가 언제인데 아직도 가르칠 게 남아요?

설레임은 무슨 설레임이야. 2년을 가르쳤는데 아직 맞춤법을 이렇게 틀리니 내가 다 부끄럽다.

뭔 소리예요??

"야, 설레임이 설레임 아냐?"

한참을 창현과 메시지를 주고받던 승은이 갑자기 고개를 들고 친구들을 둘러보며 물었다. 승은의 물음에 친구들의 얼굴에는 동시에 '물음표'가 떠올랐다.

"뭔 소리야? 설레임? 아이스크림?"

"설레임이 설레임이 아닌 건 또 뭐냐?"

도움이 되지 않는 친구들, 이해할 수 없는 창현의 말에 승은은 머리를 움켜쥐었다.

'설레임'은 사전에 없는 단어

아이스크림 '설레임'을 만든 제과업체는 대국민 사과라도 해야 하지 않을까. 아이스크림을 먹는 소비자들에게 표준어 대신 잘못된 단어를 각인시켰으니 말이다. 더불어 노래 가사에 등장하는 수많은 '설레임'을 만들어낸 작사가들도 함께 반성해야 한다.

> • 설렘 : 마음이 가라앉지 아니하고 들떠서 두근거림, 또는 그런 느낌
> • 설레임 : 설렘의 잘못

'설레임'은 없는 단어다. '설레이다'가 아닌 '설레다'가 맞는 동사이고, '설레다'의 명사형은 '설렘'이다. '설레임'이 잘못된 표현이지만 이를 인지하고 쓰지 못하는 경우가 더 많다. 어떤 사람들은 한 문장에서 '설레임'과 '설렘'을 동시에 쓰기도 한다. 둘 다 옳은 말로 알고 있는 사람들이 많다는 얘기다.

'설레다'를 '설레이다'로 잘못 알고 있다 보니 활용에서도 혼란이 발생한다. '소풍 갈 생각에 너무 설레이는 바람에 잠을 못 잤어'라는 식으로 '설레는'을 써야 할 자리에 잘못된 동사의 활용인 '설레이는'이 쓰인다. 과거형으로 '설레였다'라고 쓰는 것도 애초 동사를 '설레이다'로 잘못 인식하고 있기 때문에 나오는 오류다.

'설레이다'에서 파생되는 '설레임'부터 '설레였다' '설레인다' 등

의 잘못된 단어를 쓰지 않으려면, 가슴이 들떠서 두근거린다는 표현이 '설레다'라는 것부터 먼저 기억하는 게 좋다. 그리고 될 수 있으면 '설렜다, 설렌다' 등 '설레다'의 활용을 의도적으로 사용하도록 해보자.

물론 '짜장면'이 표준어가 아니었음에도 많은 사람이 사용하면서 최근 표준어로 등극한 것처럼 언젠가는 '설레임'이 표준어가 될 날도 있을 수 있다. 그러나 아직은 아니다. 괜한 기대에 마음 '설레지' 말고 '설레다'를 제대로 기억하자.

▶ 정답과 풀이

1. (X) 동사 '설레다'의 명사형은 '설렘'으로 써야 한다. '설레임'은 아이스크림 브랜드일 뿐이다.
2. (O) 마음이 들떠서 두근거릴 때는 '설레다'를 써야 하고, 변형은 '설레여서'가 아닌 '설레서'가 맞다.
3. (X) '설레이다'의 변형인 '설레여서'는 틀린 말이다. '설레이다' 자체가 없는 단어이기 때문이다.
4. (O) '설레다'의 변형은 '설레'까지가 맞다. '설레여'라고 쓰면 안 된다.

08

십상
/
쉽상

풀어볼래요? OX 퀴즈

1. 그런 가방을 가지고 다니면 소매치기당하기 쉽상이야.   (   )

2. 문제를 끝까지 읽지 않으니 시험에서 틀리기 십상이지.   (   )

3. 하루가 멀다고 술을 마시니 몸이 상하기 십상일 걸.   (   )

4. 그렇게 먹으면 건강을 해치기 쉽상이라고 봐.   (   )

동윤은 휴대폰에 라디오 애플리케이션을 내려받았다. 요새 누가 라디오를 듣나 했는데, 한 달 전 생긴 여자친구 소연이 라디오를 들으면서 잠이 든다고 했다. 10시 프로그램을 진행하는 DJ가 소연이 좋아하는 가수라는 얘기도 덧붙여서. 클래식한 취미라고 생각했다가 마침 오늘은 야근도, 저녁 약속도 없어 라디오를 들어 보기로 한 것이다.

　DJ를 맡은 가수가 남자들에게는 인기가 없는 스타일이라 내키지 않았지만 취미를 이해하려 노력하는 자세를 보여주면 소연이 좋아할 것으로 생각했다. 라디오가 끝나면 감상평을 핑계로 전화를 해야겠다고 생각하며 동윤은 라디오 애플리케이션을 실행했다. 라디오에서는 DJ의 사연 소개가 이어지고 있었다.

> 다음 사연입니다. 아, 번호는 알리지 말아 달라고 하시네요. 남자친구는 라디오를 듣지 않는 것 같아 들킬 일이 없겠지만, 그래도 혹시 모르는 일이니까요. 한 달 전에 좋은 사람을 만났어요. 자상하고, 취향도 비슷해서 말도 잘 통

해요. 마냥 행복할 것 같았는데 한 달 만에 고민이 생겨버린 거 있죠. 어디에 말도 못하겠고, 이렇게 사연을 통해서라도 풀어봅니다. 남자친구와 만나면 너무 좋은데, 헤어지고 메시지를 주고받으면 제 마음이 식는 거 같아요. 맞아요, 맞춤법 때문입니다. 자잘한 오타는 이해해요. 그런데 말의 수준이 조금만 높아지면 맞춤법이 엉망이에요. 특히 '십상'을 항상 '쉽상'으로 써요. '그렇게 굶으면 몸 버리기 쉽상이야' '얇게 입고 다니면 감기 걸리기 쉽상이야' 등등. 그래서 제 나름대로 알려주려고 '오빠도 늦게 자면 지각하기 십상이에요'라고 메시지를 보내는데 고쳐지지 않아요.

'맞춤법 때문에 마음이 식다니, 뭘 얼마나 틀렸기에'라며 사연에 귀를 기울였던 동윤은 DJ의 사연 소개가 계속될수록 이상한 기분에 사로잡혔다. 어디선가 많이 들어본 대화 아닌가. 동윤은 급히 휴대폰 메시지 창을 열어 소연과 나눈 대화를 살펴보기 시작했다.

"허, 이거 나였어?"

이리 보고 저리 봐도 DJ가 방금 읽은 사연 속 주인공은 자신이 확실했다. 동윤의 언어습관 중 하나가 '쉽상'을 쓰는 것이었기 때문이다. 게다가 동윤은 소연이 가끔 '십상'이라고 보내는 것을 보며 언젠가 맞춤법을 제대로 알려줘야겠다는 생각마저 하지 않았던가. 동윤의 귀에는 '십상'과 '쉽상'의 차이를 설명하는 DJ의 목소리가 더는 들리지 않았다.

널리 잘못 쓰이는 단어가 바로 '쉽상'

맞춤법을 모르면 이렇게 창피를 당하기 '십상'이다. 그래도 다행이다. '십상이 아니라 쉽상이야'라고 알려주기 전에 올바른 맞춤법을 알게 됐으니 말이다. 거의 예외가 없다는 뜻인 '십상'은 '쉽상'으로 오해하기 '십상'일 정도로 쉽지 않은 단어다.

- **십상 : 일이나 물건 따위가 어디에 꼭 맞는 것 / 열에 여덟이나 아홉 정도로 거의 예외가 없음**
- **쉽상 : 십상의 잘못**

어째서 '쉽상'이 아닐까 의심스러울 정도로 흔히 잘못 쓰이는 단어가 바로 '십상'이다. 십상은 '열에 아홉은 그렇다'라는 뜻의 '십상팔구'에서 온 말이다. '십상팔구'는 우리가 흔히 쓰는 '십중팔구'와 비슷한 단어다.

한자인 '십상'이 어쩌다 '쉽상'으로 잘못 알려졌을까? '십상'을 한글 '쉽다'에서 온 말로 착각하면서 오해가 생겼을 가능성이 크다. '십상'이 들어갈 문장에 '쉽다'를 넣어도 뜻이 어색해지지 않기 때문이다. '그렇게 안 먹으면 건강 상하기 십상이야'의 문장을 보자. '그렇게 안 먹으면 건강 상하기 쉬워'라고 해도 별로 어색하지 않다.

두 단어가 헷갈린다면 '십상'을 쓸 때마다 거꾸로 이 단어가 '쉽다'에서 오지 않았다는 것을 떠올려보는 것은 어떨까? 혹은 '십상'을 '십중팔구'와 연결해 기억하는 것도 방법이다. '십상팔구'보다는 '십중팔구'가 더 친근해 기억하기 쉬우니 말이다. '십중팔구'와 연결한다면 적어도 '십'을 써야 할 자리에 '쉽'을 쓰는 잘못은 피할 수 있다.

▶ 정답과 풀이

1. (X) '십상'이 맞는 말이다. 열에 여덟이나 아홉 정도로 예외가 없다는 뜻이다. '쉽상'은 없는 말이다.
2. (O) 예외 없이 시험에서 틀릴 것이라는 뜻이니 '십상'이 맞다.
3. (O) '술을 마셔 몸이 상하기 쉽다'는 뜻이다. '쉽다'고 해서 '쉽상'을 쓰면 안 된다.
4. (X) '건강을 해치기 쉽다'는 뜻이니 '십상'을 써야 맞다.

09

일부러
/
일부로

풀어볼래요? OX 퀴즈

1. 너, 사람들 앞에서 일부로 날 망신주려고 한 거지? ( )

2. 이 물건을 사려고 일부러 여기까지 온 건가요? ( )

3. 엄마는 내 거짓말을 알면서도 일부러 모른 척하셨다. ( )

4. 반장은 내가 떠들어도 일부로 눈 감아 주던데? ( )

"와, 오빠 진짜 너무한 거 아니야?"

윤진은 상대가 전화를 받자마자 소리를 빽 질렀다. 친오빠 윤수의 "깜짝이야"라는 목소리가 수화기 너머로 흘러나왔다.

"시끄러워 죽겠네. 지금 바쁘니까 끊어."

"오빠가 돼서 치사하다 진짜."

"내가 어제 메시지 보냈잖아. 이번엔 안 된다니까. 그러니까 씀씀이 좀 줄여."

며칠 전 윤진은 오빠 윤수에게 SOS를 쳤다. 방학중 여행을 다녀오느라 모아둔 돈을 다 쓴 데다가 아르바이트를 하지 않아 생활비가 부족해 돈을 빌리려 한 것이었다.

"내가 뭐 그냥 달래? 다음달 아르바이트비 받으면 갚는다니까."

"엄마 아빠가 용돈도 주시는데 매번 손 벌리니까 그렇지."

"언니가 돈 빌려주지 말라고, 자립 못한다고 해서 그러는 거지!"

"무슨 정아 핑계를 대고 그래. 얘기도 안 했어, 창피해서."

"웃기고 있네. 언니한테 다 얘기했잖아. 그래서 언니가 오빠인 척하고 메시지 보낸 거잖아?"

윤진이 쏘아붙이자 윤수가 잠시 머뭇거렸다. 사실 그랬다. 윤수는 혼자서 아르바이트하며 학교 다니는 동생이 안쓰러워 매번 윤진의 부탁을 거절하지 못했다. 그러나 윤수의 아내 정아는 달랐다. 매번 도와주면 점점 더 오빠에게 의지하게 될 거라며 이번에는 강하게 마음먹고 거절해야 한다고 했다. 그 때문에 고민하는 윤수를 두고 정아가 윤수인 척 윤진에게 메시지를 보낸 것이다.

> 윤진아, 네가 열심히 살고 있다는 거 잘 알아. 일부러 돈을 많이 쓰거나 사치하는 게 아니라는 것도. 하지만 지금부터 예산을 짜고 그에 맞춰 사는 법을 익혀야 해. 네가 믿거나 도와주기 싫어서가 아니야. 일부러 그러는 게 아니라는 걸 알아주면 좋겠다.

정아가 최대한 윤수의 기존 말투를 참고해 보낸 메시지인데, 윤진의 빠른 눈치에 윤수는 혀를 내둘렀다.

"하, 눈치 백 단이네. 어떻게 알았어? 내가 읽어 봐도 내가 쓴 거 같던데."

"눈치는 무슨. 오빠가 '일부러'를 한 번이라도 정확하게 쓴 적이 있는 줄 알아? 매번 맞춤법 틀리는 사람이 맞춤법이 완벽한 문장으로 보내면 말 다했지!"

'일부로'는 잊는 편이 낫다

말투나 문체가 마치 손가락 지문처럼 사람을 특징짓는 요소 중 하나라면, 맞춤법도 비슷한 역할을 한다. 다른 건 다 맞게 쓰면서 유독 '며칠'을 '몇일'로 쓰던 사람이 갑자기 '며칠'을 제대로 쓴다면 "너 누구야" 소리가 나올 수도 있다. 아내에게 곤란한 메시지를 대필하고 결국 들키고만 윤수처럼 말이다. 긴 시간을 함께 살며 한 번도 '일부러'를 제대로 쓴 적 없는 오빠가 갑자기 정확한 맞춤법을 구사했다면? 의심부터 하고 보는 것은 당연한 일.

- 일부러 : 어떤 목적이나 생각을 가지고. 또는 마음을 내어 굳이 / 알면서도 마음을 숨기고
- 일부로 : 일부러의 잘못

'일부러'는 의도를 가지고 뭔가를 할 때 쓰는 단어다. 의도를 가지고 뭔가를 숨길 때도 쓴다. '너 내 색연필 일부러 부러뜨렸지?'처럼 사용하거나 '성적표를 숨긴 걸 알면서도 엄마는 일부러 모르는 척하시는 것 같다'처럼 쓰는 식이다.

'일부로'는 한 단어로는 없는 말이지만, 아예 사용하지 않는 말은 아니다. 무언가의 한 부분을 뜻할 때 쓰기도 한다. '이건 국가가 시행하는 정책의 일부로, 꼭 따라야 한다' 같이 활용할 때 말이다.

그러나 일상에서 이렇게 쓸 일은 많지 않으니 '일부로'는 잊는 편이 낫다.

'일부러'가 '일부로'로 잘못 쓰이는 것은 발음 탓이 크다. '일부러'를 '일부로'로 발음하면서 발음 그대로 적는 탓에 잘못 쓰이는 경우가 많다. '일부로'로 적는 사람들은 대부분 자신이 쓰고 있는 '일부로'가 틀렸다고 꿈에도 생각하지 못할 것이다. 따라서 발음부터 교정하면서 고쳐나가는 게 방법이다. '일부러'라도 앞으로 이 단어를 말할 때는 꼭 '일부러'라고 또박또박 발음해보자.

▶ 정답과 풀이

1. **(X)** 어떤 목적이나 생각을 가지고 하는 행동에는 '일부러'를 써야 한다.
2. **(O)** 물건을 사겠다는 목적을 가지고 왔으니 '일부러'가 맞다.
3. **(O)** 알면서도 마음을 숨겼다는 뜻은 '일부러'를 쓰는 것이 맞다.
4. **(X)** '일부로'는 없는 표현이다. 역시 알면서도 하는 행동에는 '일부러'를 써야 맞다.

10

잠그다
/
잠구다

1. 혼자 집에 있을 때는 문을 잘 잠구고 있어야 한다.　　( )

2. 여자친구는 무슨 비밀이 있기에 휴대폰을 꼭 잠가둘까.　( )

3. 입을 꼭 잠그고 아무 말도 안 하니 이유를 알 수가 있나!　( )

4. 외출하기 전에 가스는 잘 잠궜니?　　( )

"대학가라 그런지 재미있다, 얘."

유나가 재빨리 명효와 나누던 이야기를 끊고 명주를 바라보며 웃음을 지었다. 화장실에 다녀온 명효의 누나 명주가 꺼낸 얘기에 맞장구쳐야 한다는 생각이었다. 누나를 보여준다는 것은 그동안 결혼에 관심이 없었던 명효가 앞으로 결혼을 진지하게 생각한다는 걸 의미했다.

그런 만큼 오늘 자리는 매우 중요했다. 특히 명효의 부모님은 명주를 전적으로 믿고 의지한다고 했으니, 명주에게만 잘 보이면 앞으로 부모님과 관계 역시 부드럽게 풀릴 게 뻔했다.

"뭐 재미있는 일 있으셨어요?"

유나가 비어 있는 명주의 잔에 맥주를 따르며 물었다. 출산과 육아를 하느라 지친 명주가 무조건 '핫플레이스'에서 맥주 한 잔을 하고 싶다고 주장해 대학가 유명 술집을 찾아온 터였다.

"아니, 화장실 안내문에 써놓은 글들이 웃기더라고. 고민 상담을 왜 거기에 적어놓니? 게다가 누가 맞춤법 지적까지 해놨어."

"맞춤법 지적? 유나 너 아니야? 누나, 얘가 웃겨. 술 마시면 안내문 같은 곳의 맞춤법을 다 고치고 다닌다니까."

명효의 말에 유나가 화들짝 놀라 명효를 말렸다. 명효는 그걸 귀여운 주사라고 표현했지만, 명주가 들으면 이상하다 생각할 수도 있는 일 아닌가.

"아, 그래? 귀여운 주사네. 공무원들이 맞춤법에 민감하다더니 그래서 그런가. 근데 여기 화장실 맞춤법 수정해놓은 사람은 웃겨. 수정해놓은 사람이 틀렸어. 쿡쿡."

"진짜요?"

"뭔데?"

"화장실 문을 꼭 잠갔나요? 이렇게 적혀 있는데 누가 '잠갔나요'를 '잠궜나요'로 바꿔 고쳐놓은 거 있지?"

"엥? 뭐야 '잠갔나요'가 맞는 말이야, 설마?"

"너도 문제다. 나중에 애 한글 교육은 어떻게 시킬래? 기본형이 '잠그다'라서 '잠궜다'는 틀린 거야."

"와, 전혀 몰랐네. 유나, 너는 당연히 알았지? 너 이 집 단골 아냐? 그렇게 잘못된 거 있으면 네가 다시 고쳐놓지 그랬어."

명효의 농담스러운 말을 들으며 유나는 억지로 미소를 지었다. 유나는 명주나 명효처럼 통쾌하게 웃을 수가 없었다. 이 술집은 유나의 단골집이었다. 유나는 최근 친구들과 방문했을 때가 떠올랐다. 화장실에서 '잠궜나요'를 노려보다가 가방에서 펜을 들고 와 열심히 고쳐 적던 자신의 모습이 말이다.

'잠구다'는 '잠그다'의 잘못

동사를 잘못 알고, 이 때문에 동사를 활용하는 수많은 문장에서 맞춤법을 틀리게 되는 '개미지옥' 같은 단어가 있다. 바로 '잠그다'이다. 현관문을 잠그고, 가스를 잠그고, 단추를 잠그고, 물을 잠그는 우리 실생활에서는 잠글 것이 무수히 많다. 앞으로는 잘못 '잠구지' 말고 제대로 '잠가' 보자.

- **잠그다 : 여닫는 물건을 열지 못하도록 자물쇠를 채우거나 빗장을 걸거나 하다 / 물, 가스 따위가 흘러나오지 않도록 차단하다 / 옷을 입고 단추를 끼우다**
- **잠구다 : 잠그다의 잘못**

'잠그다'의 뜻은 모두 잘 알고 있다. '열쇠 등으로 빗장을 걸 때, 옷의 단추 등을 끼울 때, 물과 가스 등이 새지 않도록 할 때, 입을 다물고 아무 말도 하지 않을 때' 등이 있다. 단어의 뜻이 어렵지 않아 헷갈릴 일 없이 쓸 수 있을 텐데 '잠구다'가 복병이다. 발음 때문에 '잠그다'를 '잠구다'로 알고 있는 사람이 많기 때문이다.

특히 '잠그다'를 '잠구다'로 알면서 생기는 문제는 동사의 활용이다. 동사 원형을 잘못 알고 있다 보니 '문은 잘 잠갔니?'보다 '문은 잘 잠궜니?'로 '가스 좀 잘 잠가!'보다 '가스 좀 잘 잠궈!'가 익숙한 상황이 벌어지고 만 것이다.

두 단어의 뜻을 나름 잘 입력했는데도 헷갈린다면 항상 옆에 있는 자신의 휴대폰을 들어 바라보자. 비밀번호를 설정해두고 쓴다면, 휴대폰을 열기 전에 어떤 메시지가 뜨는가? '밀어서 잠금 해제' 또는 '잠금 패턴을 입력하세요'라는 메시지가 뜰 것이다. 바로 이거다. '잠굼 해제' '잠굼 패턴'이 아니지 않나. '잠그다'가 맞는 말이기 때문이다.

이쯤 되면 이런 의문이 생겨날 것이다. '잠그다'가 표준어라면 '잠가'가 아니라 '잠그어'가 돼야 하는 것 아니냐는 생각 말이다. 이건 '잠그다'의 어간인 '잠그-' 뒤에 '아' 또는 '았'이 붙으면 '그'에 붙은 '으'가 탈락하는 현상 때문이다. 어려운가? 그렇다면 어색해하지 말고, 실제로 활용하면 외워두자. 휴대폰을 들어 친구나 애인에게 메시지를 보내자. '자기 전에 문 잘 잠가.' '문은 잘 잠갔어?'

▶ 정답과 풀이

....

1. **(X)** '잠구다'는 '잠그다'의 잘못이다. '문을 잘 잠그고'로 써야 맞다.
2. **(O)** '잠그다'의 활용은 '잠가'가 맞다. '잠궈둘까'는 틀린 말이다.
3. **(O)** 입을 닫고 말을 하지 않을 때도 '잠그다'를 쓴다. 따라서 '잠그고'가 맞다.
4. **(X)** '잠그다'의 활용은 '잠궜니'가 아니다. '잠갔니'로 써야 맞다.

11

굳이
/
구지

풀어볼래요? OX 퀴즈

1. 왜 구지 따라와서 힘들다고 투덜대는 거니?   (   )

2. 우유는 소화가 안 되는데 굳이 먹어야 할까요?   (   )

3. 인터넷 쇼핑에 빠졌더니 구지 필요없는 것까지 샀네요.   (   )

4. 감기에 걸렸는데, 여자친구가 굳이 집에까지 오겠다네요. (   )

> 나 여자친구랑 해어졌어….

　주호는 연진의 메시지를 보며 한숨을 쉬었다. 초등학교 친구인 연진과 한동네에 살며 20년 이상을 친구로 지내고 있지만, 주호는 연진에게 여자친구가 있을 때 가장 좋았다. 연진은 여자친구가 생기면 친구를 잊고 사는 타입으로, 이는 곧 연진에게서 자유롭다는 뜻이기 때문이다. 그런 연진이 여자친구와 헤어졌다니 실연한 연진의 속풀이와 신세 한탄을 받아줄 생각을 하니 벌써 머리가 아플 지경이었다. 그러나 친구 좋다는 게 뭔가. 주호는 한숨을 쉬면서도 휴대폰을 집어들었다.

> 해가 아니라 헤겠지. 또 왜?

> 지금 그게 중요해? 형이 지금 엄청 우울하다.

이번에는 꽤 오래 만나는 거 같더니 아무튼,
나중에 술이나 하자.

아니 좀 들어봐. 내가 잘못한 거 없거든.

어쨌는데?

세희 친구들이랑 커플 여행을 가는데 내 차를
두고 구지 차를 빌려서 가자는 거야.

네 차가 창피했나 보네.

그래서 내가 구지 그래야 하냐고 어차피
친구들도 내 차 다 아는데.

렌트카 한 번 해주지 그랬어 그냥.

아니 그래서 싸우다가 그 친구들 있는 단톡방에
물어봤다? 구지 차를 빌려야 하냐고. 친구들도
하루 정도인데 기분 좀 내면 어떠냐고 해서
내가 결국 차 빌리기로 했는데. 그때부터
여행을 안 간다는 거야.

아하!

그걸 구지 왜 단톡방에 물어 보냐고 화를 내면서
헤어지자고 하더라 와 진짜 이해가 안 가.

난 알 거 같은데.

뭐? 뭔데? 그 이후에 아무리 메시지를 보내도
답도 없고 무조건 헤어진대.

하, 내가 진짜 방금 실연하고 온 애한테 이런
말은 안 하려고 했는데. 다른 건 그렇다 치고.
제발 '구지' 아니라고 몇 번을 말해?

아 진짜, 그럴 수도 있지 알았어, 알았어 굳이,
굳이 그랬다고 됐냐?

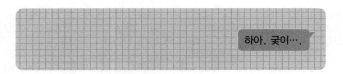

주호는 휴대폰을 내려놓고 깊은숨을 들이마셨다. 연진에게 몇
번을 얘기했는지 모른다. 네 연애의 끝에는 항상 '굳이'가 있다고.

> 그 단톡방에 혹시 구지라고 올렸냐?

뭐 어때, 뜻을 이해 못하는 것도 아니고.
이번에 싸울 때 세희도 하도 구지 가지고 난리
쳐서 단톡방에 굳이라고 써줬는데 화를 더
내더라고. 어쩌라는 건지.

> 이별을 당해도 싼놈! 세종대왕이 너 때문에 열
> 받아서 무덤에서 벌떡 일어나실 거야. 야, 이
> '0개 국어' 하는 놈아! 1개 국어도 못 하는 놈아!
> '굳이'라고 '굳이'. 지적을 해줬는데 또 '굳이'라고?
> 뭐가 굳어 굳기는! 널 친구로 둔 내 신세가 굳다!!!

지금 이 순간부터 '구지'는 잊자

연진에게 무슨 죄가 있겠는가. '굳이'가 '구지'로 발음되는 것이
문제지. 그렇지만 발음 때문에 그렇다는 걸 이해하고 또 이해하려

고 해도 '굳이'는 맞춤법의 마지노선과 같은 단어다. '헷갈리고 그럴 수도 있지'라고 납득하기 어려운 단어라는 얘기다.

- **굳이 : 단단한 마음으로 굳게 / 고집을 부려 구태여**
- **구지 : 땅의 가장 낮은 곳**

'굳이'는 주로 '고집을 부려 구태여'라는 뜻으로 실생활에서 활용된다. 우리가 일상에서 워낙 많이 사용하는 말이다 보니 누구라도 '굳이'를 넣어 예문을 그 자리에서 3~4개는 쉽게 만들 수 있을 것이다. 그만큼 이 단어의 뜻이 쉽고, 활용은 우리 모두 잘 알고 있다는 것이다.

그럼에도 '굳이'를 '구지'로 쓰는 사람들은 의외로 참 많다. '구지'는 뜻이 없는 잘못된 단어는 아니다. '땅의 가장 낮은 곳' '평소에 자기가 품은 뜻을 지켜나가기를 원함' 등등 다양한 뜻을 지니고 있다. 물론 '굳이'와 비슷한 뜻은 없다. '굳이'와 '구지', 이 둘은 아예 다른 단어다.

인터넷에서 일부 단어를 발음 나는 대로 적거나, 받침을 없애고 적거나 하는 것들이 흔한 일이고, 소위 '쿨해' 보이는 일일지라도 '굳이'를 '구지'로 쓰는 것은 절대 피해야 한다. 아예 다른 뜻을 가진 낱말을 그곳에 넣어두고, '소리는 비슷하니까 이해하지?'라고 묻는 것이니 말이다.

그 옛날 '구지가'를 떠올릴 게 아니라면 머릿속에서 지금 이 순간부터 '구지'는 잊자. 많은 뜻을 담고 있는 단어라지만 생활에서 '구지'를 쓸 일은 없다.

▶ 정답과 풀이

1. (X) '구지'는 '땅의 가장 낮은 곳'이라는 뜻으로 '구태여'는 '굳이'라고 써야 한다.
2. (O) '고집을 부러 구태여'라는 뜻의 '굳이'를 제대로 쓴 문장이다.
3. (X) '구지'는 실생활에서는 쓰지 않으며 '굳이'라고 표현해야 맞다.
4. (O) '구태여'는 '굳이'로 표현한다.

12

오랜만
/
오랫만
&
오랫동안
/
오랜동안

풀어볼래요? OX 퀴즈

1. 고등학교 졸업하고 처음이니 참 오랫만에 만나네?　　　(　)

2. 오랜동안 운동을 하지 못했더니 몸이 무겁다.　　　(　)

3. 혼자 떠나는 여행은 참 오랜만이야.　　　(　)

4. 오랫동안 부모님을 찾아뵙지 못해 죄송한 마음이다.　　　(　)

서현은 떨리는 마음으로 이메일 전송 버튼을 눌렀다. 서현이 예전부터 무척이나 가고 싶었던 회사의 채용 공고가 떴고, 서현은 많은 준비를 했다. 특히 자기소개서가 중요하다는 말에 자기소개서에 큰 공을 들였다.

　대학 때 그리 친하지 않았음에도 실례를 무릅쓰고 선배 규진에게 이번에 연락한 것도 모두 자기소개서 때문이었다. 규진은 서현이 그토록 원하는 기업에 2년 전부터 입사해 다니고 있엇다. 서현은 규진에게 자기소개서를 한 번 봐달라고 부탁했고, 규진은 흔쾌히 서현의 청을 받아들였다.

> 선배, 자기소개서 메일로 전송했어요. 바쁘실 텐데 감사합니다!

　이메일을 보낸 후 서현은 규진에게 메시지를 보냈다. 규진의 피드백을 받고, 추가로 마무리하려면 시간이 촉박했다.

> 내일까지가 마감이지? 지금 바로 봐줄게~

규진의 메시지를 받은 후 서현은 초조하게 다음 메시지를 기다렸다. 그리고 30분쯤 지났을까. 휴대폰만 노려보던 서현의 눈에 메시지 알람이 떴다.

> 자기소개서 잘 봤어. 준비 많이 했네. 포트폴리오 부각한 것도 좋고. 내 생각에는 체험을 좀더 추가해서 강조하면 좋을 것 같아. 동기들도 보면 이것저것 체험 많이 했던 애들이 좋은 점수를 받았더라고. 아참. 그리고 우리 자기소개서에 맞춤법 엄청 까다롭게 보거든. 다른 건 다 괜찮은데 '오랫만'이 틀렸더라. '오랜만'이 맞거든.

> 선배, 정말 감사해요. 체험 너무 많으면 오히려 역효과 날까봐 좀 뺐는데 다시 넣을게요. 그리고 맞춤법 알려주신 것도 감사합니다. 맞춤법 검사기에 다시 한 번 더 돌려볼게요.

> 그래, 고생해서 꼭 합격하고.

서현은 규진이 알려준 대로 자기소개서를 수정하기 시작했다. 그리고 다음 날 완성된 자기소개서를 포함한 입사지원서를 등록했다.

선배 덕분에 입사지원서 무사히 등록했어요. 감사합니다.

잘했네, 화이팅이야. 꼭 회사에서 보자.

네네~ 선배 시간 괜찮으시면 제가 밥 사도 될까요?

엥? 취준생이 무슨 밥을 사~ 괜찮아.

아뇨~ 합격을 떠나서 꼭 감사 인사하고 싶어요. 자기소개서 봐주시는 게 쉬운 일이 아닌데요. 또 선배 오랜동안 못 봤으니까 이 김에 얼굴도 보고요.

그래, 그럼 시간 한 번 맞춰보자. 그런데 서현아. 혹시 자기소개서에 '오랜동안'이라고 쓴 건 아니지?

네? 기억에 이 단어는 쓴 적 없는데 왜 그러세요?

그게 '오랜동안'이 아니라 '오랫동안'이거든.

네? 그게 무슨 말씀이세요? 어제 '오랫만'이 아니라 '오랜만'이라고 알려주셨잖아요.

아하하. 그래서 헷갈렸구나. 그거 둘이 맞춤법이 달라~

'오랜만'은 '오래간만'의 준말

비슷하게 생겨서 다른 단어까지 헷갈리게 하는 '오랜만'과 '오랫동안'. 생긴 게 비슷하면, 표준어도 똑같이 생긴 애들로 통일해서 만들면 좋았을 것을. 왜 비슷하게 생겨놓고 하나는 '오랜'이 표준어고, 하나는 '오랫'이 표준어인 걸까?

- **오랜만 : '오래간만(어떤 일이 있은 때로부터 긴 시간이 지난 뒤)'의 준말**
- **오랫만 : 오랜만의 잘못**

- **오랫동안 : 시간상으로 썩 긴 동안**
- **오랜동안 : 오랫동안의 잘못**

'오랜만'과 '오랫동안'은 둘 사이에 뭔가 법칙이 있을 것 같지만, 서로 전혀 다른 말이다. 따라서 둘을 따로 외우는 게 좋다.

흔히 '오랜만'은 '오래'와 '만'이 결합한 단어고, 그래서 '오랫만'이 된다고 생각하지만 그렇지 않다. '오랜만'은 '오래간만'의 준말로 하나의 단어다. '오랜만에 만나니 정말 반갑다' '오랜만에 모교를 방문하니 좋구나'처럼 활용한다.

'오랫동안'은 하나의 단어인 '오랜만'과 달리 '오래'와 '동안'이 결합해 만들어지면서 사이에 'ㅅ'이 들어가는 사잇소리 현상이 나타난 합성어다. '오랫동안 망설인 끝에 결심했어' '오랫동안 너를 지켜봐왔어' 등으로 쓴다.

'오랜만'이 '오랫만'과 헷갈린다면 원래 단어인 '오래간만'을 떠올려보는 게 도움이 된다. 보통 '오랜만'을 '오랫만'과 헷갈리는 것과 달리 '오래간만'은 '오랫간만'이라고는 쓰지 않기 때문이다.

기억하자. '오랜만'은 '오래간만'의 준말임을. '오랫동안'은 발음으로 외우자. 소리 내 읽어보면 잘 알 수 있다. '오랜동안'이 아니라 '오래똥안'으로 읽는다.

▶ 정답과 풀이

....

1. (X) '오래간만'의 줄임말은 '오랜만'으로 표현해야 한다.

2. (X) '시간상으로 썩 긴 동안'을 뜻하는 말은 '오랫동안'으로 써야 한다.

3. (O) 어떤 일이 생긴 후 긴 시간이 흐른 후를 뜻하는 '오랜만'을 제대로 쓴 문장이다.

4. (O) 긴 시간 동안을 표현할 때는 '오랫동안'을 쓴다.

13

돋우다 / 돋구다

풀어볼래요? OX 퀴즈

1. 봄이 되니 입맛을 돋구는 나물요리가 먹고 싶어.   (   )

2. 빠른 음악이 신명을 돋구는구나.   (   )

3. 부모님께 거짓말을 한 것이 화를 돋우고 말았다.   (   )

4. 이 식당은 식전요리가 입맛을 돋우는 역할을 한다.   (   )

"와, 어떻게 이 블로거가 합격인데 내가 떨어진 거야?"

지희는 유명 매거진 'J'의 블로거 작가 합격자 명단을 보며 울분을 토했다. 각 분야에서 블로거 작가를 모집한다는 글을 보고 지원한 것이 한 달 전이다. 잡지사에서도 지희의 '맛집 블로그'에 대해 큰 관심을 보이며 이것저것 문의를 해오기도 했기 때문에 지희는 자신이 블로거 작가로 발탁될 것을 믿고 있었다. 그러나 합격자 명단에 지희의 이름은 빠져 있었다. 대신 맛집 분야 합격자는 지희도 잘 아는 경쟁 블로거였다.

"내가 구독자도, 조회 수도 훨씬 높고, 글도 더 잘 쓰는데 어떻게 이런 결과가 나왔지?"

지희는 받아들일 수 없다는 듯 고개를 내저었다. 아무리 봐도 이상했다. 경쟁 블로거라고 했지만 이번에 합격한 블로거는 지희보다 훨씬 뒤늦게 맛집 블로그를 시작해 구독자 수도 훨씬 적었다. 다루는 맛집 역시 지희가 이미 다 다녀온 곳을 뒷북으로 소개하기 일쑤였다. 결국 지희는 잡지사 담당자에게 연락해 이유를 따져 묻기로 했다. 다행히 이전에 맛집 블로거로 지희를 소개했던 J매거진 기자의 연락처가 있었다.

기자님, 안녕하세요. 저 블로거 '먹는꿈'입니다.

아, 안녕하세요. 오랜만입니다~ 잘 지내시죠?

네. 별일 없으시죠? 다른 게 아니라 좀 여쭤보고 싶은 게 있어서요.

말씀하세요~

이번에 J매거진에서 블로거 작가를 뽑아서 응모했는데 제가 떨어졌거든요. 내부 기준이 있기는 했겠지만, 제가 떨어지고 붙은 블로거를 보니 이해할 수가 없어서요. 구독자 수도 제가 더 많고, 콘텐츠 질도 제가 훨씬 높다고 자부합니다. 제가 왜 떨어졌는지 좀 여쭤봐도 될까요?

그러셨구나. 블로거 작가 건은 잘 모르는 일이긴 한데, 제가 여쭤보고 말씀드릴게요.

J매거진은 대체 어떤 핑계를 댈까? 지희는 기자가 연락을 주지 않으면 J매거진에 직접 찾아가기라도 할 생각이었다. 블로그 활동을 열심히 하고 있기는 하지만, 작가는 지희의 오랜 꿈이었다. 블로거 작가를 시작으로 프리랜서로 여기저기 글을 기고하는 꿈까지 꾸지 않았나.

지희 씨, 관련해서 좀 물어봤는데요. 저희 쪽에서도 작가님 구독자 수나 콘텐츠에 대해 잘 알고 있고 아쉬워하고 있더라고요.

아쉬워한다고요? 그런데 왜 그 블로거가 됐을까요?

다른 게 아니라 저희 편집장이 맞춤법에 좀 예민해요. 그래서 작가님을 반대한 모양이에요.

맞춤법이요? 제가요? 이해가 안 되네요. 맞춤법은 항상 검색도 하고 그러는데.

그게… 지희 씨 블로거를 보면 제목에 '입맛 돋구는'이라는 말이 많거든요. 아무래도 맛집 표현의 기본이 '입맛 돋우는'이다 보니까요.

  지희는 머리를 세게 맞은 것처럼 정신이 멍해지는 걸 느꼈다. '입맛을 돋구다'는 표현은 지희가 즐겨 쓰는 표현이다. 한 번도 잘못 쓰고 있다고 의심해본 적이 없었다. 그래서 굳이 맞춤법 검사나 사전을 찾아본 적도 없었다. 순간 지희는 경쟁 블로그에 접속해 제목을 살피기 시작했다. 모두 '입맛을 돋우는'이라고 적혀 있었다.

'돋구다'를 머릿속에서 지우는 게 좋다

입맛을 '돋우는' 수많은 음식이 결국 맛집 블로거인 지희의 발목을 잡고 말았다. 지희처럼 '돋구다'라는 단어 자체에 의심조차 하지 않는 사람들이 참 많다. 대부분 발음도 '입맛을 돋구는'이라고 발음하기 때문이다. 그러나 '돋구다'는 우리가 흔히 생각하는 뜻이 아니다.

- **돋우다 : 돋다(감정이나 기색 따위가 생겨나다)의 사동사 / 돋다(입맛이 당기다)의 사동사**
- **돋구다 : 안경의 도수 따위를 더 높게 하다**

돋우다는 '위로 끌어올려 도드라지거나 높아지게 하다'와 '밑을 괴거나 쌓아 올려 도드라지거나 높아지게 하다'는 뜻을 지닌 단어다. 그러나 우리는 '돋우다'를 동사 '돋다'의 사동사로 더 자주 쓴다. '입맛이 당기다'의 뜻을 지닌 '돋다'의 사동사 말이다.

우리가 흔히 사용하는 '입맛을 돋우다' '화를 돋우다' 등은 모두 '돋우다'로 써야 맞다. '음악이 흥을 돋우네'라든가 '엄마 화를 돋우지 말고 빨리 학교가' 등으로 활용할 수 있다.

흔히 잘못 사용하는 '돋구다'는 아예 없는 말은 아니다. 안경의 도수 따위를 높일 때 쓴다. 그러나 실생활에서 '안경의 도수를 돋구다'라고 표현하는 사람은 거의 없다. 따라서 '돋우다'와 '돋구다'를 헷갈려 써왔다면, 지금부터는 '돋구다'를 머릿속에서 지워버리는 게 좋다. 안경점이 아니라면 '돋구다'를 쓸 일은 없다고 외우자.

'돋우다'를 익히는 김에 비슷한 말도 하나 더 알고 가자. '기운이나 정신 따위를 더욱 높여준다'는 뜻의 '북돋우다'도 '북돋구다'가 아니다. '성과급이 사기를 북돋구고 있다'는 '성과급이 사기를 북돋우고 있다'로 써야 맞다.

▶ 정답과 풀이

....

1. (X) '입맛이 당기다'의 사동사를 '돋구다'로 잘못 썼다. 돋구다는 안경의 도수를 높일 때만 쓴다.

2. (X) '감정이나 기색이 생겨나다'는 뜻의 단어는 '돋우다'로 써야 한다. '신명을 돋우는구나'가 맞다.

3. (O) 화나 호기심 등이 생겨나는 의미는 '돋우다'를 쓰면 된다.

4. (O) 입맛이 당긴다는 표현은 항상 '돋우다'만이 맞는 표현이다.

14

통째
/
통채

풀어볼래요? OX 퀴즈
....

1. 그 큰 고기를 통째로 입속에 넣겠다는 거니?   ( )

2. 저 넓은 땅이 통채로 우리 가문 소유다.   ( )

3. 너무 배가 고파서 사과를 씻지도 않고 껍질채 먹었다.   ( )

4. 이 식당의 별미는 통째로 구워서 나오는 닭요리다.   ( )

"언니, 희진이 진짜 얄미워 죽겠어."

"네 친구 희진이? 원래 잘난 척하고 그런다며."

"최근에 돈 많은 남친 만나서 그 잘난 척이 하늘을 찔러."

"그것도 능력이지. 뭘 그런 걸 부러워하고 그래?"

언니 재이의 말에 송이는 손을 내저었다. 함께 사는 자매의 저
녁 맥주 타임. 송이는 언니에게 하소연을 늘어놓기 시작했다.

"아니, 지 남자친구가 근사한 레스토랑을 빌려서 감동 받았다고
SNS에 올렸는데, 좋다 이거야. 그런데 거기다가 굳이 내 얘기를
써놓은 거야."

"뭐? 네 얘기를 썼다고? 자기 자랑하는데 네 얘기를 쓸 게 뭐가
있어?"

"이것 좀 봐봐."

송이는 재이에게 자신의 친구 희진의 SNS를 띄운 휴대폰을 내
밀었다. 딱 봐도 고급스러워 보이는 레스토랑과 고급스러운 사진
아래 희진의 글이 달렸다.

오빠와 100일. 오빠가 레스토랑을 통채로 빌려서 기념일 축하를 해줬다. 선물은 그렇게나 리스트를 보내달라고 난리더니 내가 몇 개 적어 보낸 리스트에 적힌 걸 통채로 다 사왔다. 정말 감동적인 날! 오빠는 진짜 최고다. 친구는 1주년에도 껍데기를 먹었다고 하던데 그 친구가 생각나 괜히 미안해진 날.

희진의 SNS를 본 재이가 '하하하' 웃음을 터뜨렸다.

"엄청 오글거린다, 야. 그런데 이 껍데기가 너야?"

"어, 얼마 전에 1주년에 뭐했느냐고 단톡방에 물어봐서 껍데기 먹고 둘이 술 취해서 웃었다고 얘기했는데 그걸 이렇게 지 SNS에다가 딱 써놓은 거야. 얄밉게."

"그래서 가만있었어? 뭐, 지 자랑이야 상관없다만 남의 얘기, 그것도 친구 얘기를 비교해서 쓰는 건 한마디 해야지."

"안 그래도 따졌어."

"그랬더니 뭐래?"

"저만 좋은 거 먹고 행복하니까 내가 생각나서 왠지 미안하고 그래서 적은 건데 뭐가 문제냐고. 다른 애들도 다 희진이 너무하다고 하는데 아주 혼자 당당해. 자기 SNS인데 뭐 어떠냐고."

"치사하네. 그럼 너도 치사하게 해."

"어떻게?"

"SNS에서 세상 창피한 거 있잖아. 맞춤법 지적! 여기 '통째'를

'통채'라고 2번이나 잘못 써놨잖아."

"어, 그런 거야? 나도 몰랐네. 생각도 못했어."

"희진이한테 '내가 생각나서 미안했다니 친구를 위하는 마음 너무 고맙다'라고 적고, '나도 고마운 마음에 네가 잘못 써서 혹시나 창피당할까봐 알려준다'고 하고 답글 달아봐."

"오! 내가 진짜 오늘 맥주 좀 마시고 그렇게 답글 달 거야. 안 당한다!"

"대신, 그러고 나면 너도 앞으로 SNS에 글 올릴 때 맞춤법 검사 엄청 해야 할 걸. 아니면 절교하거나 전쟁 나거나."

'통채'는 사전에 존재하지 않는 말

레스토랑을 빌려 기념일을 축하한 희진의 아름답고 행복한 하루의 가장 큰 오점은 '맞춤법'이다. 친구의 사정을 끌어와 자신의 행복을 돋보이게 하려 했다면, 자신의 글에도 오점은 없었어야 했다. '통채'로 빌린 레스토랑은 결국 맞춤법 지적의 빌미가 되고 말았다.

- 통째 : 나누지 아니한 덩어리 전부
- 통채 : 통째의 잘못

나누지 않은 전체를 뜻하고자 쓰는 '통채'는 아예 사전에 존재하지 않는 말이다. '통째'가 맞다. '통째'와 '통채'를 헷갈리는 이유는 접사 '째'와 의존명사 '채' 때문이다.

많은 사람이 '통채' 말고도 비슷한 뜻으로 '껍질채, 뿌리채' 등의 말들을 쓴다. 그러나 이 단어들 역시 '껍질째, 뿌리째'라고 써야 한다. '그대로' 또는 '전부'를 뜻하는 접미사 '-째'가 붙어야 하기 때문이다.

그런데 잘못됐다는 '통채, 껍질채, 뿌리채'도 그리 어색하지가 않다. 이는 의존명사 '채'에도 '이미 있는 상태 그대로 있다'는 뜻이 담겨 있기 때문이다.

생긴 것과 의미도 비슷한 '째'와 '채'를 헷갈리지 않으려면 '째'는 물건을 얘기할 때 쓰고, '채'는 움직임, 행위 등과 연관이 있다고 기억하는 게 좋다. 예를 들어 '음식을 그릇째 먹더라고'를 보면 그릇이라는 물건, 있는 그대로 뜻한다. '사과는 껍질째 먹어도 돼' 역시 사과라는 물건을 지칭하고 있다. 그러나 '채'의 활용을 보면 '옷을 입은 채 물에 들어갔다'와 '부끄러워 고개를 숙인 채 대답했다'처럼 물에 들어가거나 고개를 숙이는 행동이나 행위를 그대로 유지한다는 뜻을 지닌다.

'째'와 '채'를 명확하게 구분해 쓰기 어렵다면 우선 '째'를 외워두자. '전부'를 뜻하는 것은 모두 '째'라고 기억하면 된다.

먼저 '째'를 외운 후 '채'는 발음으로 구분하자. '통째'와 '통채',

'껍질째'와 '껍질채' 등은 발음이 비슷해 헷갈리지만 '말이 채 끝나기 전에'에서 '채'는 대부분 명확하게 '채'로 발음하고 '째'로 발음하지는 않기 때문이다.

▶ 정답과 풀이

1. (O) '나누지 않은 덩어리'를 표현하는 단어는 '통째'가 맞다. 흔히 '통째로'라는 표현으로 쓴다.
2. (X) '통채'는 '통째'의 잘못이다.
3. (X) '껍질채'는 잘못된 표현이다. 전부를 뜻할 때는 '째'를 붙여 '껍질째'라고 표현해야 한다.
4. (O) 한 덩어리를 표현할 때 '통째로'를 제대로 쓴 문장이다.

15

거꾸로
/
꺼꾸로

풀어볼래요? OX 퀴즈

1. 얼마나 급하게 나왔으면 옷을 꺼꾸로 입었어?   ( )

2. 일의 순서를 그렇게 거꾸로 하니 모두 헷갈리잖아.   ( )

3. 거실 시계가 빨라서 바늘을 꺼꾸로 좀 돌렸어요.   ( )

4. 그 영화를 보고 나왔더니 피가 거꾸로 솟는 기분이야.   ( )

"야, 별것도 아닌 걸로 왜 그렇게 예민하게 굴어?"

"뭐? 별것? 이게 별 게 아니야? 과 행사를 알리는 포스터가 별 게 아냐?"

가연과 승환의 목소리는 점점 더 높아져갔다. 그동안 열심히 만든 광고를 전시하고 상영하는 행사를 홍보하는 포스터 제작 문제를 두고 벌어진 싸움이었다. 과 동기들이 날카로운 두 사람의 언쟁을 말리지도 못하고 지켜보는 사이, 행사를 총괄하기로 한 선배 종현이 강의실로 들어섰다.

"행사가 코앞인데 왜들 싸우고 있어?"

종현의 말에 가연과 승환은 동시에 입을 다물었다. 그러나 화를 참지 못하고 서로 잡아먹을 듯 노려보고 있었다.

"무슨 일인데? 평소에 허허실실 웃던 놈들이 왜 그러는데?"

종현의 물음에 승환이 먼저 입을 열었다.

"맞춤법이요. 포스터가 나왔는데 맞춤법이 틀렸거든요. 다시 찍을 시간도 시간이고, 돈도 돈이고. 그런데 여기서 잘잘못을 따지고 있잖아요."

"당연히 따져야지! 그럼 행사 포스터에 맞춤법 틀린 그대로 내

288

보낼 거야?"

"이 정도는 괜찮다니까. 의미가 안 통하는 것도 아니고 뭐가 문제야. 실수할 수도 있지."

"네가 맞춤법을 잘못 써서 넘겼으면 책임을 져야지. 선배, 이것 보세요. 반성하는 태도도 없고, 책임지려는 생각도 없어요. 그런데 어떻게 화를 안 내요?"

종현은 다시 논쟁을 시작한 두 사람 곁으로 다가가 손을 들어 두 사람을 떼어놓고는 옆에 놓인 포스터를 집어들었다.

"맞춤법? 틀릴 수도 있지. 나도 맞춤법을 틀려서 많이 혼나고 그랬어."

종현의 말에 승환은 아군을 얻었다는 듯 기세등등한 눈빛으로 가연을 바라봤다.

"선배가요? 언제요?"

기가 막힌다는 듯 가연이 대꾸했다.

"언제? 초등학교 2학년 때 엄마한테 엄청 혼났지."

이어지는 종현의 대답에 승환과 가연의 표정이 뒤바뀌었다. 당황했던 가연은 '그것 보라'는 표정으로 승환을 바라봤고, 승환은 자신의 편인 줄 알았던 종현의 예상치 못한 반응에 그를 빤히 쳐다보고 있었다.

"뭐가 틀렸나 보자. 세상을 비틀어 보고 꺼꾸로 보는 우리 학과의? '거꾸로'를 '꺼꾸로'로 썼네?"

종현이 단번에 승환의 틀린 맞춤법을 지적하자 승환은 그 시선을 피해 고개를 숙였다.

"아, 정정할게. 이 단어는 좀 다르지. 이건 말야, 초등학교 2학년 때 혼난 게 아니라 초등학교 1학년 때 혼난 단어야. 너, 지금 이 단어를 틀려놓고 의미만 맞으면 그냥 가자는 얘기가 나와? 네가 초등학교 1학년이야? 이제 그렇게 대접해줘?"

잘못된 '꺼꾸로' 세력이 더 커지고 있다

모 보일러 회사가 그렇게나 열심히 '거꾸로 타는 보일러'라고 돈을 들여 홍보했음에도 안타깝게 '꺼꾸로' 세력은 점점 더 커지고 있다. 종현의 말대로 초등학교 저학년 맞춤법에 자주 등장하는 단어인데, 신문 기사에서 틀리는 경우도 꽤 된다.

- **거꾸로 : 차례나 방향, 또는 형편 따위가 반대로 되게**
- **꺼꾸로 : 거꾸로의 잘못**

'거꾸로'의 발음을 '꺼꾸로'로 하는 사람들이 많아 생겨난 오류라고 추정되지만, '거꾸로'의 발음도 '꺼꾸로'로 해서는 안 된다. 발음도 단어 그대로 '거꾸로'가 맞다. '꺼꾸로'라고 하면 된소리 때문에 청각적인 효과를 높여서 전달하고자 하는 바를 더 명확하게 전달하는 것처럼 보일 수 있다. 이 때문에 울분하거나 분노하는 글에 유달리 '피가 꺼꾸로 솟는다'라는 글귀가 포함되는 경우가 많다. 그러나 피가 거꾸로 솟을 만큼 분노한 상황도 맞춤법이 틀리면 진심이 전달되지 않을 가능성이 크다. 맞춤법이 틀린 말은 그 힘을 잃기 때문이다.

 '꺼꾸로'를 잊고 '거꾸로'만 머릿속에 남겨두는 게 가장 좋지만, 그래도 '거꾸로'와 '꺼꾸로'가 헷갈린다면 모 보일러 회사의 광고를 머릿속에 떠올려보자. 광고 영상을 찾아 여러 번 들어보면 '거꾸로'로 발음하는 것을 머릿속에 남길 수 있을 것이다. 혹은 유명 배우 브래드 피트가 열연했던 나이가 들수록 젊어진다는 내용의 영화 〈벤자민 버튼의 시간은 거꾸로 간다〉라도 감상하자. 영화 제목으로 기억하면 좀더 쉽게, 더 오래 기억할 수 있지 않겠는가.

▶ 정답과 풀이

1. (X) '반대'를 뜻하는 단어는 '거꾸로'가 맞다.
2. (O) '차례나 방향이 반대로 된다'는 뜻의 '거꾸로'를 제대로 표현했다.
3. (X) '꺼꾸로'는 없는 단어다. '거꾸로'로 써야 한다.
4. (O) '피가 거꾸로 솟다'는 표현을 쓸 때는 항상 '거꾸로' 쓰는 것이 맞다.

16

되레
되려
&
외려
외레

1. 나는 도와주려고 한 건데 네가 되려 화를 내니 속상하다. ( )

2. 친구가 약속에 늦어놓고 외려 큰소리를 쳐서 놀랐다. ( )

3. 부모님 일을 도와드리려다가 되레 폐만 끼쳤다. ( )

4. TV 화면이 크면 외레 눈이 더 피곤하다고 하던데? ( )

"안녕하세요. 서울에 살고 있는 20대 여성입니다. 어제 남자친구와 크게 싸웠어요. 남자친구가 저더러 진지하지 못하다고 화를 내더군요.

금요일에 남자친구와 만나기로 했는데 회사를 그만두는 분이 생겨 갑작스럽게 송별회가 잡혔어요. 그분이 제 사수분이고, 빠지기 어려운 자리라 약속을 취소하려고 했더니 남친도 회사에 일이 남아서 사람들이랑 저녁을 먹는다고 하더라고요. 그러고는 남자친구가 저보다 좀더 일찍 자리가 끝났어요. 저도 곧 끝날 상황이라 조금만 기다려달라고 했고, 알았다고 하더라고요. 그 후 30분 정도 후에 제 송별회 1차가 끝났을 거예요.

그럼 대부분 커피숍이나 서점 같은 곳에서 기다리지 않나요? 그새 친구들한테 연락해서는 만나서 게임을 하고 있더라고요. 한 게임만 하고 나온다는데 한 게임이 몇 시간이 걸릴지 어떻게 알겠어요? 내 약속이 먼저였는데 그거 조금 기다리기 싫어서 친구들을 만나다니 화가 나더라고요. 그래서 이기적이라고 뭐라고 하고, 결국 싸웠네요.

통화하기 싫어서 메시지로 얘기하는데… 제가 잘못하면 싸울 때마다 맞춤법을 지적하면서 말을 돌린다네요. 잘못한 걸 피하려 말을 돌린 게 아니라 답답해서 지적하는 건데. 싸우지 않을 때도 맞춤법은 그때그때 지적하거든요. 그게 습관이 됐어요. 그런데 맞춤법 지적하는 저의 습관을 알면서도 말을 돌리는 거라고 화를 내는 건 적반하장 아닌가요? 이거, 제가 사과해야 하는 건가요?"

> 솔직히 오빠가 잘못한 거잖아. 커피숍에서 30분만 기다렸으면 될 일을.

너야말로 한 게임 하는 동안 커피숍에서 기다리면 되는 거 아냐?

> 그럼 만나는 시간이 더 늦어지잖아. 애초에 기다린다고 한 건 오빠고.

그래놓고 되려 나한테 이기적이라니.

> 30분도 기다리는 게 싫어서 다른 곳에 갔으니까 그렇지. 그리고 되려 아니고 되레야.

이 와중에도 참… 진지한 얘기할 때는 지적 좀 안 하면 안 되니?

> 진지한 거랑 무슨 상관이야.

항상 이런 식이야 잘못해놓고 할 말 없으면 외레 큰소리치고, 말 돌리고.

> 내가 무슨 잘못을 했어? 오빠가 이기적으로 구니까 그렇지. 그리고 외레 아니라 외려야.

와 진짜. 네가 아까 되레라며! 이제 하다 하다.

그러게 똑바로 쓰면 좋잖아. 되레랑 외려는 다르단 말이야. 오빠야말로 왜 매번 답답하게 집중을 못 하게 만들어?

아휴, 말자, 말아.

'되레'는 '도리어', '외려'는 '오히려'의 준말

두 연인은 서로 싸울 게 아니라 '되레'와 '외려'에 항의를 해야 하는 게 아닌가 싶다. 아무리 봐도 잘못을 저지른 건 '되레'와 '외려'이기 때문이다. 비슷한 뜻을 가진 두 낱말이 생긴 것도 헷갈리기 딱 좋은 구조를 하고 있으니 이런 사달이 나는 것이 아닌가.

- 되레 : 예상이나 기대 또는 일반적인 생각과는 반대되거나 다르게를 뜻하는 '도리어'의 준말
- 되려 : '도리어'의 방언

- 외려 : 일반적인 기준이나 예상, 짐작, 기대와는 전혀 반대가 되거나 다르게를 뜻하는 '오히려'의 준말
- 외레 : '오히려'의 방언

'되레'와 '외려'는 우리가 아주 잘 알고 있는 단어에서 온 줄임말이다. '되레'는 '도리어'의 준말, '외려'는 '오히려'의 준말이다. 두 단어 모두 '생각이나 예상과 반대로'의 의미를 지닌다. '도리어'와 '오히려'를 쓰면 틀릴 일도 없지만, '되레'와 '외려'는 실생활에서 꽤 자주 쓰게 되고 그만큼 틀릴 가능성도 크다.

　다행히 '외려'는 '오히려'와 닮아 있어 줄어든 말이 크게 헷갈리지 않는다. 실제로 '외려'를 '외레'로 잘못 쓰는 경우는 그리 많지 않다. '오히려'가 '외려'로 줄어든 과정이나 발음 등이 어색하지 않기 때문이다.

　그러나 문제는 '되레'다. '도리어'가 줄었으니 '도려'나 '되려'가 돼야 할 것 같은데 뜬금없이 '되레'가 튀어나오니 말이다. 어떻게 줄어든 건지 법칙이라도 알면 좋으련만 '도리어'가 '되레'로 줄어든 이유는 국립국어원도 정확하게 알지 못한다. 역사적인 언어 변화 과정에 따라 '도리어'는 '되레'로 자리를 잡았다고 한다. 그리고 '되레'가 일반적으로 많이 쓰여 '되레'를 표준어로 삼았다는 설명이다.

　이 때문에 '외려'보다는 '되레'를 '되려'로 잘못 쓰는 경우가 많다. '되레'를 제대로 쓰려면 발음을 기억하는 것이 방법이다. '되레'는 글자 그대로 '되레'나 '뒈레'라고 발음해야 한다. 따라서 '도와주려 했는데 되레 폐만 끼쳤어' 등으로 문장 하나를 외워 발음해보자.

또 다른 방법은 줄임말을 기억하기 쉽고 덜 헷갈리는 '외려'를 우선 외우고, '되레'는 '외려'와 다르다는 점을 기억하는 것이 쉽다. '오히려'에서 '오히'가 줄어 탄생한 '외려'. '외려'와 달리 '레'를 써야 하는 '되레'.

▶ 정답과 풀이

....

1. (X) '도리어'의 준말은 '되레'가 맞다. '되려'는 없는 말이다.

2. (O) '오히려'의 준말은 '외려'라고 표현한다.

3. (O) '예상이나 기대와 달리'를 뜻하는 '도리어'의 줄임말을 쓸 때는 '되레'라고 쓰면 된다.

4. (X) '일반적인 기준이나 짐작 등과 반대가 되거나 다르다'는 뜻의 '오히려'는 '외려'로 줄여 쓴다.

17

내로라
/
내노라

풀어볼래요? OX 퀴즈
....

1. 이번 콘서트에는 내노라하는 가수들이 다 모인다며?　(　)

2. 내로라하는 석학들이 모이는 포럼 입장권을 구했어.　(　)

3. 병이 깊어 내노라하는 의사들도 고개를 저었다네요.　(　)

4. 제가 내로라하는 식당들을 다 다녔지만, 여기가 최고네요.　(　)

"여러분, 이제 취준생 시절이 끝났다고 해서 무조건 좋은 건 아닐 겁니다."

'싱긋' 웃는 인사팀장의 표정을 보며 준석은 마른침을 삼켰다. 힘든 취업 준비생 시절을 거쳐 몇 번의 탈락의 고배 끝에 마신 합격의 단물이었지만, 회사에 와보니 이제 시작이라는 생각이 들었다. 입사 동기는 총 30명이고 대기업은 아니지만 꽤 이름 있는 곳으로, 신입사원들은 2주간 교육 후 각 부서에 배치된다고 했다. 입사지원서를 낼 때 분야를 골라내긴 했지만, 교육기간 동안 부서가 바뀌는 경우도 꽤 많다고 했다.

"우선 첫날이니까 간단한 것부터 해볼게요. 자기소개서를 작성해서 회사 게시판에 올려주세요. 여러분의 선배들이 '아, 이 친구!'라고 기억에 남을 수 있도록 말이죠. 너무 길어서도, 너무 짧아서도 안 됩니다. 임팩트 있는 소개 기대합니다."

준석은 긴장하며 손을 키보드에 댔다. 재치있고 임팩트 있는 자기소개서를 쓰는 것만큼 어려운 일이 있을까. 그러나 어쨌든 첫 과제인 만큼 주어진 시간 안에 자기소개서를 최대한 잘 써서 올려야만 했다. 준석은 회사에 중년의 남자 사원들이 많고 남자들이 대부분 스포츠를 좋아한다는 점에 착안해 야구 얘기로 자기소개를 풀어나가기 시작했다.

전 보살입니다. 친구들도 모두 윤보살이라고 부릅니다. 이쯤 되면 눈치채셨을지도 모르는데 네, 저는 야구팀 한화이글스의 팬입니다. 11년 동안 마음고생이 심했습니다. 내노라하는 명장들이 와도 안 되는 팀, 일단 지는 팀, 그런 팀을 도망가지 않고 응원하기는 쉽지 않았거든요.

자기소개서 첫 부분을 쓴 준석은 자신감에 차올랐다. 30명이나 되는 신입사원들의 자기소개를 모두 꼼꼼하게 읽기는 쉽지 않을 터. 도입부가 독특하면 눈길을 끌 것이 분명했다. 그렇게 준석은 거침없이 자기소개서를 써내려가기 시작했다.

저는 항상 내노라하는 유명 선수들보다 신인 선수들을 더 집중해서 봐왔습니다. 그들은 아직 미숙하지만, 팀의 활기가 되고 윤활유가 되기 때문입니다. 저도 그런 존재가 되고 싶습니다.

자기소개서를 마무리한 준석은 시계를 보고는 재빨리 전송 버튼을 눌렀다. 마감 시간이 코앞이었다. 자신의 자기소개서에 흡족한 마음으로 오전 교육을 끝낸 준석은 점심을 먹으러 가던 도중 인사팀장과 마주쳤다.

"오, 윤준석 씨. 나도 한화 팬이야. 우리 회사에 야구 동호회도 있는데, 가입할래요?"

"넵, 네. 전 좋습니다."

준석은 무서운 인사팀장의 다정한 말투에 역시 잘 쓴 자기소개서 덕분이라며 속으로 쾌재를 불렀다.

"그런데, 윤준석 씨는 기획팀 지원하지 않았어요?"

"네, 맞습니다."

"그럼 문제가 좀 있는데…."

"네?"

"아니, 기획팀장이 맞춤법에 엄청 예민하거든. 거기 팀원들 매일 죽어나 아주. 그런데 윤준석 씨 자기소개서에 내노라, 내노라 해놨던데?"

준석의 얼굴이 하얗게 변해가기 시작했다. 눈치를 보니 맞춤법이 틀렸다는 건데, 대체 '내노라'가 어디가 어떻게 틀린 건지 알 수가 없었다. '내놓라'였던 걸까.

'내로라하다'라고 발음하는 습관을 들이자

준석처럼 많은 사람이 '내노라하다가 잘못된 표현입니다'라고 하면 혼란에 빠진다. '내노라하다'가 표준어가 아니라면 대체 뭐가 맞는 표현인지를 머릿속에 떠올리기 쉽지 않기 때문이다.

- **내로라하다 : 어떤 분야를 대표할 만하다**
- **내노라하다 : 내노라하다의 잘못**

'내로라하다'는 어떤 분야를 대표한다는 뜻의 동사다. 어째서 '내노라하다'의 형태가 됐는지는 정확하지 않다. 사전을 보면 어원이 '나+이+오+다+하'라고 하는데, 일부 사전에서는 이를 분석하는 것이 큰 의미가 없다고 정의한다.

그렇다면 왜 '내로라하다'가 '내노라하다'로 잘못 쓰이게 됐을까? 이는 '내로라하다'가 '내놓을 만하다'에서 왔다고 생각하는 경우가 많기 때문이다.

사실 '내놓을 만하다'를 대입해도 뜻이 그럴싸한 탓이 크다. '결혼식에 내로라하는 연예인들이 모두 참석했다'를 보자. '결혼식에 내놓을 만한 연예인이 모두 참석했다'라고 해도 크게 어색하지 않다. 그러나 두 문장의 뜻은 전혀 다르다. '내로라하다'는 그야말로 그 분야를 대표하는 걸 뜻하지만, '내놓을 만하다'는 '꺼내놓기 나

쓰지 않다'는 의미이기 때문이다.

'내로라하다'를 몰랐다면, 마치 처음 단어를 배우는 것처럼 단어와 단어의 뜻을 외울 필요가 있다. 특히 발음을 있는 그대로 '내로라하다'라고 하는 습관을 들이자. 그리고 머릿속에서는 '내노라하다'라든가 '내놓을 만하다' 등의 단어는 아예 지워버리자.

▶ 정답과 풀이

1. (X) '내노라'는 '내로라'의 잘못으로 없는 표현이다.
2. (O) '어떤 분야를 대표할 만하다'를 표현할 때는 '내로라'를 쓴다.
3. (X) 분야를 대표하는 의사들을 표현하고 싶다면 '내로라하는 의사'라고 써야 한다.
4. (O) 대표적인 식당을 뜻하는 '내로라'를 제대로 쓴 문장이다.

18

바뀌어
/
바껴
&
사귀어
/
사겨

풀어볼래요? OX 퀴즈

1. 10년 만에 초등학교를 갔더니 근처 상가가 모두 바껴 있다. ( )

2. 오빠와 나의 가장 친한 친구가 그동안 사겨왔다니 놀랍다. ( )

3. 세탁소에 보낸 코트가 새 옷으로 바뀌었다.   ( )

4. 몰랐어? 우리 일주일 전부터 사귀어.   ( )

은아는 울리는 전화를 받지 않았다. 예전 남자친구이자 대학 동기였던 주형이가 전화를 했기 때문이다.

주형이가 왜 전화를 했는지는 굳이 듣지 않아도 알 것 같았다. 은아가 주형과 헤어진 후 벌써 3년이 흘렀지만, 은아가 새로운 남자친구와 헤어질 때면 어떻게 알았는지 꼭 주형에게 연락이 왔다. 자신은 이전과 많이 달라졌다며, 은아만 한 여자친구가 없었다는 말을 반복적으로 하곤 했다.

> 은아야, 너 정말 원우 형이랑 사겨?

이번에는 은아의 이별 소식이 아니라 만남 소식에 연락을 한 모양이었다. 같은 과 선배와 우연히 다시 만나 연인 관계로 발전하다 보니 과 동기와 선후배 사이에서 이래저래 소문이 퍼질 수밖에 없었다.

응, 그러니까 특별한 일 없으면 연락하지 말자.

은아야, 우리 남자들 사이에서 원우 형 평가가
정말 별로야.

그건 내가 알아서 판단할게. 신경 안 써주면
고맙겠다.

나도 이제 연락 안 하려고 했는데. 네가 남자
보는 눈이 정말 없어서 그래….

그래, 널 만났던 거 보면 내가 남자 보는 눈이
없긴 했지.

은아야, 그러지 말고 다른 동기들한테도 좀
물어보고….

충고 고맙다. 근데 정말 연락하지 말아줄래?
그래도 동기라서 차단 안 하고 있었던 건데
자꾸 이러면 차단해야겠다.

은아야, 나 정말 달라졌어.

응 그래, 좋은 사람 만나길 바랄게.

아니 정말이야, 완전 바꼈어. 내가 얼마나
바꼈는지 보면 너도 놀랄 거야.

　

주형과 메시지를 주고받던 은아가 한숨을 내쉬었다. 이제는 말
해줄 때가 됐다. 좋은 헤어짐이란 없는 거지. 그래도 같은 과 동기
라서, 동기 모임을 생각해서 참아왔지만 이제는 밝힐 때다. 은아가
쉬지 않고 메시지를 써내려가기 시작했다.

내가 웬만하면 평생 말 안 하고 넘기려고
했는데. 너 하나도 안 바뀌었어. '사겨' 아니라
'사귀어'거든. '바껴' 아니라 '바뀌어'라고. 너
자존심 상할까봐 그동안 말 못했는데, 내가 본
사람 중에 네가 맞춤법 틀리는 게 제일 심해.
같은 학교라는 게 신기할 정도다!

'바뀌다'와 '사귀다'는 줄일 수 없는 말

내 마음대로 말을 줄여버리는 '내 멋대로 축약자'들이 존재한다.
대표적인 단어가 '바뀌다'이다. 국어사전도, 국립국어원에서도 이
단어를 줄여 쓸 수 있다고 한 적이 한 번도 없었음에도 '바뀌다'는
하루에도 몇 번씩 축약된 모습으로 세상을 떠돌고 있다.

• 바뀌다 : 바꾸이다(원래 있던 것을 없애고 다른 것으로 채워 넣거나 대신
하게 하다)의 준말

'바뀌다'는 동사 '바꾸다'의 피동사인 '바꾸이다'를 줄인 말이다.
이 바뀌다를 활용할 때 '바껴' '바꼈다' '바껴도' 등으로 잘못 활용
하는 경우가 생기며 혼란이 시작된다. 심지어 최근 개봉한 영화
포스터에는 아주 두껍고 큰 글씨로 '아재와 고딩이 바꼈다'라고

써 있기도 했다. '아재'와 '고딩'까지는 인터넷 용어를 활용했다고 이해하더라도 '바꼈다'를 홍보 포스터에 쓴 것은 반성해야 할 일이다.

'바껴'의 동사형을 유추해보는 과정을 한 번 거치면 맞춤법을 올바르게 쓰는 데 도움이 된다. '바껴' '바껴도' 등의 동사형을 '바끼다'라고 생각해보는 것이다. '바껴'가 어색하지 않다며 자주 사용하는 사람들도 아마 '바끼다'라는 동사를 보면 무언가 틀렸다는 것을 느낄 수 있을 것이다. 실제로 존재하지 않는 동사인 데다 '바뀌다'는 대부분 사람이 헷갈리지 않고 사용하기 때문이다. 결국 '바끼다'가 없으니 '바껴' '바껴서' 등의 활용 자체가 성립하지 않는다고 이해할 수 있다.

무엇보다 '바뀌다'는 더는 줄어들 수 없는 단어라는 점을 기억해야 한다. 한글 법칙상 'ㅟ'와 'ㅓ'가 만나면 음성적으로는 축약할 수 있지만, 이런 소리를 표기할 방법은 존재하지 않기 때문이다. 따라서 '바뀌어' '바뀌었다' '바뀌어도' 등으로 그대로 쓰는 것이 맞는 표기다.

'바뀌다'를 기억하면서 이와 유사한 사례도 하나 더 기억해두면 좋다. 비슷하게 잘못 사용하는 경우가 많은 '사귀다'이다.

• 사귀다 : 서로 얼굴을 익히고 친하게 지내다

'사귀다' 역시 발음으로는 축약할 수 있지만, 이를 표기할 수 없어 '사귀어' '사귀었다' 등으로 그대로 써야 한다. 기억하자. '바뀌다'와 '사귀다'는 줄일 수가 없는 말이다. 그대로 쓰자.

▶ 정답과 풀이

....

1. **(X)** '바뀌다'는 '바껴'로 줄어들지 않는다. '바뀌어 있더라'라고 표현해
　 야 맞다.

2. **(X)** '사귀다' 역시 '사겨'로 줄이지 않는다. '사귀어왔다니'라고 표현해
　 야 한다.

3. **(O)** '다른 것으로 대신하게 하다'의 '바뀌다'는 이미 준말이니 더 줄이지
　 않는다.

4. **(O)** '서로 친하게 지내다'의 '사귀다'는 발음으로는 줄일 수 있지만 표
　 현할 수는 없어 '사겨'라고 쓰면 안 된다. '사귀어'라고 그대로 써야
　 맞다.

19

대가
/
댓가

풀어볼래요? OX 퀴즈

1. 주말에 일한 댓가는 휴가로 보상받기로 했다.   (   )

2. 방학 내내 숙제를 안 하고 논 대가는 혹독했다.   (   )

3. 희생에는 대가가 따르는 법이다.   (   )

4. 나를 도와준 감사의 댓가는 이미 치렀다.   (   )

신애는 요새 신바람이 났다. 전업주부인 신애는 SNS에서 꽤 유명 인사다. 처음에는 집을 꾸미는 인테리어와 패션으로 사람들의 주목을 끌었고, 최근에는 아들 지우의 영특함 덕분에 팔로어가 점점 늘어나고 있었다. 이제 다섯 살인 지우에게 한글을 가르치며 관련 내용을 SNS에 공유하기 시작했는데, 지우가 다른 아이들보다 빨리 한글을 읽고 쓰게 된 것이다.

　특히 요새는 아들이 직접 쓴 편지를 업로드하며 #아들 #5살한글 #5살편지 등의 해시태그를 다는 것이 행복이 됐을 정도다. 댓글에는 아들 지우의 영특함을 칭찬하는 글도 많았지만, 신애에 대한 칭찬도 많았다. 엄마가 잘 가르쳤기 때문에 아들이 한글을 빨리 깨우칠 수 있었다는 내용이었다. 이에 신애는 매일 아들과 한글 공부를 하며 #맞춤법공부 해시태그를 다는 재미에 빠졌다.

　무엇보다 유치원 엄마 모임 멤버들과 이야기를 나누는 게 즐거웠다. 한글을 빨리 습득한 지우를 부러워하는 엄마들이 비법을 물어보느라 신애에게 여간 잘해주는 것이 아니었기 때문이다. 그야말로 스타와 다름없었다.

지우 엄마, 바빠요?

이제 지우랑 한글 공부 막 하려던 참이었어요~

저번에 보니까 글도 다 읽고 쓰던데 뭘 또
공부해요?

요새는 맞춤법 공부해요. 아무래도 시작부터
제대로 된 맞춤법을 알면 좀더 쉽지 않을까 해서.

어유, 맞춤법은 뭐 따로 쓰는 교재 있어요?

초등학교 저학년 교재가 있긴 하던데 너무
공부하는 것 같을까봐 제가 하나둘씩 재미있게
가르치고 있어요~

대단하네~ 참, 지우 처음에 한글 공부할 때도
지우 엄마가 자음, 모음을 그려서 만든 거죠?
SNS에서 사진 봤는데.

네, 아무래도 기존 교재를 사면 애가 좀
보다가 흥미 없어 하기에 제가 만들었어요.
직접 자음이랑 모음 조합할 수 있게요. 확실히
엄마가 좀 부지런 떤 댓가가 나오는 거 같아요.

그나저나 지우는 한글 공부하는 거 싫어하지
않아요? 우리 애는 책만 꺼내면 아주 난리가
나요.

지우는 안 그러더라고요. 지우 앉혀놓고
조곤조곤 얘기 많이 해주고 있어요. 댓가 없는
성과는 없다고 ㅎㅎ 알아들으려나 모르겠네요.

저기, 지우 엄마. 다른 게 아니라… 지우 엄마가
지우 직접 맞춤법 가르치는 건 좋은데. 그러려면
지우 엄마도 맞춤법 다시 공부해야겠네요.
댓가 아니라 대가거든요. 가끔 엄마 아빠의
잘못된 맞춤법이 애한테 그대로 가는 경우가
많더라고요.

'대가'로 쓰는 것을 어색해하지 말자

실제로 그렇다. 누구나 처음부터 잘못 알고 있는 맞춤법이 있는데, 이는 부모님이나 어린 시절 경험에 따른 영향일 가능성이 크다. 부모님의 잘못 쓰는 맞춤법이 자녀에게 그대로 대물림되는 경우가 꽤 된다. 특히 '대가'의 경우 발음이 '대까'인 바람에 표기법을 '댓가'로 잘못 알고 있는 사람이 많다. 어른들이 '댓가'라고 쓰면, 발음하는 대로 쓰는 게 익숙한 아이들 머릿속에도 '대가'는 '댓가'로 자리를 잡을 수밖에 없다.

- **대가 : 일을 하고 그에 대한 값으로 받는 보수 / 노력이나 희생을 통하여 얻게 되는 결과 또는 일정한 결과를 얻기 위하여 하는 노력이나 희생**
- **댓가 : 대가의 비표준어**

'대가'는 '댓가'와 헷갈리기 쉬운 만큼 신문의 맞춤법 코너나 인터넷의 '틀리기 쉬운 맞춤법' 같은 곳에 항상 등장하는 단어다. 그러나 아직도 많은 '댓가'들이 넘쳐나고 있다. '댓가'는 사전에는 없는 말이다. 아무리 소리가 '대까'로 나더라도 '대가'로 쓰는 것을 어색해해서는 안 된다.

그런데 발음이 '대까'라면 사이시옷이 들어가야 하는 것 아니냐고 반문할 수 있다. 그러나 사이시옷은 두 음절 한자어에는 쓸 수가 없다. 그게 법칙이다. 그렇다면 '횟수'도 '회수'여야 하는 것 아니냐는 의문이 생긴다. 안타깝게도 여기에 예외가 있다. 두 음절 한자어에 사이시옷이 들어가는 글자는 '횟수, 숫자, 셋방, 곳간, 찻간, 툇간' 6개가 유일하다.

이참에 기억해두자. '횟수, 숫자, 셋방, 곳간, 찻간, 툇간'을 제외하고 사이시옷이 들어가는 두 글자 한자어는 없다고. 이 중 실생활에서 많이 쓰는 단어 '횟수, 숫자, 셋방' 정도만 기억하는 것도 방법이다.

▶ 정답과 풀이

1. (X) '일을 하고 그에 대한 값으로 받는 보수'는 '대가'라고 써야 한다.
2. (O) 어떤 일에 대한 결과를 뜻하는 '대가'를 제대로 쓴 문장이다.
3. (O) '일정한 결과를 얻기 위해 하는 노력이나 희생'을 뜻하는 단어는 '대가'로 쓴다.
4. (X) '일에 대한 보수나 값'은 '댓가'가 아닌 '대가'로 써야 한다.

20

알맞은
/
알맞는

풀어볼래요? OX 퀴즈

1. 빈칸에 알맞는 말을 넣으시오.   (   )

2. 미세먼지가 없어 산책하기에 알맞은 날씨다.   (   )

3. 학생 신분에 알맞는 옷을 챙겨 입어라.   (   )

4. 제 피부에 알맞은 로션 좀 추천해 주세요.   (   )

헬스장 트레이너로 일하는 영준에게는 소신이 있다. 그는 주로 살을 빼기 위해 헬스장에 오는 여성 회원들을 담당했는데, 살을 빼기 위해서는 무엇보다 자극이 중요했다. 운동도 운동이지만 먹는 것을 줄이지 않으면 여성 회원들이 원하는 체중 감량은 불가능했다. 그래서 영준은 회원들의 자존심을 상하게 하더라도 그들을 자극하는 방법으로 독설을 사용했고, 효과는 꽤 좋은 편이었다. 그와 운동하며 살을 뺀 여성 회원들이 늘어날수록 영준을 찾는 회원들은 늘어났다.

　이번 달에 새로 등록한 여성 회원은 총 3명으로 모두 3~6개월 후 결혼을 앞둔 예비 신부들이었다. 예비 신부의 경우 절실한 상황 덕분에 체중 감량이 어렵지 않은 편이라는 게 장점이지만, 반대로 웨딩 촬영이나 결혼식 전까지 무슨 일이 있어도 체중을 감량해야 한다는 것이 단점이었다. 기한이 정해져 있으니 기필코 그 안에 회원들이 원하는 결과를 낼 수 있어야 했다.

　이 때문에 영준은 새로 등록한 여성 회원들과 단톡방을 만드는 방법을 택했다. 모두 결혼을 앞둔 만큼 서로에게 좋은 자극이 될 것이라고 기대했다.

회원 여러분, 점심 뭐 드셨어요? 스쿼트는 몇 개나 하셨나요?

회원1 저는 식단대로 먹었고, 스쿼트는 오전에 10개밖에 못했네요.

회원2 저도 식단대로 도시락 먹었어요. 배고파요. 스쿼트는 10개씩 3세트 했어요.

현주 전 망했어요…. 오늘 중요한 미팅이 있어서 도시락을 먹을 수 없었어요.

두 분은 잘하셨고요. 현주 회원님, 그래서 점심은 뭘 드셨어요?

현주 점심 미팅이 한정식이고 너무 어려운 자리라 나오는 음식을 조금씩 먹은 거 같아요.

제가 항상 말씀드리죠? 여러분은 체중 감량이 우선적인 목표고 주어진 시간은 짧으니 가장 중요한 건 알맞는 식단이라고요. 한정식집이라면 나물 중심으로 드시고, 국이나 찌개는 건더기 없이 드셨어야 해요. 중요한 자리 아닌 사람이 어딨습니까. 그럼 현주 회원님은 스쿼트도 못 하셨나요?

현주 정말 중요한 일이라 전혀 그럴 시간이 없었어요.

현주 회원님은 안 그래도 알맞는 자세가 안 나오기 때문에 다른 두 분보다 더 많이 노력하셔야 합니다. 참 걱정이네요. 나중에 서로 드레스 입은 모습도 공유하기로 했는데, 혼자만 안 예쁜 드레스 입으실 겁니까?

영준은 늘 하던 대로 현주에게 독설을 퍼붓기로 했다. 다른 두 회원보다 헬스장에 오지 않는 날도 많고, 운동 자세도 좋지 않아 감량이 더딘 상황이었다.

> 바쁘신 편이라고 하셔서 제가 현주 회원님께는 따로 알맞는 식단과 운동법 짜드리고 알맞는 자세 알려 드렸는데. 그래도 이렇게 뒤처지시면 어쩌죠? 헬스장 다녀도 소용없더라, 살 안 빠지더라 하실 건가요?
>
> 음, 강사님. 사기를 너무 떨어뜨리시는 거 아닌가요? 안 그래도 요새 바빠서 속상한 상황인데.
>
> 어쩔 수 없습니다. 미리 말씀드렸잖아요~ 이건 제 직업이고, 직업에 따라 지적을 하는 겁니다.

한동안 현주 회원은 아무 말도 없었다. 그리고 이윽고 현주의 독설이 단톡방을 울렸다.

> 네, 그렇죠. 직업이시니. 저는 국문학 관련된 일을 하고 있어서 저도 직업병이 있는데요. 강사님! 알맞는 아니에요! 알맞은입니다. 알맞는 하실 때마다 영 신경이 쓰여서 말이죠.

현주 회원이 올린 메시지를 보며 이번에는 영준이 한동안 아무 말도 할 수 없었다.

무언가를 꾸며주는 말에 '는'은 불가

'알맞은' 식단과 '알맞은' 운동으로 살을 뺄 수 있다는 걸 누가 모르나. 알맞기가 어려워서 그렇지. 그래도 영준은 독설 덕분에 누가 쉽게 알려주지 않는 좋은 맞춤법 정보를 얻게 됐다. '알맞는'이 아니라 '알맞은'이 맞는 단어라는 사실 말이다.

- **알맞은 : 알맞다(일정한 기준, 조건, 정도 따위에 넘치거나 모자라지 아니한 데가 있다)에 어미 '은'이 붙은 형태**
- **알맞는 : 알맞은의 잘못**

문제는 이상하게도 '알맞는'이 그리 어색하지 않다는 점이다. 오히려 '알맞은'이 이상하다고 느끼는 사람들도 있을 것이다. '알맞다'에 붙은 '은'이 마치 과거를 나타내는 뜻 같아 보이기 때문이다. 이를테면 '어제 주사를 맞은 곳이 아파'처럼 말이다.

이는 '알맞다'를 동사 '맞다'와 혼동하기 때문에 생기는 오류다. '알맞다'는 무언가를 꾸며주는 형용사다. 형용사에는 '은, -ㄴ' 등만이 결합할 수 있다. '는'은 형용사에 붙을 수가 없다. '작은, 예쁜, 빠른' 등이 그 예다. '는'은 동사에만 붙일 수 있다. 예를 들어 '먹다'는 '먹는' '도망가다'는 '도망가는' 식으로 표현할 수 있다.

형용사와 동사 등 어법이 어렵고 헷갈린다면, 이렇게 이해해보자. 무언가를 꾸며주는 말에 '는'은 절대 붙일 수 없다고 말이다.

이렇게 되면 '걸맞다'도 덤으로 올바른 표현을 알게 된다. '두 편을 견주어볼 때 서로 어울릴 만큼 비슷하다'는 뜻의 '걸맞다'도 무언가를 꾸며주는 단어다. 따라서 '걸맞는'이 아니라 '걸맞은'이 맞는 표현이다. '그는 나에게 걸맞은 사람이야' '분위기에 걸맞은 옷 좀 입어'처럼 예문으로 연습해보자.

▶ 정답과 풀이

1. (X) '알맞는'은 없는 단어다. 일정한 기준에 부합한다는 뜻의 단어는 '알맞은'이 맞는 말이다.
2. (O) '알맞다'에 '은'이 붙은 형태의 '알맞은'을 제대로 쓴 문장이다.
3. (X) '넘치거나 모자라지 않다'는 뜻을 표현하고 싶을 때는 '알맞은'을 써야 한다.
4. (O) '기준이나 조건에 모자라지 않고 넘치지 않는다'는 의미의 '알맞은'을 잘 활용한 문장이다.

21

얻다 대고
/
어따 대고

풀어볼래요? OX 퀴즈

1. 너, 나이도 어리면서 어따 대고 반말이야?   (   )

2. 네가 뭔데 얻다 대고 사과하라 마라 명령이니?   (   )

3. 일본이 잘못이 없다니, 얻다 대고 하는 망언인지 모르겠다. (   )

4. 가만두지 않겠다니, 어따 대고 협박을 하는거니?   (   )

다빈은 최근 SNS에서 유명하다는 디저트를 구매했다. 빵 안에 크림이 가득 들어 있는 제품이었는데, 주문하고 최소 일주일 이상을 기다려야 받아볼 수 있다는 인기 제품이었다. 주문 후 설레는 마음으로 열흘을 기다려 드디어 배송받은 디저트. 다빈은 떨리는 마음으로 택배를 열었다가 이내 실망하고 말았다. SNS에서 보던 사진과는 제품이 전혀 다른 모습이었기 때문이다.

　흘러내릴 만큼 풍부한 크림은 어디 있는지 빵에 들어 있는 크림의 양은 빈약하기 짝이 없었다. 이 때문인지 그렇게 맛이 좋다고 극찬하던 사람들을 이해할 수 없을 정도로 맛도 평범했다. 열흘을 기다린 것이 아쉽고, 또 SNS 사진에 속았다는 생각에 다빈은 자신의 SNS에 해당 제품의 사진과 함께 리뷰를 상세하게 올렸다.

> **다빈** 유명하다는 크림빵. 주문하고 무려 10일을 기다려서 받았다. 얼려놓고 아침마다 먹어야지 했는데, 열어 보니 실망 그 자체. 빵빵해서 주체할 수 없다는 크림은 다 어디 갔는지. 반도 안 되는 거 같다. 이럴 줄 알았으면 동네 빵집에서 사 먹을걸.

해당 제품의 이름과 가게 이름을 해시태그로 등록해서일까. 다빈의 SNS에는 빠른 속도로 댓글이 달리기 시작했다. 다빈의 사진을 보고 '실망했다, 주문하지 말아야겠다'고 말하는 사람들이 대부분이었다. 그리고 한참 뒤 다빈은 해당 가게의 주인이 올린 댓글을 보고 눈을 의심하고 말았다.

> **가게주인** SNS에 이렇게 허위사실을 유포하시면 곤란합니다. 수작업으로 빵을 만들다 보니 크림 양이 가끔 다를 수 있는데, 그것만 이렇게 올려서 마치 모든 제품이 그렇다는 식으로 몰아가시다니요.

사과는 없이 마치 다빈이 허위사실을 만들어 일부러 게시물을 올렸다는 식으로 얘기하다니. 다빈도 화가 나서 댓글을 달기 시작했다.

> **다빈** 허위사실이라니요? 받은 10개의 빵 중 3개가 저런 모양인데. 지금이라도 제가 받은 모든 빵의 반을 갈라 사진을 올려볼까요?
>
> **가게주인** 저희 제품에 만족하신 고객분들이 더 많으신데. 이렇

게 악의적으로 글을 올리시면 곤란하죠. 법적인 문제로 번지기 전에 게시글 삭제해주세요.

다빈 법적인 문제요? 지금 얻다 대고 고객을 협박하시는 건가요?

가게주인 얻다 대고라니요. 어따 대고입니다. 맞춤법도 제대로 모르시는 분이 제품 리뷰라니. 다른 분들이 보고 신뢰할 수 있겠나요?

다빈 그쪽이야말로 맞춤법도 제대로 모르시는 분이 어디서 법적 문제 운운하시나요. 얻다 대고가 표준어입니다. 사전부터 찾아보시고 말씀하세요.

다빈은 최근 '그거 알아? 어따 대고가 틀린 말이래! 얻다 대고가 맞대. 와, 깜놀'이라며 메시지를 보냈던 친구 미현에게 가슴 속 깊이 감사했다.

'어따 대고'가 익숙해도 앞으론 잊자

10명 중 7명 이상은 잘못 알고 있는 말 중 하나라는 '얻다 대고'. 상대방이 적절하지 못한 말이나 행동을 했을 때 이를 지적하고자 쓰는 말인데, 실생활에서는 표준어인 '얻다 대고'보다 '어따 대고' 가 더 많이 쓰이는 게 현실이다.

- **얻다** : 어디에다가 줄어든 말
- **어따** : 무엇이 몹시 심하거나 하여 못마땅해서 빈정거릴 때 내는 소리

어색하기만 한 '얻다 대고'는 대체 어디에서 온 말일까? '얻다 대고'는 '어디에다 대고'라는 뜻이다. '어디에다'가 줄어든 말이 '얻다'이다. '어디에 대고 반말이에요?' '어디에 대고 말대꾸야?' 등을 보면 어색하지 않다. 그러니 '어디에 대고'가 '얻다 대고'로 줄어들었다고 기억하면 앞으로 '얻다 대고'를 제대로 쓸 수 있다.

그래도 '어따 대고'가 익숙하다면 '얻다'에 대해 좀더 자세히 알아보는 것도 방법이다. '어디에다'가 줄어든 '얻다'는 '얻다 대고' 말고도 활용하기 때문이다. 예를 들어 '너 돈을 얻다 감췄어?'나 '성격은 얻다 내놓아도 손색이 없다' 등의 문장들이 있다. 이렇게 '얻다'가 '어디에다'의 줄임말이라는 것을 기억하고 있으면 '어디에다 대고'가 '얻다 대고'라는 것이 그리 어색하지 않다.

간혹 인터넷 사전에서 '어따' 역시 '어디에다'라는 뜻이 있다고 적어놓은 경우가 있는데, 국립국어원 표준국어대사전에는 '어따'를 '빈정거릴 때 내는 감탄사'라고만 규정하고 있다. 따라서 아무리 '어따 대고'가 더 익숙하다고 해도 이 단어는 잊어버리는 게 맞다.

그렇다면 비슷하게 사용하는 '거기에다 대고' '저기에다 대고' 등도 '걷다 대고' '젇다 대고' 등으로 활용해 쓰면 문제가 없을까? 그렇지 않다. 아쉽게도 '거기에다'가 줄어든 '걷다'나 '저기에다'가 줄어든 '젇다' 등은 사전에 없는 말이다.

▶ **정답과 풀이**

....

1. **(X)** '어따 대고'는 없는 말이다. '어따'는 빈정거릴 때 내는 소리다.

2. **(O)** '어디에다 대고'가 줄어든 말은 '얻다 대고'라고 표현해야 맞다.

3. **(O)** '누구를 향해' 등을 표현하는 '어디에다 대고'를 '얻다 대고'로 제대로 표현한 문장이다.

4. **(X)** '어따 대고'는 '얻다 대고'의 잘못된 표현이다.

22

할게
/
할께

풀어볼래요? OX 퀴즈

1. 그 일은 내가 맡아서 할께.   ( )

2. 간식은 내가 사서 갈게.   ( )

3. 이 편지는 내가 보낼께.   ( )

4. 용돈은 엄마가 줄게.   ( )

"연희 씨, 전 과장님이랑 혹시 무슨 일 있어?"

박 대리가 연희에게 물었다. 최근 업무 단톡방에서 벌어진 일들 때문이리라. 최근 연희는 전 과장의 업무지시에 답조차 제대로 하지 못할 만큼 힘들었다. 전 과장은 연희의 모든 말투를 지적한다고 해도 과언이 아닐 정도였다. 아침만 해도 그랬다.

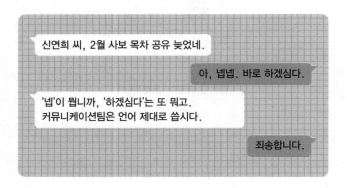

연희는 아침의 메시지 사건을 생각하며 한숨을 내쉬었다. 물론 말도 안 되는 트집이라는 걸 알지만 일이 커질까봐 대꾸도 제대로 하지 못했다.

"아뇨, 특별한 일은 없었는데. 뭔가 언짢으셨나 봐요."

"혹시 연희 씨한테도 소개팅시켜달라고 했어?"

연희가 놀라 박 대리를 빤히 바라봤다. 전 과장의 괴롭힘이 시작된 건 일주일 전부터다. 물증은 없지만 소개팅 거절에 대한 보복임이 틀림없었다. 연희가 친한 친구와 함께 찍은 사진을 프로필로 올리자 전 과장은 점심까지 사주며 소개팅을 부탁했다. 평소 전 과장의 평판이 좋지 않다는 걸 알기에 연희는 완곡하게 거절했지만 전 과장은 이를 마음에 담아둔 모양이었다.

"아직도 그 버릇을 못 고쳤네. 연희 씨는 워낙 업무를 잘하니까 하다 하다 말투를 트집 잡는구나. 근데, 연희 씨. 전 과장 '강약약강'이거든? 차라리 강하게 밀어붙이는 게 나을지도 몰라. 안 그러면 소개팅해줘야 하고, 소개팅해준다고 해도 잘 안되면 또 괴롭히거든. 악순환이야."

박 대리가 건투를 빈다며 연희의 어깨를 두드리고 사라진 후 연희는 결심을 굳힌 듯 두 주먹을 불끈 쥐었다. 이런 식으로 끌려다니며 살 수는 없었다. 그리고 오후 업무가 시작되자 전 과장의 트집이 다시 시작됐다.

> 박 대리가 공유한 시안은 내가 볼께요.
> 신연희 씨, 이 작가 원고는?

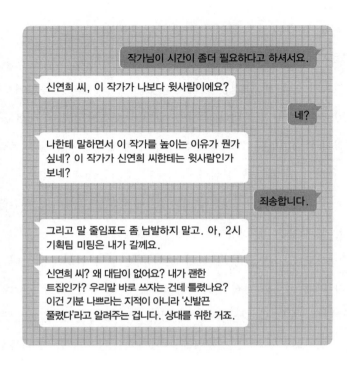

작가님이 시간이 좀더 필요하다고 하셔서요.

신연희 씨, 이 작가가 나보다 윗사람이에요?

네?

나한테 말하면서 이 작가를 높이는 이유가 뭔가 싶네? 이 작가가 신연희 씨한테는 윗사람인가 보네?

죄송합니다.

그리고 말 줄임표도 좀 남발하지 말고. 아, 2시 기획팀 미팅은 내가 갈께요.

신연희 씨? 왜 대답이 없어요? 내가 괜한 트집인가? 우리말 바로 쓰자는 건데 틀렸나요? 이건 기분 나쁘라는 지적이 아니라 '신발끈 풀렸다'라고 알려주는 겁니다. 상대를 위한 거죠.

연희는 숨을 깊게 들이마신 후 업무방에 한 글자, 한 글자 적어 내려가기 시작했다.

아닙니다, 과장님. 과장님 말씀이 모두 맞습니다. 우리말을 바로 써야죠. '볼께요'가 아니라 '볼게요', '갈께요'가 아니라 '갈게요'가 맞습니다. 신발끈 풀렸다는 좋은 비유에 용기를 내 말씀드립니다.

그리고 그날 오후 전 과장은 더는 단톡방에 메시지를 올리지 않았다.

'할께, 갈께'는 이제 보내주자

사람들이 주고받는 메시지를 모두 분석해본다면 아마도 '할게, 갈게, 보낼게, 줄게'보다 '할께, 갈께, 보낼께, 줄께'처럼 잘못된 표현들을 쓰는 경우가 훨씬 더 많을 것이다. 특히 잘못된 표현을 쓰는 대부분의 사람이 이것이 맞춤법에 어긋난다는 사실조차 모르고 있을 가능성이 더 크다.

- **‑ㄹ게 : 한글 맞춤법 제53항에 따라 된소리로 발음되더라도 예사소리로 적는다**

사실 예전에는 '할게'가 아닌 '할께'로 적는 것이 큰 문제가 없는 시절이 있었다. "그럴 줄 알았어! 그러니까 헷갈리지"라고 말하기 전에 잠시 나이를 떠올려보자. 발음을 '할께'라고 해도 적는 건 '할게'라고 하기로 정해진 시기는 1988년 한글 맞춤법 고시 이후다. 1988년 이전에 맞춤법 공부를 시작하신 분들은 충분히 헷갈릴 수도 있지만, 그러지 않다면 맞춤법이 바뀌어서 그렇다고 핑계 대지 말고 확실하게 알아두고 가자.

　이 고시에 따르면 '할껄, 그럴껄' 등도 '할걸, 그럴걸' 등으로 적어야 한다. 'ㄲ, ㄸ, ㅃ, ㅆ, ㅉ' 등과 같은 '된소리'는 의문형이 아니면 문장의 마지막에 쓰지 않는다고 외우면 편하다. 이를테면 '같이 갈까? 공부할까? 어찌할꼬?'처럼 의문형에만 된소리를 쓴다는 얘기다.

　"발음도 '께'로 하고, '께'가 더 자연스러운데?"라며 답답해도 어쩌겠는가. 바뀐 지 30년이나 지난 '할께, 갈께'는 이제 보내주자. '할게, 갈게, 보낼게, 줄게'에서 '께'는 없다.

▶　정답과 풀이

1. **(X)** 발음을 '할께'라고 해도 적는 것은 '할게'라고 적어야 맞다.
2. **(O)** 행동이나 약속에 대한 의지를 나타내는 '-ㄹ게' 종결 어미는 '게'로 끝나도록 써야 한다.
3. **(X)** '보낼께'가 아닌 '보낼게'로 적어야 한다. 앞말이 'ㄹ'로 끝나고 '게'를 붙일 때는 발음대로 적어서는 안 된다.
4. **(O)** '-ㄹ게'를 발음 대신 '줄게'로 제대로 활용한 문장이다.

23

꺾다
/
꺽다

&

깎다
/
깍다

풀어볼래요? OX 퀴즈
....

1. 거기 있는 꽃을 좀 꺽어서 화병에 꽂아줄래?   (   )

2. 연필을 잘 깍아야 글씨를 예쁘게 쓸 수 있어.   (   )

3. 네 고집을 누가 꺾겠니!   (   )

4. 식탁 위에 있는 사과 좀 깎아 놓으렴.   (   )

"너 휴대폰 엄청 울리는데?"

"누군지 좀 봐봐."

"뭐야? 유선화? 얘 아직도 연락해?"

승대는 은표가 상 위에 내려놓는 라면에는 눈길도 주지 않은 채 은표의 휴대폰에 뜬 이름을 신기하다는 듯 바라보고 있었다.

"볼 거 없어."

승대는 휴대폰을 돌려달라며 은표가 내미는 손을 내치며 은표의 메시지 창을 열었다.

"대박. 아직도 너 좋아한대? 얘도 완전 일편단심이네. 안 죽네, 좀비야. 인제 그만 좀 받아주지 그래."

"됐어, 라면이나 먹어."

한 손으로는 젓가락을 들고 라면을 먹으며 한 손으로는 휴대폰 메시지 창을 조작해 은표와 선화가 주고받은 메시지를 보던 승대가 입에 넣었던 라면을 그대로 밥그릇에 뱉어내며 웃기 시작했다.

"푸하하. 진짜 하나도 안 변했네. 내가 보기엔 둘이 천생연분이야. 네가 모자란 부분 채워주면서 잘 좀 만나봐!"

오빠, 오늘 저녁 뭐해요?

바빠.

뭐하는데요? 할 것도 없자나요!

오늘 월드컵 16강전인데 할 게 없겠니?

아! 그럼 나랑 같이 봐요~

이미 약속 다 잡혀 있거든. 바쁘다.

오늘 어디랑 해요?

하아. 그래도 월드컵 경기 정도는 좀 관심 좀 둬라. 일본.

와, 그럼 우리가 일본 꺽으면 나랑 만나요!

안 돼.

아, 왜요! 오빠 축구 좋아하니까 이기면 기분 좋을 거잖아요.

우리는 일본 꺽을 순 없고 꺾을 수만 있어.

그게 뭐야! 오빠 진짜 왜 이래요. 이 정도면 만나서 밥도 먹고 하겠다 진짜. 내가 오빠 때문에 머리 깍고 절에 갈까 한다니까요.

너 머리 못 깍아.

내가 못 할 줄 알아요, 진짜 ㅠㅠㅠㅠ

그게 아니라 머리는 깍을 수가 없어. 깎는 거든.

진짜 아까부터 무슨 말을 하는 거야!!!

'꺽다'와 '깍다'를 쓸 일은 없다

일본을 '꺽을' 수도, 머리를 '깍을' 수도 없어 짝사랑을 이루지 못한 슬픈 에피소드다. 그러나 이 에피소드를 보며 뜨끔한 사람들도 많을 것이다. '꺾다'와 '깎다' 둘 다 모두 'ㄲ' 받침이라고?

- 꺾다 : 길고 탄력이 있거나 단단한 물체를 구부려 다시 펴지지 않게 하거나 아주 끊어지게 하다 / 경기나 싸움 따위에서 상대를 이기다
- 꺽다 : 없는 단어

- 깎다 : 칼 따위로 물건의 거죽이나 표면을 얇게 벗겨내다 / 풀이나 털 따위를 잘라 내다 / 값이나 금액을 낮추어서 줄이다
- 깍다 : 없는 단어

너무나 명백하게 국어사전에는 '꺽다'도 '깍다'도 없다. 헷갈려서 쓸 말이 아니라는 얘기다. 물론 의심이 들 수도 있다. '꺾다'와 '깎다'는 뜻만 해도 6~7개나 되고 활용도 다양하다. 어디선가는 '꺽'이나 '깍'을 써야 하는 것 아닌가 싶을 수도 있다.

그러나 결론부터 말하면 '꺽다'와 '깍다'를 쓸 일은 없다. '꺾다'와 '깎다'는 '꺾으면, 꺾어서, 꺾고' '깎으면, 깎아서, 깎고' 등으로 활용하며, 그 어떤 뜻으로 사용해도 'ㄱ' 받침을 쓰는 일은 없다.

'꺾다'의 경우 '꽃을 꺾다' '팔을 꺾다' '고집을 꺾다' '핸들을 꺾다' '상대 팀을 꺾다' 등의 의미로 활용할 때 모두 '꺾다'를 쓴다. '깎다' 역시 '사과를 깎다' '머리를 깎다' '물건값을 깎다' '체면을 깎다' 등 의미로, 모두 '깎다'를 쓴다.

오늘부터 짝사랑 상대는 못 잊어도 '꺽다'와 '깍다'는 머릿속에서 잊자. 그런 단어는 애초에 존재하지 않았다.

▶ 정답과 풀이

....

1. (X) '꺽다'는 없는 단어다. '꺾다'로 써야 한다.
2. (X) '깍다' 역시 없는 단어다. '깎다'로 써야 맞다.
3. (O) '생각이나 기운 따위를 누르다'는 의미의 단어는 '꺾다'가 맞다.
4. (O) '칼 따위로 물건의 표면을 벗겨낸다'는 단어는 '깎다'로 써야 한다.

24

이에요
/
이예요

풀어볼래요? OX 퀴즈

1. 저는 아직 학생이예요.   (   )

2. 이건 엄마가 보내주신 사과예요.   (   )

3. 제가 가지고 온 지우개예요.   (   )

4. 제 이름은 보검이예요.   (   )

"안녕하세요. 저는 20대 후반인 남성으로, 서울에 살고 있어요. 이곳에 여성분들이 많다고 해서 부끄러움을 무릅쓰고 이렇게 글을 남깁니다.

고등학교 때부터 좋아하던 여자가 있어요. 저보다 2살이 많은데, 물론 나이는 전혀 문제가 되지 않습니다. 교회에서 알게 됐고 좋아한 지 10년은 된 것 같네요. 여자분 직업은 공무원이에요.

문제는 가족이 함께 다니는 교회에서 알게 되는 바람에 그 여자분은 저희 형하고 너무 친하다는 거예요. 형이랑은 동갑이고, 같은 학교에 다녀서 그런지 스스럼없이 잘 지내더군요.

저는 그동안 쭉 그 여자분에게 좋아한다는 티를 냈었고, 형은 그 여자분한테 큰 관심이 없었어요. 형은 그동안 여자친구도 2~3명 사귀었습니다. 그런데 최근 둘이 부쩍 같이 만나더라고요. 영화도 같이 보고, 맛집도 함께 다니고. 여자분 SNS를 보면 형이랑 다닌 사진들이 자꾸 올라와요. 10년 동안 제가 좋아하는 티를 냈고, 그 여자분도 잘 알고 있을 텐데 요새 저를 보면 자꾸 형 얘기만 합니다. 답답해 미칠 것만 같았죠. 그래서 용기를 냈습니다. 단도직입으로 물어보려고요. 더는 이렇게 살 수 없어서요. 그래서 메시지를 보냈는데, 자기는 맞춤법 틀리는 남자는 남자로서 매력이 없답니다. 허…. 밑에 첨부한 메시지 보시면 알겠지만, 저 맞춤법 틀린 게 없 거든요? 이건 형 때문에 맞춤법 핑계를 대는 게 맞겠죠? 정말 우울 하네요. 차라리 제가 싫다고 하면 깔끔하게 포기할 텐데 이런 이유 를 대다니."

> 누나, 바빠요? 저녁 먹을래요?

아, 나 네 형이랑 보기로 했는데. 같이 먹을래?

> 형이랑요? 요새 형이랑 자주 보네요?

응 저번에 맛집 가고 싶은데 있다고 했더니 사준다더라. 시간 되면 같이 가자.

> 누나 혹시 형이랑 사귀어요?

야, 무슨~ 그냥 친구야.

> 정말 단순히 친구예요?

당연하지.

> 그럼 누나, 내가 고백해도 돼요? 나 누나 좋아한 게 벌써 10년이예요. 알잖아요.

아… 근데 있잖아. 내가 좀 이상할 수도 있는데, 나는 맞춤법 틀리면 남자로서 매력이 전혀 안 느껴지거든.

> 맞춤법? 누나 무슨 핑계를 그렇게 대요?

'이에요'와 '예요'만 기억하자

사연 속 주인공에게 누군가 속 시원한 답을 해줬을까? '일해라 절해라(이래라 저래라)' 하는 궁극의 맞춤법 파괴를 구사한 것도 아닌데 맞춤법 때문에 남자로서 매력이 없다고 하니 사연 속 주인공의 답답함을 이해하고도 남는다. 그러나 그가 생각하는 것과 달리 그의 맞춤법은 여러 군데 틀렸다. 본인의 사연에서도, 좋아하는 누나와 주고받은 메시지 속에서도. '이에요'와 '이예요'를 마구 섞어서 혼돈을 만들어놓았다. 본인은 모르는 모양이지만 말이다.

- 이에요 / 이여요 : 받침이 있는 명사에 결합
- 예요 / 여요 : 받침이 없는 명사에 결합

'-에요'는 '이다'에 붙어 '이에요'가 된다. 주로 설명이나 의문의 뜻을 나타낸다. '저건 책이에요' '이건 돈이에요' '나는 학생이에요' 등 매우 다양하게 활용된다. '이에요'와 헷갈리는 쓰임이 '예요'인데, '예요'는 '이에요'가 줄어든 말이다.

'이에요'와 '예요'는 같은 말이지만, 사용하는 방법은 다르다. '이에요'가 줄어들어 '예요'가 됐다고 해서 모든 문장에 '예요'를 붙여서는 안 된다. 앞 글자의 받침이 있느냐 없느냐에 따라 쓰임이 달라지기 때문이다.

'책, 돈, 학생'처럼 받침이 있는 말 뒤에서는 '이에요'를 그대로 쓴다. '저건 나무예요' '이건 소예요' '나는 교사예요'의 '나무, 소, 교사'처럼 받침이 없는 말 뒤에서는 '예요'를 주로 쓴다.

  사연 속 남자처럼 '이예요'를 쓰거나 '이'가 없이 '에요'만 쓰는 것은 틀린 표현이다. 머릿속에는 '이에요'와 '예요'만 2가지만 넣어 두도록 하자. 다른 표현은 다 틀린 것이다.

  받침이 있으면 '이에요', 받침이 없으면 '예요'라고 기억하면 편리하지만, 막상 문장을 쓸 때면 두 상황이 헷갈릴 수가 있다. 이럴 때는 명확한 문장 하나를 발음 그대로 기억하는 게 좋다.

  '이에요'는 발음도 그대로 하는 경우가 많으니 '이에요'를 우선 외우는 게 도움이 된다. '처음 본 손님이에요' 등의 문장을 하나 외워두고, 받침이 있는지를 보는 것이다.

  그러면 이렇게 묻는 이가 있을지도 모른다. "그럼 '아니에요'는 '아니예요'가 맞는 건가요?" 아니다. 위에서 말했지만, 이건 명사 뒤에 '이에요'와 '예요'가 붙을 때만 그렇다. '아니에요'는 원래 쓰던 대로 쓰면 된다.

  또 이렇게 묻는 이도 있을 수 있다. '이예요'는 잊어버리라더니 그럼 '경숙이예요'는 어찌 된 일이냐고 말이다. 이름의 경우 받침이 있으면 접사 '이'가 당연히 붙는다. '경숙이가 말했어'처럼 말이다. 알다시피 '경숙가 말했어'라고 하지는 않는다. 따라서 '경숙이예요'는 '경숙+이예요'가 아니라 '경숙이+예요'다. 이름 끝에 받침이 있는 사람들은 '저는 이름이예요'라고 쓰며 꼭 설명하라. 맞춤법이 틀린 게 아니라고 말이다.

▶ 정답과 풀이

1. **(X)** 받침이 있는 '학생'에 결합하는 어미는 '이에요'를 써야 한다. '학생이에요'가 맞다.
2. **(X)** 받침이 없는 '사과'에는 '예요'가 결합해야 한다. '사과예요'로 써야 한다.
3. **(O)** 받침이 없는 '지우개'이니 '예요'를 잘 붙여 사용했다.
4. **(O)** 이름의 경우 받침이 있으면 '이'가 미리 붙는다. '보검이+예요'가 되기 때문에 제대로 활용했다.

25

얼마큼
/
얼만큼

풀어볼래요? OX 퀴즈

1. 케이크를 만들 때 설탕은 얼만큼 넣어야 해요?   (   )

2. 4개월 된 강아지인데 사료는 얼마큼 줘야 할까요?   (   )

3. 네가 나를 얼마큼 사랑하는지 모르겠어.   (   )

4. 살을 빼려면 밥을 얼만큼 먹어야 할까요?   (   )

효은은 대학 동기 장미의 결혼식장에 가기 전 고민에 빠졌다. 장미는 같은 과 동기로 모임에서도 자주 보며 어울리지만 따로 둘이서만 연락하거나 만나본 적이 없는 친구였다. 이른바 '애매한 사이'라고 할까. 이 때문에 결혼식 축의금을 얼마나 해야 할지 감을 잡을 수가 없었다.

언니는 '친한 친구라면 10만 원, 아니라면 5만 원'이라고 했지만 직장생활을 하는 언니와 효은은 달랐다. 아직 취업도 못한 상황에서 5만 원도 큰돈이었기 때문이다.

> 얘들아, 너희 장미 축의금 얼마큼 할 거야?

결국 효은은 동기 중 단짝들만 모인 단톡방에 SOS를 쳤다. 이들 중 일부는 장미와 따로 연락할 정도로 친했지만, 또 일부는 효은처럼 모임 등에서만 장미와 교류했으니 같은 고민을 할 거라는 생각이었다.

친구1 그러게 안 그래도 나도 출발하는 중인데 아직도 고민중.

친구2 나는 남자친구 데려가는 거라 더 내야겠지? 오지 말라는데 자꾸 따라온다.

친구3 엄마가 5만 원이 기본이라는데 실은 것도 부담이야.

효은과 마찬가지로 친구들 역시 축의금 금액을 두고 고민하고 있는 모양이었다.

맞아, 우리 언니도 그냥 동기면 5만 원 정도로 하면 딱이라는데 얼마큼 해야 하는지 감이 전혀 안 잡힌다. 요새 알바도 못해서 빈털터리인데 얼마큼 친하면 5만 원, 얼마큼 더 친하면 10만 원, 이런 기준이 있으면 좋겠다.

친구들과의 대화에도 역시 결론을 내리지 못하고 효은이 우선 축의금 봉투에 돈을 담으려 할 때였다.

나현 그런데 효은아~ 너 진짜 많이 고민인가 봐ㅋㅋㅋ 자꾸 오타 내고 있어.

대화를 나누던 나현의 갑작스러운 말에 효은은 자신이 보낸 메시지를 다시 한 번 더 살폈다. 오타 같은 걸 지적하고 그런 사이는 아닌데.

오타? 뜬금없이? 오타야 매번 내지~

아니, 그게 아니라 3번쯤 틀리니까 너 혹시 잘못 알고 있나 해서.

응? 뭘?

자꾸 얼만큼을 얼마큼으로 쓰고 있어~

엇? 얼마큼이 맞지 않아? 나 그렇게 알고 있는데?

엥? 아니지~ 우리 다 얼만큼이라고 쓰잖아, 그치?

어? 어? 이거 헷갈린다. 얼만큼도 또 맞는 거 같아 보이는데.

'얼만큼'을 잊고 '얼마큼'에 익숙해지자

효은과 친구들의 머릿속에서 축의금 금액 고민은 사라진 상태
다. '얼마큼'과 '얼만큼' 중 무엇이 맞는지부터 해결해야 할 상황이
다. 다행히 축의금과 달리 '얼마큼'과 '얼만큼'에 대한 해답은 매우
뚜렷하다.

• 얼마큼 : 얼마만큼이 줄어든 말
• 얼만큼 : 얼마큼의 잘못

'얼마큼'은 '얼마'와 '만큼'이 더해진 '얼마만큼'이 줄어든 말이
다. 주로 의문문에 쓰여 수량이나 수준이 어느 정도인지 묻는 말
이다. 주로 이렇게 활용할 수 있다.

그러나 안타깝게도 '얼마큼'보다 '얼만큼'이 더 익숙한 사람들이 많다. 발음부터 '얼마큼'보다는 '얼만큼'으로 하는 경우도 빈번하다. '얼마 만큼'이 '얼만큼'으로 줄어들었다면 이런 혼란도 없었을 텐데.

'얼마만큼'이 왜 '얼마큼'으로 줄어들었는지 이유는 명백하게 밝혀지지 않았다. '얼마 만큼'에서 '얼마'가 '얼'로 줄어들지 않고, '만큼'이 '큼'으로 줄어든 것으로 추측할 수 있을 뿐이다.

그러니 우선은 '얼만큼'을 잊고 '얼마큼'에 익숙해져야 할 때다. '얼만큼'과 '얼마큼'이 헷갈린다면 원래 단어인 '얼마만큼'을 쓰자. 그러면서 기억하자. 줄어든 것은 '얼마'가 아니라 '만큼'이라고.

▶ 정답과 풀이

....

1. (X) '얼마 만큼'이 줄어든 말은 '얼만큼'이 아닌 '얼마큼'을 써야 한다.

2. (O) 수량이나 수준이 어느 정도인가를 묻는 부사는 '얼마큼'이 맞다.

3. (O) 수량이나 분량이 어느 정도인지를 가늠할 때는 '얼마만큼'이 줄어든 '얼마큼'을 쓴다.

4. (X) 양이 어느 정도인지를 물을 때는 '얼마큼'이 맞다. '얼만큼'은 없는 단어다.

26

설거지
/
설겆이

풀어볼래요? OX 퀴즈

1. 여행 와서까지 어머니가 설겆이를 하시게 두면 안 되죠. (   )

2. 설거지를 제때 하지 않으면 나중에는 하기 싫더라고. (   )

3. 집안일 중 설겆이가 가장 하기 싫은 일이야. (   )

4. 설거지가 힘들어서 식기세척기를 구매하려 해. (   )

> 짐 다 쌌는데, 벌써 떨린다!

혜림은 여행용 가방을 흐뭇하게 바라보며 남자친구인 세훈에게 메시지를 보냈다. 세훈의 친구들 그리고 그들의 여자친구들까지 커플 여행을 떠나기로 한 전날이다. 특히 혜림은 세훈의 친구들을 아직 만나지 못해 설렘 반, 걱정 반으로 이번 여행을 기다리는 중이었다.

> 그랬어? 나도 대충 챙겨야겠다.

> 오빠 친구들이 나 싫어하면 어쩌지?

> 누가 우리 혜림이를 싫어해~ 다들 귀여워할 거야.

> 혼자 어리바리할까봐 엄청 걱정돼.

혜림의 걱정은 세훈과의 나이 차였다. 세훈은 서른 둘, 혜림은 스물 넷으로 둘의 나이 차는 무려 여덟이었다. 세훈의 친구들 모두 서른을 넘긴 나이였고, 그들의 여자친구 중 가장 어린 나이가 스물여덟이라고 했다.

> 걱정하지 마~ 우리 친구들도 다들 스스로 아직 20대 초반인 줄 알고 살아서 괜찮을 거야.

> 언니들이 얄밉다고 하면 안 되니까 가서 일도 열심히 해야겠다.

> 아냐 아냐~ 친구들끼리 설겆이랑 이런 건 다 우리가 하기로 했으니까 걱정 마. 밖에 나가면 남자들이 원래 설겆이하는 거야~

> 설거지? 오빠, 꼭 설겆이를 설거지라고 쓰더라. 우리 아빠처럼.

> 아, 미안 미안. 설거지라고 했지? 그런데 설겆이가 훨씬 익숙해서 큰일이야.

> 왜 설겆이가 더 익숙해? 글씨도 이상하게 생겼는데.

> 혜림이가 어려서 몰라서 그래. 오빠 어릴 때는 이렇게 배웠거든. 앞으로 조심할게.

머릿속에서 '설겆이'를 잊어버려라

서른 둘 세훈 씨는 거짓말을 하고 있다. 어렸을 때 '설겆이'라고 배웠다니 그럴 리가 없다. 세훈 씨가 태어났을 때부터 '설거지'는 표준어였다.

- **설거지 : 먹고 난 뒤의 그릇을 씻어 정리하는 일**
- **설겆이 : 설거지의 잘못**

'설거지'는 참 재미있는 단어다. 1988년 표준어 규정이 고시됐을 때부터 그릇을 씻고 정리하는 일의 유일한 표준어로 채택돼 표준어 지위를 누려왔는데, 사람들은 어느 순간 '설거지'가 '설겆이'를 밀어내고 표준어가 된 줄 알고 있는 경우가 많다. 특히 표준어 규정 고시 이후에 태어난 사람들마저도 '설겆이'를 자연스럽게 쓰고 있다.

1988년 이전에 초등학교를 다녔던 사람들은 당시 '설겆이'가 맞는 말이라고 배우기도 했다. 당시에는 '설겆이'와 '설거지'가 혼용되어 쓰였고, 표준어 규정도 없었기 때문이다. 받아쓰기 시험에서 '설거지'를 써냈다가 틀렸다고 혼난 기억이 꽤 있을 것이다. 물론 최소 40대 이상들의 얘기다.

'설거지'는 30년 이상 표준어였다. '한글이 너무 빨리 바뀌니 따라가기 어렵다' '예전에는 설겆이가 표준어였거든'이라고 말하려거든 자신의 나이부터 셈해보자. 그럴 나이가 아니라면 머릿속에서 '설겆이'를 잊어버려라. 아, 인터넷에는 '설거지'를 잘못 쓰지 않기 위해 '설거지새끼'라고 욕을 붙여서 외우는 방법도 소개하고 있다. 자꾸 헷갈린다면, 마음속으로만 살짝 외워두자.

▶ 정답과 풀이

1. (X) '설겆이'는 '설거지'의 잘못된 표현이다.

2. (O) 먹고 난 후 그릇을 씻어 정리하는 일은 '설거지'로 쓰는 것이 맞다.

3. (X) '설겆이'는 없는 말로, 표준어인 적도 없었다.

4. (O) 집안일인 '설거지'는 소리 나는 대로 표현하는 것이 맞다.

27

움큼 / 웅큼

풀어볼래요? OX 퀴즈

1. 과자를 혼자 한 웅큼 쥐고 가더라니까.   (   )

2. 아프고 났더니 머리카락이 한 움큼씩 빠지더라고.   (   )

3. 고춧가루를 한 움큼 넣었더니 너무 매워.   (   )

4. 계량컵이 없어서 쌀을 한 웅큼 쥐어 밥을 했어.   (   )

"팀장님, 저희 케이에센스 기사 떴어요."

다급하게 팀장을 부르는 이 대리의 목소리가 떨리고 있었다. SNS에서만 홍보를 시작한 제품이 기사로 났다니, 팀장을 비롯한 팀원들의 모든 시선이 이 대리에게 쏠렸다.

"케이에센스? 우리 아직 보도자료도 배포 안 했는데?"

팀장이 고개를 갸웃하며 키보드를 두드리는 동안 팀원들도 앞다퉈 기사를 검색하기 시작했다. 회사가 야심 차게 만든 케이에센스는 '국민 헤어 에센스' 자리를 노리는 제품이었다. 특히 머리를 감을 때마다 머리카락이 빠지는 것을 막아주는 성능을 강조해 기존 제품들과 차별화를 꾀할 계획을 세웠다. 이에 마케팅팀은 SNS에서 '머리카락 빠지는 것이 속상한 여성들'을 타깃으로 이벤트를 시작했다.

이 때문에 누구보다 떨리는 것은 윤선이었다. 윤선은 이번 제품의 SNS 마케팅을 담당하기로 했다. 그간 선배들과 함께 작업했지만 이번에는 윤선만의 아이디어로 진행하는 것으로, 기사에 날만큼 호응이 좋다면 윤선이 그만큼 일을 잘했다는 뜻이리라.

그러나 기사를 검색한 윤선의 얼굴은 하얗게 질리고 말았다. 기사의 제목이 '유명 화장품 회사, 신제품 출시하며 맞춤법 망신'이 었기 때문이다. 몇 번이나 들여다보고 또 들여다봐서 만든 문구였는데.

"하아. 이거 한 웅큼이 아니라 한 움큼이었어요? 저도 전혀 몰랐어요."

옆 자리 동료인 정진의 말이 윤선의 귀에는 전혀 위로로 들리지 않았다. '한 움큼'이 세상 어디에서 떨어진 단어인가 싶었다. '기자가 틀린 거 아닌가' 싶기까지 했다. 기자 본인들도 맞춤법 많이 틀리지 않는가. 그러나 윤선은 포털사이트 검색창에 '한 웅큼'을 입력하자마자 '한 움큼'으로 수정되는 것을 보며 하늘이 노래지는 것만 같았다.

> 머리를 감을 때마다 한 웅큼씩 빠지는 소중한 내 아이들. 머릿결이 좋아 보이려면 우선 머리가 풍성해야겠죠? 그래서 준비했어요!

정확히 윤선이 처음부터 끝까지 만들어 쓴 문장이었다. 그 문장으로 SNS 이벤트 포스터를 만들어 배포했는데. 온라인 포스터이니 수정이 그리 어렵지 않지만 문제는 기사였다. 회사 이름에 '망신'까지 들어갔으니 경위서를 쓰라고 해도 할 말이 없었다.

"윤선 씨, 우선 이미지부터 다 수정하고. 너무 걱정 마! 그럴 수도 있지. 뭐, 마케팅 입장에서 보면 그렇게 나쁜 것도 아니야. 노이즈 마케팅은 제대로 했네."

'웅큼'을 버리고 '움큼'만을 외우자

광화문 광장에 나가 "그동안 의심의 여지 없이 '웅큼'을 써왔던 사람 손 들어보세요"라고 하면 광장에 모인 사람 중 몇이나 손을 들까? 절반은 족히 되지 않을까? '한 웅큼'이라는 단어가 이렇게 정다운데 '한 움큼' 너는 대체 어디서 온 거니?

- **움큼 : 손으로 한 줌 움켜쥘 만한 분량을 세는 단위**
- **웅큼 : 움큼의 잘못**

'움큼'은 그 자체로 단위인 단어다. 손으로 움켜쥘 분량이다 보니 '동생이 과자를 한 움큼 집어들었다' '고양이 털이 한 움큼 빠졌다' 등 '한 움큼'으로 주로 쓰인다. 예전에는 '웅큼'이 맞았다가 언젠가부터 '움큼'으로 바뀐 것도 아닌데 '웅큼'이 더 자연스럽게 느껴지는 이유는 무엇일까? '움큼'의 발음이 그만큼 어렵기 때문일 가능성이 크다. '움큼' 그대로 발음하는 것보다 '웅큼' 발음이 더 쉽다 보니 '웅큼'이 더 익숙해지고 그래서 이를 표준어로 착각하는 경우다.

'움큼'은 그 자체로 단어이기 때문에 '웅큼'을 버리고 '움큼'만을 외우는 것이 정답이다. 다만 그래도 헷갈린다면 '움켜쥐다'라는 동사를 떠올려보자. 뜻이 비슷하니 '움'을 '웅'으로 착각하는 일은 줄어들 것이다. 다만 이것은 알고 있자. '움큼'이 '움켜쥐다'에서 파생한 단어는 아니라는 사실.

▶ **정답과 풀이**

....

1. **(X)** 손으로 한 줌 움켜쥘 분량을 셀 때는 '웅큼'을 쓰면 안 된다. '움큼'이 맞다.
2. **(O)** 손으로 움켜쥐는 단위를 뜻하는 '움큼'을 제대로 쓴 문장이다.
3. **(O)** 손으로 움켜쥐는 분량을 표현할 때는 '움큼'을 쓰면 된다.
4. **(X)** '웅큼'은 '움큼'의 잘못된 표현이다.

28

얘기
/
예기

풀어볼래요? OX 퀴즈

1. 내 예기 다 끝난 후에 네 예기를 해. (   )

2. 너 그 얘기 들었니? 걔 회사 그만뒀다더라. (   )

3. 내가 그렇게 예기했는데 넌 또 틀렸구나. (   )

4. 그 작가가 만들어낸 얘기는 언제 들어도 재미있더라. (   )

여름방학을 앞두고 재우와 친구들은 자전거 하이킹을 떠나기로
했다. 이때가 아니라면 언제 해보랴. 모두 의욕이 충만한 상황에
서 재우의 걱정은 자전거였다. 다른 친구들은 자전거로 통학하는
지라 꽤 좋은 자전거를 가지고 있어서 당장에라도 여행을 떠날 수
있었지만, 재우는 버스로 통학해 자전거가 없었다. 하이킹을 한다
고 자전거를 사달라고 할 수도 없는 일이었다.

　재우가 기댈 수 있는 유일한 희망은 형인 재영뿐이었다. 주말
취미로 꽤 비싼 자전거를 산 재영에게 조르고 졸라 자전거를 빌려
달라고 할 셈이었다. 전화로 하면 욕부터 날아올 수도 있다는 생
각에 재우는 메시지를 보내기 시작했다.

> 형, 오늘 애들이랑 예기하다가 방학 때 자전거 하이킹 하기로 했는데.

> 근데? 엄마한테 허락은 받았냐?

> 엄마한테 아직 예기 못함. 어차피 나만 못 가게 생김.

> 왜?

나만 자전거 없음.

내 자전거 빌려달라는 소리는 꿈에도 하지 마라.

아, 쫌, 제발 플리즈.

자전거 대여해주는 거 타고 가.

멀리 갈 거고, 애들은 다 좋은 자전건데 어케 나만 그래?

능력 없으면 가지마.

와 어케 그케 예기하냐.

자전거 하이킹 하기 전에 넌 국어공부부터 해야겠다.

아, 왜! 원래 메시지 보낼 때 요새 애들은 맞춤법 대충 쓰고 일부러 틀리고 그래, 이 아재야. 형도 어케 이런 거 쓰면서 웃기네.

누가 어케, 그케 가지고 그러냐? 그거 말고는 뭘 또 일부러 썼는데? 예기도 일부러 썼냐?

뭔 소리야, 예기가 예기지, 그게 뭐?

네가 노스트라다무스야? 마이너리티 리포트야? 뭘 자꾸 미래를 추측하고 있어!

무슨 소리 하는 거야!! 자전거나 빌려줘!

'예기'하는 사람들이 부쩍 많아졌다

재우가 이런 상황을 미리 '예기'했더라면 형에게 메시지를 보낼 때 미리 맞춤법 검사기라도 돌렸을 것을. 그랬다면 '얘기'를 '예기'로 잘못 써서 형의 심기를 건드는 일은 하지 않았을 텐데. 언제부터인지 모르겠지만, 부쩍 '얘기' 대신 '예기'하는 사람들이 많아진 건 왜일까?

- **얘기 : 어떤 사물이나 사실, 현상에 대하여 일정한 줄거리를 가지고 하는 말이나 글**
- **예기 : 끝이 뾰족하거나 날이 예리한 물건 / 앞으로 닥쳐올 일에 대하여 미리 생각하고 기다림**

'이야기'의 줄임말인 '얘기'는 실생활에서 수도 없이 많이 쓰이는 단어다. 너무 자주 쓰는 단어인 데다 딱히 헷갈릴 것도 없어 보이는데, 인터넷만 열어도 수많은 '예기'를 만나게 된다. 단지 발음이 비슷하다는 이유로 말이다.

'예기'는 아예 없는 단어는 아니다. '예상'처럼 앞으로 생길 일을 미리 생각한다는 뜻을 지니고 있다. '예기치 못한 상황에 당황했다'라고 쓸 때가 이런 뜻이다. 또한 끝이 날카롭거나 예리한 물건을 가리킬 때도 쓴다.

두 단어는 쓰임이 전혀 다르기 때문에 구분해서 써야 한다. 두 단어의 뜻을 알고도 혹시나 쓸 때 헷갈린다면 '예기'라는 단어는 '예기치 않다(예상하지 못하게)' 말고는 쓸 일이 없다고 머릿속에 아예 못 박아두는 편이 낫다. 그도 안 된다면 '얘기'를 '예기'로 쓰는 것보다 줄임말 대신 잘못 쓸 일이 없는 원래 단어 '이야기'를 그대로 쓰자.

1. **(X)** '예기'는 이야기가 아니라 날카로운 물건을 뜻하는 단어로 실생활에서는 잘 쓰지 않는다.
2. **(O)** '이야기'를 줄여서 쓸 때는 '얘기'로 써야 한다.
3. **(X)** '이야기'의 줄임말을 '예기'로 표현해서는 안 된다.
4. **(O)** 일정한 줄거리를 가지고 하는 이야기를 '얘기'로 잘못 표현한 문장이다.

29

역할
/
역활

풀어볼래요? OX 퀴즈

1. 너는 학생으로서 네 역할만 잘하면 되는 거야.　　　(　)

2. 요새 아이를 키우려면 역활놀이를 해주는 게 중요해.　　　(　)

3. 저번 뮤지컬에서 그 배우 역활이 뭐였지?　　　(　)

4. 이 영화에서 내가 좋아하는 배우가 주연 역할을 맡았어.　　　(　)

여러분, 오늘은 에센스 역활을 하는 아이를 데려왔어요. 아시죠? 피부에 수분과 영양을 공급하고 또 크림이 잘 발릴 수 있는 역활을 해주는 에센스가 중요하다는 사실!

지민은 현서의 SNS 게시물에 달린 댓글의 개수를 세며 입을 벌렸다. 최근 현서는 직접 만든 화장품을 SNS로 팔기 시작했다고 했다. 원래 민감한 피부라 자신이 쓰려고 만든 것인데, SNS에서 판매 요청이 있어 용돈벌이 삼아 판매를 시작한 것이다. 그런데 생각보다 반응이 꽤 좋다고 했다. SNS를 즐기지 않는 지민은 뒤늦게 현서의 SNS를 찾아보며 감탄하는 중이었다.

"오빠, 이것 좀 봐봐. 내가 지난번에 얘기한 현서 말이야."

"아, 그 SNS에서 화장품 판다는?"

지민은 현서의 SNS를 띄운 휴대폰을 남자친구인 윤기에게 내밀었다. 지민은 현서보다 자신의 손재주가 훨씬 더 좋다고 생각했다. 자신도 무언가 만들어 SNS에 팔 수 있지 않을까 생각하는 중이었고, 남자친구에게 의견을 구하고 싶었다.

"댓글 보면 주문하겠다는 얘기가 엄청 많거든. 잘 팔리나봐. 나
도 좀 해볼까봐."

"그러려면 우선 SNS 친구 수가 많아야 하는 거 아냐? 너는 SNS
를 그동안 안 했잖아."

"지금부터 하면 되지 않을까? 나도 스킨 같은 건 내가 만들어 쓰
고 그랬거든. 비누도 그렇고. 뭘 팔아보지? 오빠가 보기에는 어때?
잘될 거 같아?"

지민의 말에도 남자친구인 윤기는 아무 말 없이 현서의 SNS를
들여다보고만 있었다. SNS에서 물건이 팔린다는 게 신기하기도
하겠지. 윤기의 조언을 받아서 뭘 해볼까, 지민이 상상의 나래를
펼칠 때였다.

"그런데, 네 친구 망신당하기 전에 화장품 소개부터 제대로 쓰
라고 얘기해줘야겠다. 친한 친구라며?"

"화장품 소개? 왜? 뭐 틀린 내용이라도 있어? 아까 보니까 별 이
상 없던데?"

"아무리 허가를 낸 화장품이라도 이렇게 맞춤법 틀리는 사람한
테 물건 사고 싶지 않을 것 같은데. 친구인데 왜 보고도 모른 척
해? 알려줘."

지민은 다시 자신의 휴대폰을 받아들며 이해할 수 없다는 표정
을 지었다. 윤기가 대체 무슨 말을 하는 건지 알아들을 수가 없었
기 때문이다.

"뭐야? 너도 몰랐던 거야? 여기 '역활'이 한 3~4번 나오는데 그 거 틀린 거잖아!"

'역활'이 한 번도 표준어인 적은 없었다

누가 보면 정말 실제 존재하는 단어인 것처럼 매우 흔히 그리고 자주 잘못 쓰이는 단어인 '역활'. 심지어 없는 단어인데 '역할'과 '역활'의 뜻을 구별해서 쓰는 사람들마저 있을 정도다. 이 정도면 언어는 정말 살아 있다고 말할 수밖에 없는 것 아닌가.

- 역할 : 자기가 마땅히 하여야 할 맡은 바 직책이나 임무 / 영화나 연극 따위에서 배우가 맡아서 하는 소임
- 역활 : 역할의 잘못

직책이나 책무를 뜻하는 것도, 영화나 드라마에서 배우가 맡은 역도 모두 '역할'이 맞다. '역활'은 아예 잘못된 단어다. 그러나 많은 사람이 영화나 드라마에서 배우가 배역을 맡는 것은 '역할', 직책이나 책무를 뜻하는 것은 '역활'로 알고 있다고 한다. 둘 다 '역활'이 맞다고 쓰고 있는 사람도 물론 많다. 국립국어원에는 '예전에는 역활이 맞았는데 언제 역할로 바뀌었느냐'는 질문도 여러 건

이 있다. 그야말로 '역할'과 '역활'의 혼란이 이어지고 있다.

그러나 '역활'은 1988년 표준어 규정이 생긴 이후 한 번도 표준어인 적이 없었다. 아마도 '배역+활동' 등의 의미로 '역활'이 '역할'과 혼동돼 쓰인 것이 아닐까 추측만 할 뿐이다.

'역할'과 '역활'이 헷갈린다면 '배역+할 일'이라고 외워보자. 역할이 해야 할 직책이나 임무의 뜻을 지니고 있으니 '할 일'을 넣어서 기억하면 '할'과 '활'을 헷갈릴 일이 조금이라도 줄어들지 않을까.

▶ 정답과 풀이
....
1. (O) 자기가 마땅히 해야 할 직무 등을 뜻하는 단어는 '역할'이 맞다.

2. (X) '역활'은 '역할'의 잘못이다.

3. (X) 영화나 연극에서 배우가 맡은 소임을 표현할 때는 '역활'이 아닌 '역할'을 써야 한다.

4. (O) 배우가 맡은 역을 표현하고자 '역할'을 잘 활용한 문장이다.

30

햄쑥하다 / 햄슥하다

풀어볼래요? OX 퀴즈

1. 며칠 잠을 못 자고 과제를 하더니 얼굴이 햄쑥해졌네.　　( )

2. 애인과 헤어진 후 그는 며칠을 햄쑥한 얼굴로 누워 있었다.　( )

3. 매끼 소식했더니 주변에서 얼굴이 햄슥하다고 걱정이다.　( )

4. 몇 달 못 찾아뵀더니 엄마 얼굴이 해쓱해지셨네.　　( )

> 오빠, 나 서운해!

우진은 막 게임에 접속하려다 말고 도착한 메시지를 보고 깜짝 놀라 키보드를 치던 손을 멈췄다.

"왜 그래?"

옆에서 함께 게임을 하려던 현민이 우진의 휴대폰을 힐끔 보고는 고개를 내저었다.

"어유, 그게 세상에서 제일 무서운 말 중 하나인데. 나 먼저 하고 있을게. 잘 해결하고 들어와라."

우진은 곰곰이 생각에 빠졌다가 메시지를 작성하기 시작했다. 금요일이라 데이트를 하고 집 앞까지 잘 데려다주고 오는 길이었다. 모처럼 친구들과 만나 게임을 즐기는 것도 그녀에게 이미 오래전부터 허락을 받았던 일이다. 영화구경, 레스토랑 등등 여자친구 혜지가 원하는 것을 모두 했다고 생각했는데 그녀는 대체 갑자기 왜 서운한 걸까?

> 앗, 왜 그래? 혹시 오늘 내가 게임하는 것 때문에 그런 거야?

뭐야~
내일 친구 생일이라서 밤새 게임으로 파티 대신한다며. 내가 그런 것 가지고 섭섭해할 애야?

> 그럼 나 뭐 잘못했어? 말해주라~

오늘 나 보면서 뭐 달라진 거 없었어?

혜지의 문장에 우진은 멈칫 오늘 혜지를 떠올리기 시작했다. 옷도, 가방도, 머리스타일도, 액세서리도 특별한 것은 없었다. 대체 내가 빼먹고 보지 못한 게 뭐란 말인가? 우진이 머리를 쥐었다.

> 달라진 거? 코트는 지난달에 산 거고, 머리도 지난주에 같이 가서 했고…. 혹시 귀걸이 새로 산 건가?

오빠, 왜 그래? 내가 언제 그런 걸로 오빠 뭐라 그랬니? 긴장하긴. 그게 아니라 오늘 낮에 사람들이 다 나더러 핼쑥하다고 했는데. 오빠 틀린 거 못 느껴?

혜지의 말에 우진은 안도의 한숨을 내쉬었다. 우진이 뭔가 놓친 건 아닌 모양이었다. 오늘 있었던 서운한 일을 털어놓으려는 건가 보다 싶어 우진은 메시지를 작성하기 시작했다.

> 틀린 거? 아, 핼슥 아니라 핼쑥이 맞는 말일 걸. 오늘 누가 맞춤법 잘못 보냈어? 우리 혜지, 맞춤법 틀리는 거 싫어하는데~

"너 그거 그대로 보내면 오늘 게임 못 하고 여친 집 앞에 가서 밤새 빌어야 할걸."

우진이 막 전송 버튼을 보내려고 할 때였다. 언제 보고 있었는지 현민이 우진의 휴대폰을 들여다보며 생글생글 웃고 있었다. 그러고는 손을 들어 우진의 머리를 내리쳤다.

"지금 핼슥, 핼쑥 맞춤법 지적해줄 때야? 니 여친 살 빠졌다잖아! 그건 몰라보고 맞춤법 틀리는 건 보이냐?"

"어? 그런 거야? 아니 여자친구가 매번 맞춤법에 민감해해서 난 또. 아니, 틀린 거 못 느끼느냐고 물어보잖아? 보니까 핼슥이 틀렸구만…."

'핼쑥하다'를 '핼쑤카다'로 제대로 발음하자

맞춤법 지적은 등에 붙은 머리카락을 떼어주는 것처럼 친절한 일이라지만, 우진은 그 친절함을 잠시 넣어두는 게 좋겠다. 특히 '핼쑥하다'는 사실 틀리게 써도 이를 지적하는 사람도 많지 않을 정도로 다양한 단어로 잘못 쓰이고 있어 혜지도 '핼쑥' 때문에 조만간 망신을 당할 일도 없을 터.

- 핼쑥하다 / 해쓱하다 : 얼굴에 핏기가 없고 파리하다
- 핼쓱하다, 헬쑥하다 : 핼쑥하다의 잘못

얼굴에 핏기가 없는 모습의 '핼쑥하다'는 최소 5가지 이상의 단어로 잘못 쓰인다. '핼쓱하다' '헬쑥하다' '헬쓱하다' '핼슥하다' '헬슥하다' 등등. '핼쑥하다'를 두고 받아쓰기를 하면 기상천외한 답변이 많이 나올 것이라고 장담할 수 있을 정도다.

이는 모두가 '핼쑥하다'의 발음을 자신이 편한 대로 하는 탓이 크다. 그리고 실생활에서 말로는 많이 쓰이지만, 글로는 크게 쓸 일이 없는 것도 '핼쑥하다'가 헷갈리는 이유 중 하나다. 자기소개서를 쓰거나 회사에서 일할 때 '핼쑥'이라는 단어를 쓸 일은 거의 없지 않은가.

따라서 '핼쑥하다'를 제대로 알고 있는 것은 맞춤법 '고레벨'에

속한다는 뜻이기도 하다. 모두가 잘못 쓰는 단어를 제대로 알고 있다는 자부심을 '핼쑥하다'로 느껴보자. 그러려면 우선 '핼쑥하다'를 제대로 외워야 한다. 우선은 '핼쑥하다'를 '핼쑤카다'로 제대로 발음해 단어를 익히자. 이래도 어렵다면 '살이 쑥 빠져서 핼쑥하다'로 외워보자.

여기에 조금 더 공부한 티를 내고 싶다면 '해쓱하다'를 기억해두자. 많이 쓰이지는 않지만, 이 단어 역시 얼굴에 핏기나 생기가 없다는 뜻의 표준어다. 다만 '해쓱하다'를 외우다가 '핼쑥'이 헷갈리는 일은 없도록 해야 한다.

▶ 정답과 풀이

....

1. **(X)** '핼쓱하다'는 없는 단어다. '핼쑥하다'로 써야 한다.
2. **(O)** '얼굴에 핏기가 없고 파리하다'는 '핼쑥하다'를 잘 사용한 문장이다.
3. **(X)** '핼쑥하다'를 써야 할 자리에 '핼슥하다'는 잘못된 단어를 썼다.
4. **(O)** '얼굴에 핏기가 없고 파리하다'는 단어는 '핼쑥하다' 말고도 '해쓱하다'로도 쓴다.

31

널따랗다
/ 넓다랗다
&
널찍하다
/ 넓직하다

풀어볼래요? OX 퀴즈

1. 이번에 구한 숙소는 방이 넓다랗기 때문에 걱정 없을 거야. ( )

2. 우리 시골집에는 널찍한 마루가 있어 참 좋아.   ( )

3. 이사 갈 집을 구하는데 조건은 무조건 널따란 거실이야.   ( )

4. 한강공원에 넓직한 돗자리를 깔아두고 종일 놀자.   ( )

부모님이 시골로 내려가신 후 성준은 부모님이 살고 계신 아파트를 꾸미기 시작했다. 자신이 살기 위해서가 아니다. 부모님은 월세를 주겠다고 했지만 성준이 반대했다. 숙박 공유 서비스에 올려 돈을 벌어볼 계획이었다. 꽤 넓은 집이라 월세 세입자를 구하는 것이 힘들었고, 잘만 꾸미면 도시 속 파티룸으로 승산이 있다는 생각 때문이다. 그렇게 집 단장이 끝난 후, 유명한 숙박 공유 서비스에 집 소개를 올린 성준은 관련 링크를 친구들의 단톡방에 전송했다.

> 드디어 집 준비 끝남~ 주변에 마니 알려줘.
>
> **친구1** 오오~ 꽤 멋지네? 하룻밤에 얼마야?
>
> **친구2** 안 그래도 여친이 친구들이랑 파자마 파티한다는데 할인해주냐?

친구들의 반응을 보며 성준은 미소를 지었다. 잘만 하면 월세 이상으로 돈을 벌 수 있을 것이라고 기대했다.

친구1 그런데 김성준, 너 왜 안 하던 짓을 하냐.

친구2 그러게 소리 나는 대로 쓰던 김성준 어디 갔냐.

친구3 아니, 인제 와서 왜 소리 나는 대로 안 쓰는 거야.

사진을 보고 본격적으로 집 소개 글을 읽기 시작했는지 친구들의 메시지가 이어졌다. 항상 글을 소리 나는 대로 편하게 적는 성준을 나무라던 친구들이 이번에는 공들여 적은 맞춤법에 놀라기라도 한 모양이었다.

넓다란 거실은 여러 명이 파티를 즐기기 충분합니다. 모두 함께 앉아서 저녁 식사나 술자리를 할 수 있도록 테이블도 넓다란 것으로 마련했습니다.
또한 다른 곳과 차별점이 또 하나 있습니다. 베란다가 꽤 넓직하게 빠져서 테라스처럼 꾸며보았습니다. 여기서 파티의 품격을 높여보세요.

성준은 자신이 쓴 글을 떠올리며 흐뭇하게 미소를 지었다.

> 내가 얘기했지? 몰라서 그렇게 쓰는 게 아니라 귀차나서 소리 나는 대로 쓰는 거라니까.

> **친구1** 아니, 이번에는 좀 소리가 나는 대로 쓰지 그랬냐.

> **친구2** 우리랑 말할 때야 상관없는데 얼른 맞춤법 다 고쳐라.

> **친구3** 넓다란 아니라 널따란이야!

> **친구3** 넓직하게도 아니다 널찍하게다~ 쯧쯧 하던 대로 그냥 하지.

성준은 친구들이 대체 무슨 말을 하는지 모르겠다는 표정을 지었다. 소리 나는 대로 쓰면 안 된다고 해서 고심해서 써놨더니 이들은 대체 무슨 말을 하는 것인가?

소리 나는 대로 적는 게 오히려 맞는 단어

한글을 처음 배운 어린이들이 가장 흔히 하는 실수가 한글을 소리 나는 대로 적는 것이다. '숟가락'을 '수까락'으로 적고, '축하해요'를 '추카해요'라고 적는다. 이후 독서가 늘고 한글을 제대로 배우며 알게 된다. 한글은 소리 나는 대로 적을 수 있는 단어가 그리 많지 않다는 것을. 그래서 맞춤법에 신경을 쓰는 사람들은 소리 나는 대로 적는 글자에 오히려 어색함을 느끼기도 한다.

- **널따랗다 : 꽤 넓다**
- **넓다랗다 : 널따랗다의 잘못**
- **널찍하다 : 꽤 너르다**
- **넓직하다 : 널찍하다의 잘못**

그러나 '꽤 넓다'는 뜻의 '널따랗다'와 '공간이 두루 넓다'는 뜻의 '널찍하다'는 이상하게도 소리 나는 대로 적는 모습을 하고 있다. '넓다'의 뜻이 있으니 '넓'을 그대로 쓰고, 발음은 '따'나 '찍'으로 내도 적는 건 '다'와 '직'으로 써야 할 것 같은데 그렇지가 않다고 한다.

원리는 '넓'의 겹받침 끝소리인 'ㅂ'이 드러나지 않는 경우에 해당해 소리 나는 대로 적는다는 것인데, 왜 그렇게 끝소리가 사라졌는지까지는 알지 않아도 된다. 그저 '널따랗다'와 '널찍하다'는 소리 나는 대로 적는 게 오히려 맞는 단어라는 것만 기억하면 된다. 얼마나 좋은가. 소리 나는 대로 적어 구박당했던 날들과 안녕하고, 마음껏 적어도 오히려 맞는 단어라니 말이다.

당연히 활용도 소리 나는 대로 하는 게 맞다. '널따랗다'는 '너의 널따란 품에 안기고 싶어' '널따란 문이 있어서 참 편리하네' '방이 널따랗게 빠졌다' 등으로 활용하면 된다. '널찍하다'는 '마당이 널찍해서 좋다' '거실이 널찍하게 빠져서 넓어 보인다' '널찍한 공간이 있어 편리하네'라고 활용해보자.

▶ **정답과 풀이**

....

1. **(X)** '넓다랗다'는 없는 단어다. '널따랗다'를 써야 한다.

2. **(O)** 공간이 두루 넓은 '너르다'를 표현할 때는 '널찍하다'를 쓰면 맞다.

3. **(O)** '꽤 넓다'를 뜻하는 단어는 '널따랗다'를 활용하면 된다.

4. **(X)** '널찍하다'가 표준어다. '넓직하다'는 잘못된 단어다.

32

녹록지
/
녹록치

풀어볼래요? OX 퀴즈

1. 새로 온 상사는 녹록치 않은 사람이더라.　　　　　　　( )

2. 그 선수는 이번 경기에서 녹록지 않은 라이벌을 만났던걸. ( )

3. 준비를 많이 하고 사회에 나왔지만, 녹록치 않네요.　　　( )

4. 전원주택이 장점만 있는 게 아니야. 관리가 녹록지 않거든. ( )

"서영, 연애하더니 얼굴 보기 너무 힘든 거 아냐?"

가현의 투덜거림에 서영은 그저 웃어 보였다. 연애를 시작한 지 3개월. 실제로 시간이 날 때마다 남자친구와 만나느라 친구들과 모임에 매번 빠지곤 했다.

"미안. 연애 초기니까 좀 봐줘."

"야. 안 그래도 너 SNS마다 아주 행복해 죽더라. 보기 좋아."

"그러게 나도 부러워 죽겠다. 우리한테도 빨리 남자친구 얼굴 보여줘야지?"

수림이 끼어들자 서영은 고개를 끄덕였다. 지난번 연애에서 하도 마음고생을 해서인지 축하한다는 친구들의 진심이 느껴질 정도였다.

"근데 어디가 그렇게 좋아? 너 연애해도 SNS에 그렇게 티 내고 그러지 않더니?"

수림의 말에 가현도 고개를 끄덕였다. 궁금해 죽겠다는 친구들의 표정에 서영은 휴대폰을 꺼내 들었다.

"일단 사람이 엄청 자상하고, 특히 메시지를 주고받으면 마음이 아주 편해져."

"메시지를 하는데 마음이 편해진다고? 아니 뭘 어쩌기에?"

"이것 좀 봐봐. 오빠가 자기 가장 친한 친구들 단톡방 캡처해서 보여준 거야. 다음에 다 같이 엠티 가려고 준비하는 상황을 알려 준다고. 근데 욕이나 비속어는 없고, 서로 엄청 예의 바르고. 무엇보다 다들 맞춤법 하나도 허투루 안 해. 보고 있으면 마음이 정갈해지고 편안해지는 기분이다."

서영의 설명에 가현과 수림은 당최 이해를 못 하겠다는 표정으로 단톡방 캡처 화면을 들여다봤다.

> 그럼 장소는 이제 해결됐고, 차는 어떻게 할까?

가능한 사람이 가져오는 게 나으려나, 아니면 다 같이 탈 수 있는 차를 빌릴까?

> 저번에 얘기한 커플티는 어떻게 진행함?
> 여자친구들이 마음에 들어 할까?

차는 7인승이나 9인승 한 번 내가 알아볼게.

> 커플티는 영 녹록치 않을 거 같은데.

그렇지 아무래도 취향 통일하기가 쉽지는 않지.
녹록치→녹록지

> 아, 땡큐. 이건 매번 기억하는데도 잘못 쓰게 되네.

나도 자주 그래. 그 단어가 그렇더라.

> 그래서 커플티는 다시 한 번 의견 모아보는 걸로?

단톡방을 들여다보던 가현과 수림은 고개를 들고 서영의 얼굴을 바라봤다. 그러고는 고개를 끄덕였다.

"마음이 편안해진다는 게 뭔지 알 것 같다."

"어, 나도 평온한 기분이 됐어. 그리고 녹록지, 녹록치가 아닌 거 나도 처음 알았어. 대박."

나라마음은 '치', 아니면 '지'

최근 인터넷에서 유행하는 게시물 중 하나가 '마음이 편안해지는 사진'이라고 한다. 그 사진은 무언가 깔끔하고 정갈하게 정리된 모습의 사진을 일컫는다. 이를테면 편의점의 과자나 음료수 등이 줄 맞춰 진열된 모습이다.

그러고 보면 완벽한 맞춤법을 사용해 주고받은 글이 마음을 편안하게 해준다는 것도 충분히 가능하다. 잘못된 맞춤법이 마음을 불편하게 하는 것과 반대로 말이다.

특히 '녹록하지 않다'를 줄여 쓰는 '녹록지'는 우리말을 꽤나 잘 쓴다고 자부하는 사람들도 자주 헷갈리는 '난이도 상'의 맞춤법으로, 제대로 지적하고 이를 받아들이는 모습에서 안정감까지 느낄 수 있다.

• 녹록하다 : 만만하고 상대하기 쉽다 / 평범하고 보잘것없다

  그런데 '녹록하지 않다'는 대체 왜 '녹록치 않다'와 이렇게 헷갈리게 된 것일까? 그건 '심상치 않다' '만만치 않다'처럼 '지'가 아닌 '치'가 쓰이는 단어들이 있기 때문이다.

  '난이도 상'에 속하는 낱말인 만큼 '지'가 붙고 '치가' 붙는 어법이 쉽지는 않다. 하지만 한 번 외워두면 앞으로 어떤 단어가 와도 '지'와 '치'를 헷갈리지 않고 쓸 수 있으니 천천히 살펴보자.

  '지'와 '치'를 선택하려면 쓰려는 낱말의 끝 글자 받침을 보면 된다. 'ㄴ, ㄹ, ㅁ, ㅇ'으로 끝나면 '치', 그게 아니라면 모두 '지'가 맞다. '녹록'은 'ㄱ'으로 끝났으니 '녹록지'가 맞는 것이다. 'ㄴ, ㄹ, ㅁ, ㅇ'은 울림소리라고 하는데, '나라마음'이라고 쉽게 외울 수 있다. 4개의 자음으로 만든 단어다. 아마 언젠가 들어본 기억이 있을 것이다. 그렇다면 예를 하나 들어 직접 활용해보자. '섭섭하지 않다'에서 '섭섭'은 'ㅂ'으로 끝나고, '나라마음'에 해당하지 않으니 '섭섭지 않다'라고 쓰면 된다.

  '나라마음'을 적용하면 그 어떤 줄임말도 틀리지 않고 쓸 수 있다. 하는 김에 더 연습해보자. '깨끗하지 못하게 이게 뭐야'를 예로 들어보자. '깨끗'은 '나라마음'에 해당하지 않으니 '깨끗지 못하게 이게 뭐야'라고 쓸 수 있다.

  우리가 자주 쓰는 단어도 있다. '흔하지 않은 디자인'은 '~하다'

앞의 '흔'이 '나라마음'에 해당하니 '흔치 않은 디자인'이라고 써야 한다.

이 한 문장만 기억해두고 고급 맞춤법을 마음껏 구사해보자. 나라마음은 '치', 아니면 '지'.

▶ 정답과 풀이

1. **(X)** '녹록치'는 '녹록하지 않다'의 잘못된 줄임말이다.
2. **(O)** '녹록하지 않다'가 줄어든 말은 '녹록지'가 맞다.
3. **(X)** '만만하고 상대하기 쉽다'를 뜻하는 '녹록하지'는 '녹록치'로 줄어들지 않는다.
4. **(O)** '녹록하지 않다'를 '녹록지'로 제대로 줄여서 사용한 문장이다.

3장

—

몰랐죠?
둘 다 맞는 말

사랑만 변하는 게 아니다. 언어도 변한다. 아니, 표준어가 변한다. 아나운서를 빼고는 모두가 '짜장면'이라고 발음하고, '짜장면'이라고 썼더니, '자장면'에 이어 '짜장면'도 표준어가 됐다. 매년 비표준어의 설움에서 벗어나 표준어로 승격되는 말들이 있다. 수많은 사람이 널리 쓰면 그렇다.
3장에서는 최근에 표준어로 승격된 단어 중 가장 많이 쓰이는 것들을 골랐다. 어떤 단어가 표준어였는지, 또 어떤 단어가 널리 쓰여 표준어로 등극했는지 단어의 역사도 알아볼 기회다.

01

늑장
/
늦장

풀어볼래요? OX 퀴즈

1. 이번 사건은 정부의 늑장 대처가 큰 문제가 됐다.　　( )

2. 네가 매일 그렇게 늦장을 부리니 지각을 하지.　　( )

3. 지금 늑장 부릴 시간이 없어. 이미 늦었어.　　( )

4. 언론의 늦장 보도가 여론의 뭇매를 맞고 있다.　　( )

수혜는 재킷을 걸치고 휴대폰을 집어들었다가 소스라치게 놀라고 말았다. 꽤 일찍 일어났는데 시계는 오전 8시를 훌쩍 지나있었다. 모처럼 아침밥도 먹고, 머리도 더 꼼꼼하게 말린다는 것이 그만 생각보다 시간을 잡아먹은 모양이었다. 급하게 구두를 꿰신으며 수혜는 팀 단톡방에 메시지를 남기기 시작했다.

> 월요일부터 죄송합니다. 늦장을 부리다가
> 5~10분 정도 늦을 듯합니다.

다행히 수혜가 근무하는 기획팀에서는 지각을 크게 나무라지 않았다. 다만 조건이 있었다. 수혜가 메시지를 보낸 것처럼 얼마나 늦는지를 미리 보고할 것. 덕분에 수혜도 가슴을 쓸어내리며 출근길에 올랐다.

> **팀장님** OK. 그런데 수혜 씨, 항상 느끼는 건데 늦는 건 정말 괜찮거든. 자꾸 '늦장'이 신경 쓰이네ㅠㅠ

회사로 향하는 지하철에서 팀장의 메시지를 확인한 수혜는 고개를 갸웃했다. 늦장이 신경 쓰인다니. 일부러 늦는다고 생각해 기분이 언짢으신 건가. 초조한 마음에 수혜는 급히 메시지를 보내기 시작했다.

> 일부러 늦장을 부린 것은 아니었어요. 저도 시간이 그렇게 가는 줄 모르고…. 앞으로 더 조심하겠습니다!

> **팀장님** 아, 아니 아니. 일부러 그런다는 게 아니라 '늦장' 말이야. '늑장'이라고 써야 맞는 걸로 아는데.

이어진 팀장의 메시지에 수혜의 얼굴에는 '물음표'가 떠올랐다. '늑장'이라는 단어도 있었던가. 그동안 수없이 '늦장'이라는 단어를 썼지만 잘못했다고 지적한 사람은 없었는데? 수혜가 급히 사전을 검색하려고 할 때였다.

> **근희** 팀장님. 늑장이랑 늦장, 둘 다 맞는 말이에요.

두 사람의 대화를 지켜보던 수혜의 선배 근희의 메시지였다. 수혜는 가슴을 쓸어내렸지만, 이해할 수가 없었다. 팀장은 대체 어디서 '늑장'이라는 단어를 알게 된 걸까?

'늦장'이라고 써도 괜찮다

100% 그렇다고 할 수는 없지만, '늑장'만을 표준어라고 알고 있는 사람 중 다수는 소위 말하는 '아재'일 가능성이 크다. 한때는 국어문제집이나 사전에서 '늑장'만을 표준어라고 표기한 경우가 꽤 있었기 때문이다. 그 시대를 공부했던 사람들은 '늑장'만을 표준어로 알고 있을 확률이 높다. 어릴 때 받아쓰기를 하며 '늦장'으로 써 틀린 기억이 있는 사람도 꽤 된다.

• 늑장, 늦장 : 느릿느릿 꾸물거리는 태도

그러나 표준국어대사전에서는 '늑장'과 '늦장' 모두를 표준어로 인정하고 있다. 둘 중 무엇을 써도 상관없다는 얘기다. 신문 기사에서도 '늑장'과 '늦장'을 모두 쓰고 있다.

'늦장'의 경우 실생활에서 자주 쓰이진 않지만 '느직하게 보러 가는 장' '거의 다 파할 무렵의 장'이라는 뜻도 가지고 있다. 혹시나 '늑장'만을 표준어로 알고 있었다면 어색하겠지만 '늦장'도 품어주자. 특히 그동안 맞춤법으로 윗사람에게 지적만 당해왔던 젊은이라면, 혹시 윗사람이 '늑장'만을 표준어로 알고 있는 경우라면 기쁘고 설레는 마음으로 둘 다 표준어임을 알려드리자. "부장님, 늦장이라고 써도 괜찮답니다! 둘 다 표준어예요!"

▶ 정답과 풀이

1~4번 모두 맞는 문장이다. '느릿느릿 꾸물거리는 태도'를 뜻하는 단어는 '늑장'과 '늦장' 모두 표준어로, 둘 다 활용할 수 있다.

02

차지다
/
찰지다

풀어볼래요? OX 퀴즈
....

1. 인절미가 차진 게 아주 맛있다. 너도 먹어봐.   ( )

2. 밀가루 반죽이 너무 찰져서 모양을 내기가 쉽지 않아.   ( )

3. 우리 아빠는 차진 밥을 좋아하시더라.   ( )

4. 놀이터 흙이 찰져서 아이들이 놀기 좋더라.   ( )

승연은 올해 들어 가장 잘못한 일이 무엇이냐 묻는다면 주저 없이 대답하리라 생각했다. 남자친구인 윤원의 어머니와 메시지 친구를 맺은 일이라고! 지난 주말 윤원은 떡을 한 상자 들고왔다. 어머니가 친구분들과 여행가셔서 사오신 것이라며. 감사하고 또 감사할 일이지만, 문제는 지금부터다. 윤원의 어머니와 메시지로 감사 인사를 전하고, 이야기를 나눠야 한다는 것.

어머님, 보내주신 떡 잘 받았어요. 감사합니다!

어머~ 다행이다. 그 집이 엄청 유명해서 요새 인터넷으로도 시켜먹고 그런다더라.

네네, 어쩜 떡이 쫄깃하고 찰진 게 아침 대용으로 잘 먹겠습니다.

그래그래. 네 말대로 떡이 참 차지더라.

네! 제가 또 푸석한 떡보다 찰진 떡을 좋아하거든요.

무사히 감사인사를 마친 승연은 메시지를 이리저리 살펴보며 혹시나 실수한 것은 없는지 살폈다. 또 프로필 사진이나 문구는 이상 없는지도 다시 한 번 점검했다. 그때였다. 이번에는 남자친구인 윤원의 메시지가 울렸다.

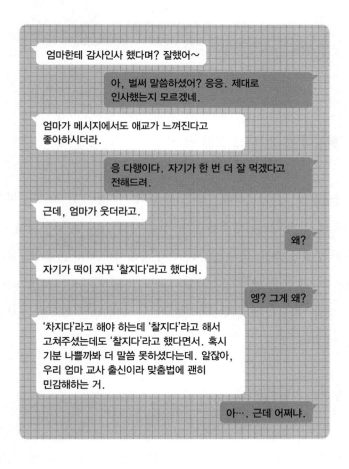

엄마한테 감사인사 했다며? 잘했어~

아, 벌써 말씀하셨어? 응응. 제대로 인사했는지 모르겠네.

엄마가 메시지에서도 애교가 느껴진다고 좋아하시더라.

응 다행이다. 자기가 한 번 더 잘 먹겠다고 전해드려.

근데, 엄마가 웃더라고.

왜?

자기가 떡이 자꾸 '찰지다'라고 했다며.

엥? 그게 왜?

'차지다'라고 해야 하는데 '찰지다'라고 해서 고쳐주셨는데도 '찰지다'라고 했다면서. 혹시 기분 나쁠까봐 더 말씀 못하셨다는데. 알잖아, 우리 엄마 교사 출신이라 맞춤법에 괜히 민감해하는 거.

아…. 근데 어쩌냐.

앗, 왜? 혹시 기분 나쁜 거야? 기분 나쁘라고
한 건 아니라 하셨어. 그 정도는 헷갈릴 수
있다고.

그게 아니라, 이번에는 어머님이 잘못
아셨는데. '찰지다'도 사전에 있는 말이거든.

뭐? 진짜? 진짜? 나도 엄마한테 매번
'차지다'라고 배워서 그렇게 알고 있었는데?

'찰지다'는 '2015년 신상 단어'

응, 진짜. 진짜 그렇다. 아마도 윤원의 어머님께선 2015년 이후 맞춤법 업데이트를 멈추신 모양이다. 사실 그런 분들이 많다. 고추장 만드는 회사, 국수 만드는 회사 등에서는 아직도 임원분들이 '찰지다'라고 쓴 기획서나 보고서를 보고 호통을 치는 일도 있다고 한다. '찰지다'를 입력하면 '차지다'로 바꿔주는 맞춤법 검사기도 꽤 많다.

• 차지다, 찰지다 : 반죽이나 밥, 떡 따위가 끈기가 많다

반죽이나 밥, 떡 등이 끈기가 많다는 뜻으로, 때론 성질이 야무

398

지다는 뜻으로 쓰이는 '차지다'는 2015년 이전까지는 '나 홀로 표준어'였다. 그러나 2015년 11월 국립국어원은 '찰지다'도 복수표준어로 인정했다. 그동안 발음 때문에 '찰지다'가 더 많이 쓰이는 점을 고려한 것이다. '찰지다'는 '2015년 신상 단어'로 아직 어색한 사람이 많을 수도 있다.

그동안 '차지다' 대신 '찰지다'를 잘못 써온 사람들에게는 희소식이 아닌가. 다만 얼마 전에 복수표준어로 인정을 받았다는 사실은 제대로 알고 있자. 그래야 지적을 받았을 때 당황하지 않고 당당하게 말할 수 있다.

▶ 정답과 풀이

1~4번 모두 맞는 문장이다. '반죽이나 밥, 떡 따위가 끈기가 많다'는 뜻의 단어는 '차지다'와 '찰지다' 모두 쓸 수 있다. 원래는 '차지다'만이 표준어였으나 2015년에 '찰지다'도 표준어로 등극했다.

03

예쁘다
/
이쁘다

풀어볼래요? OX 퀴즈

1. 내 동생이지만 너는 얼굴이 참 예쁜 것 같아.   (   )

2. 저 옷 정말 이쁘지 않니? 갖고 싶다.   (   )

3. 요새 TV에 자주 나오는 배우인데 웃는 모습이 예쁘더라.   (   )

4. 말을 잘 들으니 이리 이쁜 것을!   (   )

"어우, 수아 너무 이쁘다. 우리 수아도 본인이 이쁜 거 알아요?"

다정은 조카 수아를 안고 뽀뽀 세례를 퍼부었다. 다정이 유학중 언니 은정은 수아를 낳아 다정이 수아를 직접 보게 된 것은 벌써 두 돌이 다 되어가는 시점이었다. 이제 말을 막 시작한 수아가 입을 오므리며 말하는 게 그렇게 귀여울 수가 없었다.

"수아야, 너 사진으로 보는 것보다 정말 백배는 이쁘다. 자, 이제 이모라고 해봐, 수아야."

"이오~"

"꺄~ 말하니까 더 이뻐. 어쩜 좋아. 더 해봐, 더 해봐. 수아야."

다정이 수아를 안은 채 조카 사랑에 흠뻑 빠져 있는 그때, 언니 은정이 다정의 옆에 다가와 앉았다.

"너는 유학 다녀왔다고 티 내니?"

"무슨 말이야?"

"수아 이제 막 말 터져서 말 배우는 시기인데, 이모가 바른말을 써야 수아가 바른말을 익히지. 그치, 수아야?"

다정은 언니 은정의 말에 고개를 갸웃했다. 수아를 본 이후 최대한 좋은 말만 썼는데 갑자기 바른말 타령을 하는 언니를 이해할 수 없었기 때문이다.

"내가 무슨 나쁜 말을 썼어? 수아야, 이모가 언제 나쁜 말 썼니?"

"아니, 나쁜 말이 아니라 바른말을 쓰라는 얘기야."

"엥? 우리 수아 이쁘다고 좋은 말만 잔뜩 했는데. 엄마 참 이상하네?"

"거봐, 또 그러네. 이쁘다가 뭐야. 예쁘다라고 해야지. 이쁘다가 입에 익으면 나중에 글 배우고 맞춤법 쓸 때도 헷갈려서 힘들단 말이야. 그래서 요새 네 형부랑 나랑 일부러 발음이랑 맞춤법 엄청 신경 쓴다."

"아! '예쁘다'가 표준어야? 난 몰랐네. 아니 다들 '이쁘다'라고 하는데 그냥 '이쁘다'를 표준어로 하면 안 되나?"

'이쁘다'도 표준어로 인정

그래서 '이쁘다'도 표준어가 됐다. 다정처럼 하도 다들 '이쁘다, 이쁘다' 하니 말이다. '이쁘다'는 2015년 11월 복수표준어로 인정되며 '비표준어'의 오명을 벗게 됐다. 이제 의식적으로 말은 '이쁘다'로 해도 글만큼은 '예쁘다'로 써야 했던 날들과 안녕이다.

• 예쁘다 / 이쁘다= 생긴 모양이 아름다워 눈으로 보기에 좋다

'예쁘다'와 '이쁘다'의 역사를 들여다보면 재미있는 것을 발견할 수 있다. 처음 '예쁘다'와 '이쁘다' 중 '예쁘다'를 표준어로 삼은 계기다. 국립국어원은 애초 '예쁘다'가 '이쁘다'에 비해 널리 쓰이기 때문에 '예쁘다'를 표준어로 삼았다고 설명한다. 아마도 표준어를 정했던 그 시기에는 사람들이 '이쁘다'보다는 '예쁘다'를 더 많이 썼던 모양이다. 그러나 시간이 흐르면서 '예쁘다'만큼이나 '이쁘다'가 널리 쓰이고, 때로는 더 많이 쓰이게 되자 국립국어원이 '이쁘다'도 복수표준어로 인정한 것이다. 언어가 변화하고 있음을 그만큼 잘 나타내는 예가 바로 '이쁘다'인 셈이다.

이전까지는 '예쁘다'만 표준어고, 발음도 '이쁘다'와 전혀 달랐기 때문에 대화에서도 신경을 써야 했지만, 이제는 그럴 필요가 없다. 또한 프로필에 마음껏 이렇게 적어도 된다. '오늘도 이쁨'.

▶ 정답과 풀이

1~4번 모두 올바른 단어를 썼다. '생긴 모양이 아름다워 보기에 좋다'는 뜻의 단어는 '예쁘다'와 '이쁘다'를 모두 쓸 수 있다. '예쁘다'만이 표준어였으나 국립국어원이 '이쁘다'도 표준어로 인정했다.

당신의 맞춤법 실력은?

1 라면 끓였으니 (붇기 / 불기) 전에 어서 먹어라.

2 배고프지? 내가 (금새 / 금세) 밥해줄게.

3 수민이는 미세먼지가 너무 심해서 숨쉬기가 (힘들데 / 힘들대).

4 1차 시험은 다행히 (문안하게 / 무난하게) 통과했네요.

5 내가 한국을 떠난 지도 (올해로서 / 올해로써) 5년이다.

6 우리는 헤어졌지만, 나는 네가 항상 행복하기를 (바래 / 바라).

7 그녀는 너를 위해 헌신했는데 너는 (어떡해 / 어떻게) 배신할 수가 있니?

8 마지막 문제만 (맞추면 / 맞히면) 상금 1,000만 원이 내 손에 들어온다고!

9 학교에 (가든 말든 / 가던 말던) 네 마음대로 해라.

10 용돈이 떨어졌는데 10만 원만 계좌로 (붙여 / 부쳐) 주시면 안 될까요?

11 안전벨트를 제대로 (메지 / 매지) 않으면 출발 못 해.

12 그 친구를 만난 지 3년이 지났는데 이제야 본색을 (들어내더라 / 드러내더라).

13 주말에 너희 집에 놀러가면 (않 될까 / 안 될까)?

14 맹장 수술로 입원한 동료가 빨리 (낳아야 / 나아야) 할 텐데.

15 이 게임기는 단종이라 (윗돈 / 웃돈)을 줘도 구할 수가 없어.

16 우리나라 (비만률 / 비만율)이 높다더니 그래서 내가 살이 찌나봐.

17 (왠일이니 / 웬일이니)! 둘이 사귄다니. (왠지 / 웬지) 그렇게 붙어 다니더라니.

18 신입사원은 제가 책임지고 (가리키겠습니다 / 가르치겠습니다).

19 상사가 얘기하는 것을 (번번이 / 번번히) 잊어버리니 인사고과가 나쁠 수밖에 없지.

20 메일 아이디랑 비번을 (잊어버려서 / 잃어버려서) 중요한 문서를 못 보고 있어.

21 밀떡이랑 쌀떡으로 만든 떡볶이는 맛이 서로 (틀리더라고요 / 다르더라고요).

22 오늘 생일이라며? 미안, (미처 / 미쳐) 선물을 준비 못 했어.

23 밤새 만들어놓은 졸업작품이 문서 오류로 다 (날라갔어 / 날아갔어).

24 우리 회사 창립 기념일은 (몇 월 몇 일 / 몇 월 며칠)인가요?

25 선배님이 연수중이신 뉴욕에 방문하려 해요. 3일 뒤에 (뵈요 / 봬요).

26 여행지에 한국인이 나밖에 없으니 모두가 (희한하게 / 희안하게) 날 쳐다보더라.

27 널 만날 때마다 느끼는 그 (설레임 / 설렘)이 좋아서 자꾸 웃음이 나.

28 내가 만만해 보이니? 자꾸 나 (건드리면 / 건들이면) 더는 참지 않을 테니 각오해.

29 여행지에서 그렇게 지갑을 보이게 들고 다니면 도둑맞기 (쉽상 / 십상)이야.

30 네가 사는 동네에 도둑이 극성이라니까 현관문 꼭 잘 (잠궈야 / 잠가야)해.

31 집에 있어도 된다니까 춥고 힘든데 (구지 / 굳이) 따라나서겠다고 고집을 부리니.

32 친구들을 (오랫만 / 오랜만)에 만나 어색할 줄 알았는데 전혀 그렇지 않았다.

33 이번 요리 코너에서는 입맛 (돋구는 / 돋우는) 제철음식을 소개하겠습니다.

34 이번 다이어트는 망했어. 어제는 집에 가서 밥통을 (통째 / 통채) 들고 먹었다니까.

35 내 상사는 항상 자신이 잘못해놓고 (되려 / 되레) 나한테 화를 내니 못 살겠다.

36 이번 콘서트 티켓은 꼭 구하고 싶어. (내노라 / 내로라)하는 가수가 다 나오잖아.

37 지금 (어따 대고 / 얻다 대고) 욕을 하시는 겁니까?

38 네가 바쁜 것 같으니 업무 백업은 내가 (할께 / 할게).

39 아무리 절 설득하려고 해도 제 고집을 (꺽지는 / 꺾지는) 못하실 겁니다.

40 이번에 보여 드릴 제품은 이탈리아에서 만든 신상품(이예요 / 이에요).

41 지난달 매출이 줄어 고민을 좀 했더니 머리가 (한 움큼 / 한 웅큼) 빠지더라.

42 우리 남은 생활비가 (얼만큼 / 얼마큼) 되니?

43 내가 좋아하는 가수가 이번에 드라마에서 변호사 (역활 / 역할)을 맡았어.

44 언젠가는 (널따란 / 넓다란) 정원이 있는 곳에서 살면 좋겠다.

45 공부 열심히 하던데, 이번 승진 시험은 잘 (치렀니 / 치뤘니)?

46 이번에 파트너가 (바껴서 / 바뀌어서) 일 처리가 너무 늦더라.

47 시험공부 한다고 새벽까지 공부하더니 얼굴이 너무 (핼쓱해졌어 / 핼쑥해졌어).

48 그는 두 번의 경위서를 작성하고 나서야 사회생활이 (녹록치 / 녹록지) 않다는 걸 깨달았다.

49 3kg이나 찌다니. 휴가 내내 마음껏 먹은 (대가 / 댓가)가 너무 뼈아프다.

50 네가 너무 (늑장 / 늦장)을 부리는 바람에 우리 비행기를 놓칠 수도 있어.

정답

1. 붇기 2. 금세 3. 힘들대 4. 무난하게 5. 올해로써 6. 바라 7. 어떻게 8. 맞히면 9. 가든 말든 10. 부쳐 11. 매지 12. 드러내더라 13. 안 될까 14. 나아야 15. 웃돈 16. 비만율 17. 웬일이니/왠지 18. 가르치겠습니다 19. 번번이 20. 잊어버려서 21. 다르더라고요 22. 미처 23. 날아갔어 24. 몇 월 며칠 25. 봬요 26. 희한하게 27. 설렘 28. 건드리면 29. 십상 30. 잠가야 해 31. 굳이 32. 오랜만 33. 돋우는 34. 통째 35. 되레 36. 내로라 37. 얻다 대고 38. 할게 39. 꺾지는 40. 이에요 41. 한 움큼 42. 얼마큼 43. 역할 44. 널따란 45. 치렀니 46. 바뀌어서 47. 핼쑥해졌어 48. 녹록지 49. 대가 50. 늑장, 늦장

당신의 맞춤법 실력은?

45~50개: 맞춤법 고수입니다!   30~40개: 조금 더 분발합시다!

40~45개: 매우 훌륭합니다!   30개 이하: 열심히 공부합시다!

누구나 쉽게 따라 하는 글씨 교정
나도 내 글씨를 알아보고 싶다

오현진 지음 | 값 13,000원

악필에서 벗어나고 싶은 사람들을 위한 글씨 교정책이다. 이 책은 글씨 쓸 때의 호흡과 획의 강약 등을 강조하며 빠르고 안정되게 쓰는 방법을 알려준다. 이 책을 펼치고 연습하다 보면 그 원리와 방법을 깨닫고 바르게 변화한 글씨를 볼 수 있을 것이다. 다른 사람들 앞에서 자신의 글씨를 내보이기가 창피하다면 30년 경력의 서예 전문가가 알려주는 글씨 교정의 핵심 비법을 담은 이 책을 가지고 꾸준히 연습해보라.

누구나 쉽게 따라 하는 글쓰기 비법
퇴근길 글쓰기 수업

배학수 지음 | 값 16,000원

글쓰기는 삶을 사색하기에 가장 좋은 방법이다. 개인의 불안을 잠재우고, 자기 정립을 하기 위한 가장 좋은 방법은 개인 에세이를 쓰는 것이다. 학생들은 과제를, 직장인들은 보고서를, 일반인들은 메신저를 사용하며 매일매일 글을 쓴다. 그렇기 때문에 글쓰기의 이론만 제대로 배운다면 글을 쓰는 것은 어렵지 않다. 이 책을 통해 에세이의 이론을 배우고 하나의 이론으로 모든 글이 술술 써지는 경험을 해보도록 하자.

〈씨네21〉 주성철 기자의 영화 글쓰기 특강
영화기자의 글쓰기 수업

주성철 지음 | 값 16,000원

주성철 기자가 스스로 실천하며 살아왔던 방법들을 모아 좋은 영화글을 쓰고 싶은 사람들에게 들려주는 책이다. 이 책에는 영화평론에서부터 짧은 영화리뷰까지 영화와 관련된 모든 글을 잘 쓰기 위한 저자의 실천적 비법이 가득하다. 영화기자는 어떤 직업인지, 영화기자는 어떤 글을 써야 하는지, 영화기자가 아니더라도 영화글을 어떻게 써야 할지 알고 싶은 이들에게 꼭 필요한 책이다.

마음이 아픈 사람을 위한 글쓰기 치유법
글쓰기로 내면의 상처를 치유하다

이상주 지음 | 값 15,000원

종이 위에 글을 쓰는 순간, 내면의 상처가 치유된다. 이 책은 견디기 힘든 상처를 안고 살아가는 사람들에게 상처를 치유하고 회복하는 방법을 소개한다. 저자는 스스로를 변화시키는데 글쓰기가 최고의 방법이라고 말한다. 누구에게도 꺼내지 못했던 마음속 외침을 일기장에 쓰다 보면 가장 편안해지는 나를 느낄 수 있을 것이다. 매일 글을 쓰는 나, 매일 감사함으로 충만한 나, 매일 새로워지는 나를 만들어보자.

캘리그라피, 이보다 쉬울 수 없다
누구나 쉽게 따라 하는 캘리그라피

오현진 지음 | 값 17,000원

캘리그라피를 처음 시작하는 사람도 스스로 공부할 수 있게 초급 · 중급 · 고급으로
단계를 나누어 구성한 캘리그라피 교육서다. 서예 경력 30년의 서예 전문가인 저자는
도형의 틀을 이용해 글꼴을 구성하는 방법과 한 글자일 때나 두 글자, 세 글자일 때는
어디에 강조점을 두는 것이 좋은지 등 자신의 캘리그라피 핵심 비법을 모두 담았다.
이 책에 나와 있는 방법들을 따라 하면 누구나 쉽게 캘리그라피를 할 수 있을 것이다.

꽃 그리기, 이보다 더 쉬울 수 없다
누구나 쉽게 따라 하는 꽃 그리기

김규리 지음 | 값 25,000원

이 책은 처음 꽃을 그리는 사람이라도 쉽게 꽃 그림을 그릴 수 있도록 구성했다. 실제
로 그림을 그리기 전에 알아두어야 할 기초 지식들을 상세히 설명해주어 기본기를 확
실하게 잡을 수 있게 했으며, 기존의 책들과는 달리 다양한 꽃들을 풍부하게 다루어
종류별로 충분히 연습할 수 있도록 했다. 이 책에 나온 다양한 꽃들을 따라 그리다 보
면 어떤 꽃을 마주하더라도 당황하지 않고 자신 있게 그림을 그리게 될 것이다.

풍경 스케치, 이보다 더 쉬울 수 없다
누구나 쉽게 따라 하는 풍경 스케치

김규리 지음 | 값 25,000원

이 책은 그리는 단계를 최대한 세부적으로 설명함으로써 스케치에서 완성된 결과물
로 자연스럽게 이어지도록 한다. 또한 풍경 스케치의 기초 지식을 설명하는 데 많은
부분을 할애했다. 연필을 잡는 법에서부터 선을 쓰는 법, 풍경 개체를 그리는 법, 구도
를 잡는 법까지 다루어 기본기를 충실히 익힐 수 있도록 했다. 거의 모든 소재를 다룸
으로써 어떤 풍경을 마주하더라도 당황하지 않고 자신 있게 그릴 수 있을 것이다.

인물 드로잉, 이보다 더 쉬울 수 없다
누구나 쉽게 따라 하는 인물 스케치

김용일 지음 | 값 20,000원

이 책은 연필 인물화의 기초 기법부터 실전 테크닉까지 초보자를 위한 인물화 그리기
의 핵심 노하우를 담았다. 이 책 한 권이면 초보자도 자신감 있게 인물화를 그릴 수
있다. 그림은 관심과 노력만으로 충분하다. 이 책을 통해 쉽게 그림을 그리게 된다면
그림을 그리고 난 후 그 뿌듯함이란 말로 표현할 수 없을 것이다. 이제 공부가 아닌
행복을 위해 연필을 잡아보자.

■ **독자 여러분의 소중한 원고를 기다립니다** ─────────────────

메이트북스는 독자 여러분의 소중한 원고를 기다리고 있습니다. 집필을 끝냈거나 집필중인 원고가 있
으신 분은 khg0109@hanmail.net으로 원고의 간단한 기획의도와 개요, 연락처 등과 함께 보내주시면
최대한 빨리 검토한 후에 연락드리겠습니다. 머뭇거리지 마시고 언제라도 메이트북스의 문을 두드리시
면 반갑게 맞이하겠습니다.

■ **메이트북스 SNS는 보물창고입니다** ──────────────────

메이트북스 홈페이지 www.matebooks.co.kr

책에 대한 칼럼 및 신간정보, 베스트셀러 및 스테디셀러 정보뿐
만 아니라 저자의 인터뷰 및 책 소개 동영상을 보실 수 있습니다.

메이트북스 유튜브 bit.ly/2qXrcUb

활발하게 업로드되는 저자의 인터뷰, 책 소개 동영상을 통해 책
에서는 접할 수 없었던 입체적인 정보들을 경험하실 수 있습니다.

메이트북스 블로그 blog.naver.com/1n1media

1분 전문가 칼럼, 화제의 책, 화제의 동영상 등 독자 여러분을 위
해 다양한 콘텐츠를 매일 올리고 있습니다.

메이트북스 네이버 포스트 post.naver.com/1n1media

도서 내용을 재구성해 만든 블로그형, 카드뉴스형 포스트를 통해
유익하고 통찰력 있는 정보들을 경험하실 수 있습니다.

───

STEP 1. 네이버 검색창 옆의 카메라 모양 아이콘을 누르세요.   STEP 2. 스마트렌즈를 통해 각 QR코드를 스캔하시면 됩니다.
STEP 3. 팝업창을 누르면 메이트북스의 SNS가 나옵니다.